« JE NE SUIS PAS JOLIE, JE SUIS PIRE »

PRINCESSE PAULINE DE METTERNICH

« Je ne suis pas jolie, je suis pire »

Souvenirs

1859-1871

INTRODUCTION ET NOTES DE GEORGES POISSON

La lettre et la plume

ISBN : 978-2-253-08885-1 – 1re publication LGF

On a esquissé bien des portraits de la princesse de Metternich. Je ne sais si la bouche était trop largement fendue, les lèvres trop fortes, si les narines relevées donnaient au nez une courbe imprévue, si l'ovale était irrégulier, mais rien n'était plus agréable à regarder que cette physionomie mobile et spirituelle éclairée par deux beaux yeux bruns souriants. Quand on peut dire d'une femme ce qu'on disait de Mme de Metternich : « C'est une jolie laide », il faut qu'elle ait infiniment de charme. Un de ses portraits peints par Winterhalter, extraordinairement ressemblant, est joli.

Depuis la pointe de ses petits pieds jusqu'à la racine de ses cheveux châtain doré, dans tous ses gestes, dans toutes ses façons on devinait la grande dame. Et alors même qu'entraînée par la vivacité de son esprit, par le plaisir, par l'animation de la jeunesse, elle surprenait avec une de ses originalités imprévues, soit qu'elle jouât la comédie où elle-même excellait, soit qu'elle improvisât une de ces fêtes pleines de gaieté dont elle avait le secret, elle restait toujours grande dame jusqu'au bout des ongles.

Amélie Carette

Introduction

Napoléon III avait raison de surnommer « Université de Ham » la forteresse picarde où, par la Justice du roi Louis-Philippe, il avait été enfermé six ans durant à la suite de l'équipée de Boulogne. Non seulement il y avait acquis des connaissances qui en firent le souverain le plus cultivé de son temps, mais il avait dressé le plan de gouvernement qu'il appliquerait lorsqu'il aurait conquis le pouvoir, ce dont il ne doutait pas.

En politique extérieure, son but était simple : faire de la France l'arbitre de l'Europe, substituer à la domination par les armes de son oncle le premier Napoléon, laquelle avait échoué, une primauté morale qui lui permettrait d'arbitrer entre les nations européennes, tout en favorisant éventuellement certaines rectifications de frontières, en particulier celles, honnies, nées des traités de 1815. Et ces transformations de la carte de l'Europe, il les voyait, entre autres, du côté de l'Italie, pays dont son oncle avait également été le souverain et où lui-même, Louis Napoléon, s'était battu dans sa jeunesse contre les Autrichiens au service de ce principe des nationalités dont il faisait une de ses causes majeures.

Après son élection comme président de la République, il avait en 1849 envoyé Persigny à Berlin tâter le roi de Prusse en vue d'une alliance avec la France. Le danger d'une unification germanique apparaissait déjà à Louis Napoléon et à son ministre des Affaires étrangères, le grand Tocqueville. Ce n'est qu'après le congrès de Paris de 1855, qui avait semblé établir cette emprise morale dont l'empereur rêvait, qu'il avait, à Plombières, dressé avec Cavour un plan d'action : libérer l'Italie, au moins celle du Nord, favoriser son unité au profit du Piémont et récupérer en revanche le versant français des Alpes, là aussi revanche sur 1815. Pour cela, il fallait chasser l'Autriche de Lombardie et de Vénétie, par une guerre devant laquelle Napoléon III ne reculait pas, tout en pensant cependant qu'il conviendrait de ménager ce pays en principe favorable à la France, et qui lui avait donné sa précédente impératrice.

Les événements avaient conforté cette prudence. Après Solferino, qui avait été une boucherie, l'Autriche était loin d'être vaincue ; la Prusse montrait les dents : il fallait conclure, même en soulevant l'indignation du Piémont. Napoléon III n'hésita pas, au lendemain de la bataille, à envoyer une lettre à l'empereur François-Joseph, qui saisit la balle au bond, convaincu lui aussi de la nécessité d'arrêter le conflit à moindres frais.

Cependant, l'accord de Villafranca était sommaire et permettait des interprétations défavorables à la cause française. C'est alors que Napoléon III suggéra à la cour de Vienne de lui envoyer comme négociateur un jeune diplomate qu'il avait connu dès 1850, époque où ce dernier, âgé de vingt ans, était attaché à la légation autrichienne à Paris. Rhénan de lointaine origine, devenu autrichien, alors ministre à Dresde, il se nommait Richard de Metternich, propre fils et héritier du grand adversaire de Napoléon, qui venait de mourir (11 juin 1859). D'ailleurs bien différent de lui : musicien sensible et peu combatif, gravure de mode, parfait gentilhomme de salon, idéaliste et tout prêt à se consacrer à une nouvelle amitié entre deux États réunis par bien des affinités.

C'est sans doute au moment où Richard fut désigné (août 1859) que Napoléon III apprit qu'il était marié, ayant épousé en 1856 sa propre nièce Pauline de Metternich, petite-fille du même vieux chancelier.

La jeune femme, née le 26 février 1836, était la fille du comte hongrois Sandor, auquel Metternich avait accordé sans enthousiasme la main de sa fille Léontine. C'était un grand seigneur totalement fidèle au trône de Habsbourg, de grande allure, mais ne vivant que pour une passion, le cheval. Cavalier émérite et casse-cou affirmé, dont on ne comptait plus les accidents générateurs de blessures diverses. Le dernier, en 1850, lui avait été fatal et l'avait laissé gâteux pour les vingt-huit ans qu'il lui restait à survivre.

Pauline Sandor était trop jeune pour avoir connu la période de gloire du grand Metternich, devenu prince héréditaire, la politique des congrès et l'influence qu'il exerçait sur toute l'Europe. Pour elle, c'était un grand-père attentif et aimant, dont l'existence fastueuse faisait oublier aux siens la tyrannie réactionnaire du cléricalisme, de l'aristocratie et de la bureaucratie autrichiennes dont on subissait les excès sans les approuver. La surprise avait été totale pour la petite fille quand, en mars 1848, un mois après Paris, Vienne s'était embrasée et avait exigé le départ du vieux chancelier, au pouvoir depuis quarante ans. Il était parti en exil, bientôt suivi de sa famille, à Londres d'abord, puis à Bruxelles. Pendant ce temps, en septembre 1848, un nouvel empereur avait été intronisé, François-Joseph, rétablissant un ordre qui allait durer soixante-dix ans, et auquel notre héroïne fut fidèle toute sa vie. Il avait bientôt autorisé les Metternich à revenir, et le vieux prince avait eu la sagesse de s'installer dans une vieillesse sereine, ne donnant de conseils que lorsqu'on les lui demandait. C'est en 1856 que son fils et sa petite-fille s'étaient unis, attirés l'un vers l'autre par une ambiance familiale, des goûts communs et une même conception de la vie : « Tous deux vivant l'évidence d'appartenir à une caste supérieure » (Emmanuel Haymann). Ils ne semblent pas s'être inquiétés d'une consanguinité qui, à leur grand chagrin, ne leur donnera que des filles.

De Pauline, Napoléon III, qui savait se faire renseigner, apprit que, sans être jolie (traits irréguliers, bouche épaisse, mais yeux superbes), elle était gracieuse, élégante, cultivée, bonne musicienne, mais surtout comédienne de talent pour salons, animatrice enragée de divertissements mondains. Il était d'importance, en vue de rétablir l'entente avec une Autriche toujours traumatisée par le souvenir du premier Napoléon et qui venait d'être à nouveau vaincue par le second, de reprendre avec elle des relations de haut niveau. Et de plus Napoléon III n'avait rien fait, malgré Villafranca, pour obtenir le rétablissement des souverains des duchés italiens (Parme, Modène, Toscane), bientôt annexés par le Piémont, et François-Joseph écrivait à sa mère : « L'empereur des Français est et reste une canaille. »

Il était donc utile pour Napoléon III, afin d'établir un climat de confiance, de donner à la jeune femme un rôle important dans cette cour impériale qui était pour l'empereur un moyen de conforter son pouvoir et de donner à la France un air de puissance. L'impératrice Eugénie pouvait faire en sorte de mettre en valeur l'ambassadrice : elle et son mari se concertèrent certainement à ce sujet, mais l'on ne saura jamais ce que Napoléon III, homme secret s'il en fut, confiait sur l'oreiller à sa belle épouse ou ce qu'il ne confiait pas : le savoir ferait mieux comprendre les erreurs ou maladresses d'une impératrice peu formée à la politique.

Cette hâte à vouloir attacher Pauline à leur char explique l'impatience du couple impérial, se précipitant à la rencontre des Metternich à leur arrivée à Biarritz, afin de tendre leurs filets : Pauline s'y laissa prendre avec enthousiasme, tout de suite disposée à plaire, à briller, à étonner, à faire parler d'elle.

Très vite (car le couple autrichien fut invité à Compiègne avant même la nomination de Richard comme ambassadeur), les souverains et la Cour découvrirent cette pétulante princesse, qui s'efforçait de faire oublier des traits peu séduisants.

Depuis son enfance, Pauline se savait laide. Après

en avoir souffert, elle avait compris que la grâce, le mouvement, voire l'exubérance, l'esprit, la pratique consommée de la musique et de la danse, complétés par une garde-robe recherchée, seraient de nature à faire oublier un physique ingrat. Elle appliqua d'autant plus ces principes à la cour impériale que celle-ci était peuplée de jolies femmes : on finit même par se demander si elles n'étaient pas recrutées sur ce critère. Et quand, dans ses Mémoires, Pauline s'étendra sur le nombre de beautés recensées, on devine sa satisfaction à se rappeler trente-cinq ans plus tard qu'elle a triomphé de toutes par sa personnalité.

Ainsi, dès son premier contact avec la Cour, voit-on l'ambassadrice parler fort, plaisanter, rire, virevolter, jouer du piano, fumer de gros cigares et se lancer parfois dans des numéros de chant ou de danse dignes du boulevard le plus populaire : « On l'a vue, écrit Mme Baroche, abdiquant l'orgueil de son blason, ses jupes courtes relevées, exécuter avec un écuyer certaine danse très expressive, à parler net : pincer un cancan. » Ceci malgré les protestations timides de son conventionnel mari, dont la Cour appréciait le physique doux et un peu triste de compositeur romantique et les favoris viennois, en même temps que ses sublimes redingotes de couleur.

Mais Pauline savait ce qu'elle faisait : à l'arraché, elle avait conquis la cour impériale. Pendant dix ans, elle fut la reine des « séries » de Compiègne ou de Fontainebleau, infatigable organisatrice de divertissements variés. Succès général auprès de tous, à l'exception de quelques grincheux, qui souvent ne s'exprimeront qu'après coup. « Une des familières préférées de l'impératrice, écrit Maxime Du Camp, fut la princesse de Metternich. Bonne musicienne, admiratrice de Wagner, recherchée dans ses toilettes, hautaine d'ailleurs malgré sa tenue parfois abandonnée, elle avait une laideur jalouse de toute beauté. Elle savait dissimuler son dépit, lorsque son intérêt l'exigeait, mais elle n'était point en reste de perfidie, quand elle pouvait mettre les autres en avant et rester dans la coulisse. » Mais Du Camp écrit vingt ans plus tard...

Ainsi le couple Metternich se trouva-t-il plongé dans cette fête impériale longtemps vilipendée et que nous considérons aujourd'hui avec une indulgence mêlée d'une certaine admiration, sans nous dissimuler son coût extravagant et son caractère de futilité exacerbée élevé au niveau du grand art. Les Mémoires de Pauline en accentuent encore l'image : en les lisant, on a l'impression que ce couple parfaitement sympathique et de bonne volonté a passé ces dix ans à se rendre de château en château en changeant de toilette, dansant, chantant, jouant la comédie, avec un seul souci, paraître, en évoluant parmi ces marionnettes chamarrées dont certaines étaient de fins politiques (Morny, Rouher, Chasseloup-Laubat), au milieu d'un parterre de beautés choisies pour la grâce de leur visage et de leur décolleté. Jouant ainsi le jeu voulu par Napoléon III, pour qui cette fête impériale était de haute politique, de nature à imposer à l'Europe le prestige de la France. C'était, par-delà les efforts sur ce plan de Napoléon Ier, de Louis XVIII, de Charles X, de Louis-Philippe, qui n'avaient créé qu'une cour guindée et conventionnelle, renouer soixante ans plus tard avec les fêtes de Versailles, et nous savons aujourd'hui que c'était la dernière fois.

Pauline, devenue personnalité du monde impérial, jouait parfaitement son rôle, la plupart du temps approuvée et applaudie. Il n'y avait guère que les frères Goncourt pour la fustiger dans le secret de leur *Journal* : « Nez en trompette, des lèvres en rebord de pot de chambre, très pâle, l'air d'un masque de Venise dans les tableaux de Longhi. » Mais que pouvaient-ils donc comprendre à cette femme, eux qui partageaient alternativement le lit de leur gouvernante ? D'ailleurs, aussi bien Winterhalter que Carpeaux ont su tirer un superbe parti du physique de l'ambassadrice.

Toutefois, si l'empereur, qui avait vite reconnu en Pauline une personnalité plus forte que celle de son époux, s'était imaginé pouvoir influencer la politique autrichienne à travers elle, il s'était trompé. La jeune princesse, affamée de divertissements de cour, boute-en-train, n'hésitant pas à choquer, en paroles et en chansons, ce public guindé, s'interdisait toute action politique, laissant Richard prendre ou ne pas prendre les initiatives de sa fonction et ne l'aidant, dans l'intimité, que sur le plan matériel. Or, le prince de Metternich, parfait homme du monde, d'une élégance raffinée, coureur avec discrétion, excellent musicien, fonctionnaire consciencieux, n'était pas du genre casseur de vitres, et il était trop bien élevé pour plaider une cause avec enthousiasme, quelle qu'elle fût. Bien sûr, il formait et formera dix ans durant, mais avec retenue, le vœu d'une alliance franco-autrichienne qui nous semble aujourd'hui logique, mais il se heurtait aux réticences de l'empereur, toujours soucieux de préserver sa position un peu illusoire d'arbitre international. Dans ses impeccables rapports, Richard décrivait le comportement de Napoléon III sans toujours savoir l'analyser et ne s'écartait pas de son rôle de témoin, sans chercher à plaider avec force à Paris ou à Vienne. Aurait-il manifesté la volonté et le don de persuasion de son père que l'histoire de l'Europe en eût peut-être changé. Et, premier échec : l'empereur, renvoyant en 1860 Walewski, apôtre d'une alliance profonde et durable avec l'Autriche, montrait qu'il voulait garder ses distances et persévérer dans le rôle de médiateur, celui autrefois du grand Metternich.

Le couple portant cet illustre nom va, pendant dix ans, être impliqué dans ce jeu de « Je t'aime, moi non plus » qui caractérise les relations franco-autrichiennes de l'époque. Jeu dont Richard, intelligent et lucide, comprenait les difficultés et les motivations, sans peut-être avoir la volonté de les surmonter. On est presque tenté de penser que si Pauline elle-même, au mépris de toutes les conventions de l'époque, avait été investie de l'ambassade, elle aurait peut-être agi de façon plus vigoureuse.

Tandis que de son côté Eugénie, de plus en plus captivée par les affaires de l'État, songeait à bouleverser la carte de l'Europe au gré de ses *a priori* et n'hésitait pas à entretenir Richard de ses chimères, l'accablant de notes et de propos impératifs. Il ne se départait pas d'une courtoisie déférente et réservée, puis faisait son rapport à Vienne : « Je ne saurais suivre dans tous ses détails la pérégrination à vol d'oiseau (quel vol et quel oiseau ?) de l'impératrice. »

Si ces deux femmes avaient reçu le pouvoir d'orienter le destin de leur pays respectif, qu'en serait-il résulté ?

Interdite d'action politique, sauf aux moments de confidences intimes, la princesse de Metternich entendait se rattraper dans l'univers mondain. Très vite, elle avait refusé de s'accommoder de l'hôtel de Bauffremont, trop étroit et qu'ils devaient partager avec le propriétaire. En avril 1861, Richard louait pour l'ambassade, dans la même rue de Grenelle, le séduisant hôtel de Rothelin-Charolais, dans lequel Pauline donna des réceptions mémorables. Aujourd'hui, en traversant l'aimable cour de la demeure, on peut évoquer l'ombre de cette femme qui savait faire prendre à la vie un air de fête.

Entre deux bals, se manifestait-elle aussi sur le plan de la culture ? Sensible à la littérature, le jugement qu'elle porte sur les deux Dumas est novateur ; elle n'était guère attirée par les arts plastiques, et les deux peintres qu'elle cite sont des invités de Compiègne, et ce ne sont pas les meilleurs. En revanche, bonne musicienne et douée d'une bonne oreille, elle ne se contentait pas, en matière de composition, du vieil Auber (« grand musicien qui fait de la petite musique », disait Rossini), mais faisait se rencontrer Liszt et Gounod, appréciait Saint-Saens et surtout avait trouvé un créateur : Richard Wagner, dont elle obtint de l'empereur que l'on montât en 1861 *Tannhäuser*. Ce fut un fiasco mémorable, les trois uniques représentations sans cesse couvertes par sifflets, interjections et lazzis. Rude épreuve pour Pauline, habituée au succès, voire au triomphe dans ses comédies de salon : ce n'étaient ni la même musique, ni le même public, et derrière les manifestants du Jockey-Club explosait la hargne des opposants à l'Empire. La princesse avait cependant montré qu'elle était femme d'avenir.

En architecture, elle admirait les intérieurs des châteaux de la Couronne, sans guère les détailler, mais s'était-elle aperçue qu'elle vivait dans une capitale en complète mutation ? Et pourtant, on racontait à la Cour que le couple partait à pied à travers Paris, se promenant sur les quais devant les boîtes de bouquinistes, allant au Jardin des plantes voir des animaux, déjeunant au restaurant, fréquentant les théâtres dans une loge grillagée.

Chaque automne, la saison de Compiègne ramenait l'ambiance de futilité dans laquelle Pauline triomphait. Toujours sarcastique, Mérimée l'admirait sans s'enthousiasmer :

« Pour le bouquet, la princesse de Metternich en figurante de l'Opéra : maillot, jupon court, tunique de gaze. Elle dansa, cabriola, montra tout ce qu'il y avait sous cette tunique, but trois verres de champagne. Bien que laide comme un singe, elle fut si espiègle, si étourdie qu'elle s'en alla en plein succès. »

Pendant ce temps, Eugénie, dont l'intérêt croissant pour les affaires d'État était peut-être une revanche sur les infidélités de l'empereur, essayait d'entraîner Richard au service de la cause qu'elle avait prise à cœur, le Mexique : créer là-bas un empire catholique ami de la France était pour elle une idée exaltante : « Ce sera la plus grande pensée du règne et c'est moi qui l'aurai eue ! » Le prince de Metternich pouvait d'autant moins s'y opposer de front qu'il s'agissait de couronner un archiduc autrichien : confidents de l'impératrice, Pauline et Richard semblaient l'encourager. Napoléon III se laissa entraîner, ratant en 1862 l'occasion de rembarquer, à l'exemple des Anglais et des Espagnols. Dès lors, les Habsbourg se trouvèrent également entraînés dans l'aventure, par la faute de Richard de Metternich, pécheur par omission, et le Mexique devint pour Napoléon III ce qu'avait été l'Espagne pour son oncle.

La saison de Compiègne de 1865 fut éclatante, marquée par la création d'une revue écrite par un ami de Pauline, le marquis de Massa, *Les Commentaires de César*, qu'ont citée tous les historiens de cette période et dans laquelle Pauline interpréta trois rôles avec son brio habituel. Citons un des couplets de la cochère de fiacre :

Quand tout commence à s'animer
J'ai déjà fait plus d'une course ;
À midi je jette à la Bourse
Les pigeons qui se font plumer.
Parfois, en modeste toilette,
Je conduis d'assez grand matin
De belles dames en cachette
Dont le but paraît incertain.

Cette époque savait se divertir, et intelligemment. Pourquoi le lui reprocher ?

Mais le moment le plus dramatique de la valse-hésitation franco-autrichienne se situe en 1866, l'année de Sadowa. Au printemps, devant la détérioration des rapports entre Vienne et Berlin, François-Joseph demanda le soutien de la France, mais Napoléon III ressortit une vieille idée qui lui était chère : celle d'un congrès européen qui, comme celui de Paris dix ans auparavant, réglerait tous les problèmes. C'était le procédé dont avait usé et abusé le grand Metternich quarante ans plus tôt, mais François-Joseph refusa, se laissant involontairement entraîner dans le piège de Bismarck, d'autant plus que son ambassadeur à Paris n'était vraiment pas l'homme de la situation : « Le prince Richard, écrivait le représentant de la Prusse, possède un bon sens naturel, du tact et des conceptions de vaste envergure pour juger les relations européennes. Mais il est d'une indolence affreuse, il ne prend aucun intérêt à la politique et considére sa situation mondaine, à Paris, comme au-dessus de tout. » C'était en partie faux, à force de malveillance, mais Richard oubliait qu'un ambassadeur se juge sur l'image qu'il donne.

Lors de cette crise, beaucoup d'acteurs de la politique française souhaitaient voir Napoléon III envoyer des troupes faire une démonstration de force sur le Rhin : l'impératrice, le ministre des Affaires étrangères Drouyn de Lhuys, le maréchal Randon et, bien sûr, Richard de Metternich, avec la réserve diplomatique de rigueur. Bien qu'assailli à l'époque par de nouveaux maux de santé (« Jamais, écrivait Richard le 7 juillet, je ne l'ai vu dans un tel état de prostration »), Napoléon III refusa avec obstination, obsédé par l'idée d'arracher la Vénétie à l'Autriche. On le lui a beaucoup reproché, mais sa position était sensée : il craignait une réaction de toute l'Allemagne et n'avait pas renoncé à son rôle supposé d'arbitre ; donner la Vénétie à l'Italie eût permis, croyait-il, de résoudre pour un temps la question romaine.

D'ailleurs, tout le monde fut pris de court : le 3 juillet, les Prussiens écrasaient l'armée autrichienne à Sadowa ; l'empire des Habsbourg était vaincu, et l'Empire français avec lui, pensèrent certains. Le 12, Richard de Metternich se présenta aux Tuileries, porteur d'une urgente demande de secours : les Prussiens étaient à cinq jours de Vienne. La réponse de Napoléon III fut catégorique : pas d'intervention militaire. Il n'avait agi que pour demander un armistice, que les Prussiens n'accorderaient qu'à leurs conditions et qu'il conseillait d'accepter. Si l'empereur avait choisi la solution martiale, l'histoire de ce temps en eût sans doute été changée. Pauline le pensa peut-être, alors et sans doute plus tard, mais elle ne l'a pas confié. Même trente-cinq ans après les événements, elle voulait garder le silence, par respect pour la mémoire d'un mari qu'elle aimait et dont elle n'avait peut-être pas toujours approuvé la prudence.

D'ailleurs, la défaite une fois assumée, un ambassadeur circonspect et réservé était l'exact interprète d'un gouvernement autrichien timoré redoutant – bien plus que Napoléon III – les aventures : la Vienne catholique et impériale ne songea pas à envoyer ses troupes au secours ni du pape, ni de Maximilien.

Pourtant, à Paris, le bruit courut après Sadowa que

Richard allait quitter son poste. « Ce sera à coup sûr, écrit Mme Baroche, un deuil pour la *gentry.* Mais je n'ose affirmer que la perte doive être aussi sensible pour la diplomatie. Modèle accompli de distinction, le prince a plutôt été à Paris un réflecteur qu'une lumière. Le départ de Mme de Metternich rendrait, il faut le reconnaître, difficile la tâche de l'ambassadrice qui lui succéderait. Ses originalités, ses hardiesses, ses témérités, même de toilette, d'allure et d'esprit lui ont acquis une réputation contre le souvenir de laquelle une nouvelle venue serait impuissante à lutter. L'heure, en outre, est sérieusement triste pour l'Autriche. La désinvolture fantaisiste de la princesse sera-t-elle encore de mise ? »

C'était un faux bruit (pourtant, Baroche était ministre et donc en principe bien informé) et les Metternich restèrent, dans une atmosphère qui n'était plus celle de leur arrivée. L'étoile de Pauline pâlissait au rythme de la désaffection pour l'Empire. Certains disaient qu'elle favorisait les débauches de la Cour et qu'elle exerçait en même temps sur l'empereur une influence nocive : c'est elle qui aurait poussé à l'expédition du Mexique. Agent de l'étranger, elle jouait un rôle secret et pervers, comme autrefois Mme de Castiglione, toutefois avec plus d'intelligence. Mais Pauline ne se souciait pas des ragots : la fête impériale qui se poursuivait lui permettait toujours d'assouvir son goût pour les planches, mais des planches aristocratiques.

Les relations entre les deux États restaient chaleureuses, et on le vit bien lors de l'Exposition de 1867, qui sembla offrir à l'Empire un nouvel apogée, en présence d'une foule innombrable entourant une myriade de têtes couronnées. Pauline entendait bien contribuer à cette entente : la chancellerie de Vienne accorda à son ambassade un crédit exceptionnel, grâce auquel la princesse organisa dans l'hôtel de Charolais des fêtes étourdissantes. La venue en France, pour la première fois, de François-Joseph était prévue pour la mi-juillet. Peut-être, entre deux valses, parviendrait-on à esquisser enfin cette alliance qui se dérobait chaque fois qu'on la croyait en bonne voie ? Mais le 1er juillet, jour de la distribution des récompenses de l'Exposition, la nouvelle tomba : Maximilien avait été fusillé à Querétaro : Pauline connaîtra-t-elle le tableau de Manet ? Le Mexique avait été successivement « un rêve, des mirages, une illusion, une obstination, un effondrement » (Jean Autin).

La mort tragique du frère de l'empereur autrichien aurait pu provoquer une énorme rancune de la cour de Vienne. Mais elle n'avait rien fait pour aider le supplicié, premier responsable de son sort, et le remords pouvait être partagé entre Paris et Vienne. Napoléon III et Eugénie rendirent une visite de condoléances à François-Joseph et Élisabeth, à Salzbourg, et la visite du Habsbourg à Paris ne fut que reportée. Il arriva le 23 octobre, accueilli avec chaleur et enthousiasme par la foule, se prêta à tout ce qu'on voulut pour l'honorer, mais les deux empereurs ne purent s'entendre sur une alliance durable, en raison de la réticence italienne et de la question de Rome. Tout se passa comme si le souverain autrichien avait voulu séparer amitié personnelle et relations politiques. Richard essaya-t-il une fois de plus de renouer les liens ? Mais il savait mieux jouer du piano qu'argumenter avec force. Il écrivait après le départ de son empereur : « On nous fête, on nous sourit, mais on ne nous prend pas au sérieux. » Et en même temps, nonchalant mais lucide, il voyait se développer contre le régime impérial une haine dont, cent quarante ans plus tard, nous comprenons mal les motifs.

Nouvelle aventure en octobre 1869. Richard, ayant eu le tort de se lier (jusqu'où ?) avec une épouse délaissée, Mme de Beaumont, se vit provoquer par le mari. Il eut le deuxième tort de se battre en duel, et le troisième de se laisser blesser assez grièvement. Les Pourtalès le soignèrent dans leur château de la Robertsau, près de Strasbourg, mais l'affaire s'ébruita à Paris comme à Vienne et l'on parla de rappeler l'ambassadeur spadassin. Finalement, François-Joseph pardonna, et Pauline aussi.

Dans ses Mémoires, elle se fait l'écho du sentiment de renouveau suscité par le résultat éclatant du plébiscite de mai 1870. Bien exploité, ce triomphe aurait pu réduire au silence l'opposition républicaine et l'agitation irraisonnée d'une partie du peuple parisien, ceci d'autant plus que le gouvernement Émile Ollivier s'efforçait avec succès de bâtir une monarchie constitutionnelle libérale et en un sens démocratique. Il échoua sur le plan de la politique étrangère, et c'est justement à ce moment que l'on commença enfin à parler, avec force à Paris, avec réticence à Vienne, d'une alliance formelle. Le nouveau ministre des Relations extérieures français (un des plus mauvais de l'Histoire), le duc de Gramont, y poussait avec insistance, mais ruinait en même temps ses efforts en jouant la mauvaise carte à Berlin. La déclaration de guerre de la France à la Prusse, réaction irraisonnée de Français de toutes classes émus du danger prussien, stoppa ces pourparlers, dont on ignore le point auquel ils étaient parvenus, Richard ayant, par la suite, brûlé tous ses papiers. Mais il semble que l'Autriche n'ait jamais envisagé que de venir au secours d'une victoire française…

Pauline a raconté les heures tragiques de la fuite de l'impératrice, tandis que les députés républicains adoptaient une conduite indigne, et nous évoquons en note les questions que l'on se pose sur la conduite de Richard ce jour-là. Les Metternich restèrent en relations avec elle, allèrent voir Napoléon III à Chislehurst et ce sont sans doute ces relations maintenues à leur honneur qui servirent d'argument à Thiers, en novembre 1871, pour demander à Richard de quitter son poste. D'ailleurs, l'ambassadeur, fêté par l'aristocratie impériale, n'avait plus rien de commun avec cette IIIe République parlementaire, puritaine, anticléricale et conventionnelle. Le plus étonnant est que la carrière diplomatique du prince de Metternich s'arrête là : on ne lui proposa plus jamais d'autre poste, et il ne fut plus chargé que de deux missions protocolaires insignifiantes, de celles qu'il savait parfaitement remplir. La cour de Vienne avait-elle enfin compris qu'entre le grand nom de Metternich et la personnalité de Richard, il y avait, en ces temps où les ambassadeurs servaient encore à quelque chose, une disparité qui pouvait se montrer fâcheuse en cas de crise ? On aurait pu lui proposer un plus petit pays, mais il ne l'aurait sans doute pas accepté. À quarante-deux ans, il prit sa retraite et s'en accommoda facilement, gérant ses terres de Bohême et ses vignes de Johannisberg. Quant à Pauline, sans renoncer totalement aux salons viennois, elle sut mettre son activité et son volontarisme au service de causes sociales, ce qui montre qu'elle avait de la tête et du cœur.

Richard de Metternich mourut brutalement le 1er mars 1895, causant une peine immense à Pauline, qui l'aimait depuis l'enfance et avait toujours fait ce qu'elle avait voulu de lui. Elle se réfugia dans ses œuvres caritatives, mais, autre diversion, elle se décida bientôt à suivre le conseil de ses petits-enfants et amis : écrire ses Mémoires. Elle commença, semble-t-il, par son enfance viennoise et son mariage, racontés en allemand (*Geschenes, Gesehenes, Erlebter,* Ce qui m'est arrivé, ce que j'ai vu, ce que j'ai vécu), puis attaqua en français un autre volume, que nous présentons ici, consacré à son séjour à la cour impériale française. Mais elle avait trop pris l'habitude de se taire (dans les Cours souveraines comme en diplomatie, il faut à tout instant se méfier de ce que l'on dit, d'où la futilité généralisée des propos) pour l'abandonner lorsque, trente-cinq ans plus tard, elle voulut raconter cette époque. Elle avait, à la cour de Napoléon III, donné l'image d'une femme mettant son intelligence au service du superficiel : la conserver dans son récit était encore un hommage à rendre à ce couple impérial qu'elle s'était prise à aimer. Quand elle se mit au travail, elle désira rester fidèle à sa position et à sa personnalité, sans commenter le rôle de son mari.

Ainsi, de ces dix ans, ne voulut-elle retenir que le climat de fête, que l'apparat entourant un couple d'ambassadeurs. Pas d'événements traversés autres que ceux où elle avait joué un rôle, pas d'intrigues politiques, aucune mention d'écrivains ou d'artistes non rencontrés, nulle allusion à la santé de Napoléon III, qui devait par moments être le sujet de toutes les conversations ; un récit aussi élégant qu'une réception à l'ambassade. Et l'ambiance de la Cour se devine aussi à travers ce qu'elle n'a pas dit. Nous n'avons évidemment pas essayé de franchir ces frontières, cherchant seulement à apporter les précisions biographiques et topographiques propres à éclairer le récit.

Évitant toutes réflexions et regrets, Pauline de Metternich s'était contentée de raconter, avec un véritable pouvoir d'évocation, de sa vie publique le chapitre le plus éclatant : le plus futile ? Le souvenir de cette époque de faste était bien nécessaire à la vieille princesse qui, morte le 28 septembre 1921, un an après Eugénie, avait eu la douleur de voir s'écrouler à son tour l'Empire autrichien, et sa cour impériale qui, depuis cinquante ans, lui rappelait celle des Tuileries.

G. P.

Le texte original de ces Mémoires est resté aux mains de la famille. Une copie en avait été faite, en vue d'une édition, sous la direction de Pauline de Metternich elle-même, et c'est cette copie, dont on corrigea l'orthographe, qui fut publiée en 1922 aux éditions Plon, par Marcel Dunan, avec une préface et des notes assez sommaires. Nous n'avons évidemment pas repris les textes de l'éminent historien.

Pauline de Metternich a fait l'objet ces dernières années de deux biographies, par Emmanuel Haymann (Paris, 1991) et Philippe Luez (Paris, 2004).

PREMIÈRE PARTIE

I

Première entrevue avec l'empereur Napoléon III et l'impératrice Eugénie

Biarritz, septembre 1859

Mon mari[1] avait été envoyé en France à Saint-Sauveur[2], où se trouvait l'empereur Napoléon III, pour conclure ou ratifier je ne sais plus quelle clause du traité de Zurich[3], qui fut conclu après la guerre d'Italie. Sa Majesté, qui le connaissait de longue date[4], lui exprima le désir de le revoir à Biarritz, en ajoutant : « C'est avec la princesse que j'espère vous voir ! »

Mon mari revint de Saint-Sauveur à Paris (c'était en septembre), et me fit savoir en Bohême, où je me trouvais avec ma petite fille, âgée de deux ans, de venir le rejoindre. Je me rendis donc en France, laissant ma fille à Königswart[5].

Nous restâmes une huitaine de jours à Paris à l'hôtel de la Paix, rue de la Paix[6], et c'est des fenêtres de cet hôtel que je vis la rentrée triomphale des troupes[7] revenant d'Italie !... Ce spectacle a mis dans mon cœur – non – a augmenté dans mon cœur l'antipathie profonde que j'ai toujours eue pour les Italiens, car j'ai en horreur les gens qui parlent haut et ne font rien. Les Italiens ont demandé aux Français de tirer pour eux les marrons du feu, et ceux-ci bêtement – combien ils ont dû le regretter plus tard ! – sont partis flamberge au vent, pour délivrer ces héroïques Italiens « du joug infâme » de l'Autriche !... *Morte ai Tedeschi !...* Les gens réfléchis en France étaient absolument anti-Italiens, et le faubourg Saint-Germain[8] les a toujours eus en horreur, – peut-être bien aussi parce que l'empereur Napoléon III avait des sympathies pour eux.

Le lendemain de la rentrée des troupes, l'empereur et l'impératrice partaient pour Biarritz[9] où ils allaient s'installer à la villa Eugénie[10]. Je hâtai mes préparatifs et après avoir commandé force toilettes, chapeaux et tout ce qui s'ensuit, nous nous mîmes en route pour aller retrouver Leurs Majestés. Nous arrivâmes donc à l'hôtel d'Angleterre, qui passait pour le meilleur et qui était à mon avis exécrable... J'étais en train de faire enlever la poussière à mes vêtements et de lisser mes cheveux, lorsqu'une voix du dehors, c'est-à-dire de la rue, se fit entendre, qui demandait « si la princesse de Metternich était arrivée ». Je m'approchai de la fenêtre ouverte, et je vis dans la rue une dame que je reconnus immédiatement pour être l'impératrice Eugénie, ainsi que plusieurs autres personnes, hommes et femmes, qui paraissaient être de la suite. À l'appel de son nom, mon mari, qui avait reconnu Sa Majesté, descendit quatre à quatre les escaliers, et se mit à causer en bas avec elle, pendant que moi, cachée derrière un rideau, je l'examinai de mon mieux.

L'impératrice était de grandeur moyenne, un peu

forte pour son âge[11] et n'ayant pas, d'après nos idées autrichiennes, ce qu'on est convenu d'appeler une jolie taille.

Cependant la tournure était charmante et une grâce infinie se répandait sur toute sa personne. Je ne pouvais pas bien distinguer ses traits, vu qu'elle portait un voile et que le chapeau ombrageait sa figure. Sa Majesté était mise avec une simplicité extrême. Sa toilette se composait d'une jupe en soie noire relevée tout autour, ainsi que c'était devenu la mode grâce à elle, car l'impératrice a eu le bon esprit d'abolir à la campagne les robes faisant traîne, ce qui d'ailleurs a fait dire dans le faubourg Saint-Germain qu'elle avait inventé de se promener court vêtue, « comme les danseuses de l'Opéra » ; son corsage était une simple blouse en flanelle rouge, retenue à la taille par une ceinture noire à boucle. Elle tenait une canne dans une main, et avait dans l'autre une ombrelle verte. L'entretien avec mon mari semblait être fort animé, et j'avoue que de suite j'ai été frappée par l'air et les allures de femme du monde qui différaient tellement de celles d'autres souveraines. Sa Majesté dit « adieu » et « à revoir » à mon mari, et celui-ci en remontant chez moi me prévint que Leurs Majestés nous attendaient le même soir à la villa Eugénie.

À neuf heures, nous entrions dans le grand salon. Autour d'une table gigantesque sur laquelle étaient placées des lampes à abat-jour, je vis installés l'impératrice Eugénie, plusieurs dames d'honneur et quelques messieurs de la suite. L'impératrice avait étalé devant elle un jeu de patience, les dames travaillaient. C'était un salon de famille dans toute l'acception du mot, et de suite ma première impression fut celle que, dans ce milieu, toute étiquette de cour était bannie[12], et qu'on se trouvait là plutôt chez de très grands seigneurs que chez des souverains. L'impératrice se leva, vint très aimablement vers moi, me tendit la main et me dit combien elle était charmée de faire ma connaissance, qu'elle et l'empereur aimaient beaucoup mon mari et qu'ils étaient très heureux qu'il leur eût amené sa femme comme ils en avaient exprimé le désir. Sur ce, l'impératrice reprit son fauteuil, arrangea un rouleau en cuir dont, à la suite de douleur dans le dos[13], elle faisait un usage constant et que je lui ai vu employer toujours, me fit signe de m'asseoir à côté d'elle et commença à causer avec un entrain et une animation extraordinaires. Au bout de peu d'instants, j'avais le sentiment de me trouver en face d'une personne que je connaissais depuis longtemps, tellement elle était simple, naturelle et dénuée de toute affectation. Sa Majesté me dit : « Vous allez voir l'empereur de suite. Il est dans son cabinet de travail et va revenir. »

Le charme que l'impératrice exerçait sur tous ceux qui l'approchaient avait agi sur moi, et j'étais subjuguée, tant par sa grâce, sa bonté, que par sa ravissante beauté. Les traits étaient d'une finesse extrême, l'expression des yeux douce et intelligente, le nez, la bouche, l'ovale de la figure, la forme de la tête, le cou, les épaules d'une rare perfection, les dents belles et bien rangées, le sourire délicieux. Ce qui m'a surpris, c'est que l'impératrice peignait ses sourcils et les contours des yeux, et cela très franchement, avec de gros traits au crayon noir. J'ai appris plus tard, et cela par elle-même, qu'elle avait pris cette habitude ayant en horreur les sourcils et les cils blonds[14] qui, disait-elle, « donnaient l'air bête et effacé ». La main de Sa Majesté était petite, jolie et élégante ; quant à ses pieds, ils étaient ceux d'une Andalouse de pur sang – et c'est tout dire. Mais ce qui, à mon avis, surpassait encore sa réelle beauté, c'était sa grâce incomparable, car chacun de ses mouvements était si gracieux, qu'on aurait pu la peindre dans chacune de ses poses. Les cheveux de l'impératrice avaient une teinte roussâtre. « Autrefois, m'a-t-elle dit un jour, j'étais rousse comme une carotte ! »

J'admirais donc sans réserve cette belle souveraine, dont la mise et le goût qui l'avaient fait décréter la reine de la mode incontestée m'émerveillaient par leur grande simplicité et leur élégance de si bon aloi. Elle continuait à causer avec une animation extraordinaire, et, tout en mettant son entourage et ses interlocuteurs à l'aise, elle ne faisait pas oublier un instant la très grande dame qu'elle était de naissance. Rien en elle n'était appris ni apprêté, c'était le naturel avec tout le charme que tout manque de pose comporte. Nous causions donc de ceci et de cela lorsque, au fond du salon, une porte vint à s'ouvrir et l'empereur parut. Tout le monde se leva, même l'impératrice, que d'ailleurs j'ai toujours vue se lever de son fauteuil chaque fois que l'empereur paraissait, même lorsqu'on se trouvait seule avec elle en tête-à-tête dans son cabinet de travail ou dans son petit salon du matin. L'empereur s'approcha de moi, lentement, avec cette singulière démarche[15] un peu traînante qui lui était propre, me tendit la main et me dit : « Je suis très heureux de vous voir ici et j'espère que vous nous resterez longtemps et cela non seulement à Biarritz, mais plus tard aussi, à Paris ! »

Je le remerciai de nous avoir permis de nous présenter le soir même de notre arrivée à la villa Eugénie, sur quoi il reprit : « Mais nous étions très impatients de vous voir de suite, et vous savez que le prince est de nos vieux amis et que nous l'aimons beaucoup. J'espère que vous-même vous vous plairez parmi nous, et que nous nous verrons souvent ! »

À partir de ce jour, l'empereur et l'impératrice n'ont pas varié un instant dans leur attitude vis-à-vis de nous, et n'ont pas laissé passer une seule occasion sans nous donner mille témoignages de bonté, de bienveillance et d'affection. Mon mari leur a conservé jusqu'à son dernier souffle un grand et, j'ose le dire, un très vif attachement ; pour ma part, je n'oublierai jamais non plus ce que je dois de reconnaissance au couple impérial, et je conserve à l'empereur un souvenir profondément respectueux, comme aussi mon cœur est tout rempli de sentiments tendrement dévoués envers l'impératrice Eugénie.

L'empereur Napoléon, après m'avoir adressé les gracieuses paroles citées plus haut, salua mon mari et prit place à la fameuse table où bientôt une conversation générale s'engagea. On riait et on causait comme on rit et on cause partout entre gens du même monde. L'empereur racontait des histoires et paraissait aimer qu'on lui en racontât. Je me lançai avec cette insouciance qui me caractérise, hélas ! et j'eus le bonheur de remporter mes premiers succès à la cour de Napoléon III[16]...

L'empereur riait de bon cœur, l'impératrice en faisait autant et l'accord parfait était établi entre nous.

L'empereur, que je regardais sous cape, me parut non pas vieux, mais plus vieux que je ne croyais[17]...

Il était franchement laid de figure, et sa tournure laissait beaucoup à désirer ! Le haut du corps semblait trop lourd pour les jambes[18], et il marchait mal ; cependant, malgré tout, il plaisait et, mieux que cela, il charmait. Ses yeux, dont on disait qu'ils étaient ternes, et ce regard qu'on accusait d'être vague, me plurent infiniment par leur douceur extrême et par la bonté qu'ils reflétaient.

Les manières de l'empereur étaient exquises, et il avait une grande simplicité, ce manque absolu de toute pose qui distingue en première ligne le grand seigneur du commun des mortels. Il était lui-même sans arrière-pensées, et je suis convaincue que jamais il n'a eu la moindre préoccupation quant à l'effet qu'il produisait. Son organe était sonore, quoiqu'un peu nasillard.

Il s'exprimait facilement et mettait de suite la personne avec laquelle il causait complètement à son aise, de sorte que, comme il restait bien lui-même, on se montrait à lui tel qu'on était ; ceci du moins a toujours été le cas en ce qui me concernait. Si quelqu'un avait pu m'apprendre le naturel, certainement c'est l'empereur Napoléon qui me l'aurait enseigné. L'affectation se serait trouvée désarmée devant lui, comme d'ailleurs aussi devant l'impératrice. Celle-ci avait la désinvolture si séduisante des méridionales, tandis que l'empereur avait le calme réfléchi des hommes du Nord[19] avec un léger mélange d'amabilité française.

Et pour en revenir à cette mémorable soirée qui fut celle de mes débuts à la Cour impériale où je passai les plus belles heures et les plus brillantes années de ma vie, je n'ajouterai que ces mots : je sortais conquise de la villa Eugénie, où en levant la séance vers onze heures et demie, Leurs Majestés me dirent en se retirant : « À revoir bientôt et souvent ! »

Pendant onze ans, j'ai vécu auprès d'elles, et plus je les ai vues, plus j'ai appris à les aimer.

II

Une ascension sur la montagne de la Rune

Biarritz, septembre 1859

L'impératrice Eugénie raffolait des parties de campagne, et, peu de jours après notre arrivée à Biarritz et après ma présentation, Sa Majesté nous fit demander de l'accompagner dans l'ascension qu'elle comptait faire à la montagne de la Rune[1], qui fait partie des Pyrénées. On devait se réunir à la villa Eugénie et se rendre en grande et nombreuse compagnie dans les chars à bancs de l'empereur, lesquels étaient attelés de cette belle poste française[2], conduite par des postillons à cheval, au pied de ladite montagne, qui était à une heure et demie de Biarritz.

Nous partîmes donc un beau matin à dix heures. Autant que je m'en souvienne, nous étions une cinquantaine de personnes. La course en voiture fut charmante, on traversa Bayonne, puis on longea l'Adour, et enfin on arriva au lieu de rendez-vous où des mulets nous attendaient, escortés de leurs guides, ces fameux paysans basques à bérets dont les costumes pittoresques excitèrent mon admiration. C'était un coup d'œil charmant. On dégringolait des voitures, on ramassait ses affaires – manteaux, ombrelles, caoutchoucs –, on criait, on appelait, on se bousculait. L'impératrice réclamait son « sac vert », ce fameux sac sans lequel elle ne se déplaçait jamais et que son écuyer de service, le marquis de Lagrange[3], était chargé de surveiller. Ce sac en taffetas gris-vert contenait tout ce dont Sa Majesté pouvait avoir besoin lorsqu'elle faisait une excursion, et par la suite des temps il était devenu l'ami de tout le monde : on le connaissait, on le choyait, on l'aimait. Nous autres, simples mortelles, nous n'avions ni sac vert, ni bleu, ni rouge ; nous roulions nos petites affaires dans des plaids à courroies, qui faisaient escorte au « sac vert », lequel trônait majestueusement en connaissance de cause au premier rang.

Donc nous voilà tous descendus et placés devant nos mulets. Il s'agissait de choisir la bête qui nous convenait, seulement ce n'était pas chose facile, car, suivant l'usage basque, les selles étaient des doubles selles ou des « cacolets[4] ». C'est-à-dire que des deux côtés de l'animal était une espèce de mauvais petit fauteuil, de sorte que chaque mulet portait deux personnes. La difficulté était de trouver quelqu'un ayant le même poids à peu près que soi ; on imagine ce qu'étaient les cris et les appels d'une aussi nombreuse compagnie, car il s'agissait de trouver son sosie ! Les maigres se cherchaient avec ardeur, les grasses se précipitaient les unes sur les autres, et enfin, après mille difficultés, on fut hissé et on se mit en route.

L'impératrice tenait la tête du cortège avec la princesse Anna Murat[5]… Quant à moi, qui étais mince à désespérer une allumette, j'eus pour compagne la comtesse de la Poëze[6], dame du palais de l'impératrice, dont la maigreur la faisait comparer à un rideau flottant placé près d'une fenêtre ouverte, vu qu'il n'y avait pas de corps. J'avoue que ce mode de locomotion est bien le plus incommode et le plus fatigant qu'on puisse imaginer. On est fort mal assis, les pieds ont à peine de quoi se poser, puisque la corbeille (ou le fauteuil) n'a qu'une petite planchette vacillante, attachée moyennant deux ficelles, de sorte qu'au bout d'une heure ma compagne d'infortune et moi nous n'en pouvions plus. Ajoutez à cette torture l'émotion qui est causée par la façon de marcher de ces maudits mulets, qui prennent un malin plaisir à longer toujours l'extrême lisière des sentiers de montagne déjà si étroits, ce qui fait qu'on est suspendu au-dessus des précipices…, c'est tout simplement abominable. Mon pauvre « rideau flottant » me proposa enfin de descendre, et, sans faire ni une ni deux, nous voilà en bas et heureuses de nous retrouver sur nos deux pieds.

Nous grimpions bravement derrière la file des mulets, lorsque, en débouchant sur une belle prairie, nous vîmes à notre grande satisfaction un déjeuner dressé par les gens de l'empereur sur des nappes étendues à terre. Les mulets s'arrêtèrent, tout le monde descendit, et on s'installa sur l'herbe pour se jeter sur la nourriture dont chacun avait depuis pas mal de temps déjà souhaité l'apparition. Ce repas, présidé par l'impératrice qui, elle aussi, s'était bravement assise dans l'herbe, car elle avait horreur qu'on fasse pour elle autre chose que pour les autres, fut extrêmement gai et entrain. Lorsque tout le monde eut fini de manger, des musiciens basques se firent entendre, et leurs tambourins résonnèrent joyeusement sur ce beau plateau d'où s'étendait déjà une vue superbe. Alors l'impératrice Eugénie, entendant un fandango[7], ne put résister au désir de danser aux sons de cette musique entraînante, et, prenant des mains d'un des musiciens basques une paire de castagnettes, Sa Majesté esquissa, avec une grâce et une élégance dont je n'ai jamais rien vu d'approchant, cette danse de son pays natal !

La décence parfaite de ses mouvements unie à ce charme qu'elle savait prêter à tout ce qu'elle faisait nous enthousiasma, et lorsqu'elle cessa de danser ou, pour mieux dire, de mimer le fandango (car ses petits pieds ne faisaient que glisser légèrement sur le sol ou bien ils le frappaient de petits coups secs), Sa Majesté se tourna vers nous en nous disant de son joli air simple et sans prétention, comme si ce qu'elle venait de faire fût la chose la plus naturelle du monde : « N'est-ce pas que le fandango est une danse charmante ? » Comme l'impératrice portait ce jour-là un chapeau espagnol à pompons noirs et le même costume court que je lui avais vu le jour de notre arrivée, lorsqu'elle s'était arrêtée devant l'hôtel où nous demeurions, et qui se composait d'une simple jupe noire et d'une blouse en flanelle rouge, sa mise cadrait à merveille avec sa danse, et j'ai gardé un souvenir impérissable de cette silhouette fine et gracieuse de l'impératrice des Français, exécutant avec autant d'élégance que de noblesse cette danse de son beau pays d'Espagne. Elle donnait bien là l'impression d'une personne issue d'une maison illustre et personne n'aurait songé à être étonné ni choqué de voir danser cette belle impératrice un pas seule devant ses sujets et devant des étrangers ! David, lui, a bien dansé devant l'Arche sainte, je ne crois pas qu'il y ait montré plus de dignité que l'impératrice Eugénie en *soupirant* le fandango.

Mais toute belle chose a une fin et c'est à partir de ce moment-là que la partie de campagne tourna au tragique ! Personne ne voulut plus remonter en « cacolet », et il s'agissait d'atteindre la cime qui s'élevait au-dessus de nos têtes à une hauteur inquiétante... On se mit bravement en marche, l'impératrice toujours en avant, toujours courageuse, jamais geignante. Moi à ses côtés. Mon « rideau flottant » était dans le dernier dessous et gémissait parmi les traînards ! Enfin, après une longue marche de plus de deux heures, nous voici arrivés au sommet de la Rune ! Le jour commençait à baisser, et il fallait se presser d'admirer la vue qui était véritablement belle et s'étendait d'un côté vers l'Espagne et de l'autre vers Biarritz, Fontarabie, Saint-Sébastien et la mer ! Les poteaux de frontière étaient à deux pas de nous, et l'impératrice, toujours gaie et rieuse, passa ceux-ci et nous cria : « Ne croyez-vous pas que les journaux vont dire que l'impératrice a fait un long séjour en Espagne ? »

Un chambellan s'approcha de Sa Majesté et la prévint qu'il était grand temps de se remettre en route, et on repartit soit à pied, soit en « cacolet ». Je suis forcée de convenir que l'entrain diminuait sensiblement et qu'il n'y avait que les grandes âmes rompues à tous les héroïsmes qui ne se plaignaient pas. On avançait donc assez silencieusement et la nuit commençait à tomber !... La marche devenait difficile par suite de l'obscurité, et force fut d'allumer les torches et les lanternes qu'on avait eu le bon esprit d'emporter. Les femmes, peu habituées à une marche aussi pénible dans des sentiers rocailleux, se plaignaient de plus en plus. Quelques-unes déclaraient en pleurnichant que leurs souliers commençaient à se déchirer (aussi quelles déplorables chaussures elles avaient !). D'autres se faisaient hisser sur leur mulet, mais le mouvement de la descente leur donnait mal au cœur ! C'était devenu un concert de jérémiades..., mais il n'y avait pas à dire, il fallait continuer la route ! La comtesse de La Bédoyère[8], autre dame du palais, n'avançait plus, et allait soutenue d'un côté par mon mari et de l'autre par son beau-frère, le mari de mon « rideau flottant ». Comme elle était très forte, et par là très lourde, ces deux messieurs en la portant presque n'en pouvaient plus et s'épongeaient sans cesse. Enfin ne voilà-t-il pas que cette pauvre Mme de La Bédoyère s'effondre dans leurs bras en déclarant qu'il lui est impossible de faire un pas de plus et demande qu'on la « laisse mourir sur place !!!... » Que faire ? On arrête le cortège et l'impératrice donne ordre aux guides d'improviser un brancard ! Aussitôt dit, aussitôt fait, et au bout de quelques instants le brancard est construit, et l'infortunée dame du palais est placée dessus et portée à bras par quatre guides qui alternent avec quatre autres de quart d'heure en quart d'heure !

Le brancard avait excité la convoitise d'autres marcheuses et on réclamait de tous côtés des brancards comme s'il y en avait eu là à revendre ! La construction de ces objets exigeait un certain temps d'arrêt et devenait d'autant plus difficile que la nuit noire était survenue et que ce n'est qu'à tâtons que les guides arrivaient à couper des branches et à les réunir de façon qu'elles puissent servir à l'usage voulu ! Ce qu'il y a eu à ce moment de pleurs et de grincements de dents dépasse toute description. Les dames du palais s'insurgeaient, les invitées se sentaient prises de vélléités révolutionnaires. On pestait contre les souverains qui ont la manie de grimper sur des pics inaccessibles ; on jurait de se venger, et je ne sais pas si dans leur désespoir et leur découragement il n'y a pas eu des femmes qui formaient le sinistre projet d'étrangler le lendemain la pauvre impératrice !… Bref, vers dix heures et quart, on arrivait aux voitures, et la vue de ces réceptacles bienheureux fut saluée avec bonheur, je dirai même avec attendrissement, car pour un rien on aurait embrassé les postillons. Les souliers de l'impératrice avaient tenu bon ainsi que les miens, et nous étions à peu près les seules qui sans aide aient pu monter dans les voitures !

Sa Majesté me dit : « Comme vous marchez bien, princesse ! » À quoi je répondis que j'avais fait de nombreuses ascensions pendant les séjours que je faisais étant jeune fille, avec mes parents, à Ischl[9], et que j'étais habituée à la marche, mais qu'il me semblait pourtant que l'excursion que nous venions de faire présumait plus de vaillance qu'on n'était habitué à en rencontrer en général parmi les femmes du monde. « En effet, répliqua l'impératrice, et une autre fois je ne demanderai qu'aux ascensionnistes de m'accompagner.

Il vaudra mieux faire un de ces jours une promenade en mer, cela ne fatiguera personne. L'aviso la *Mouette* se trouve en rade de Biarritz à la disposition de l'empereur, et un de ces jours nous prendrons le bateau en question pour aller à Fontarabie[10] ! » Je me permis de demander à Sa Majesté « si elle ne craignait pas que ses invités ne prennent le mal de mer ? ». Elle se récria en disant : « Ah ! mais que pensez-vous donc ? Comment, ces dames seraient donc toujours malades sur terre et sur mer ? Ce serait vraiment trop fort ! » Et le fait m'a donné raison : elles sont toujours malades « sur terre et sur mer ».

III

Une promenade en mer

Biarritz, septembre 1859

L'impératrice Eugénie avait tenu bon. Malgré mes timides observations, elle décréta qu'on ferait sur l'aviso la *Mouette* une partie en mer, et les invitations furent lancées. Cinquante-deux personnes, « le service y compris, devaient être de la joyeuse fête ». On goûterait en mer, on se rendrait à Fontarabie, là, on visiterait la petite ville espagnole et on reviendrait vers le soir à Biarritz pour souper ou dîner à la villa Eugénie ! Le programme n'a été que faiblement, bien faiblement tenu ! Quant à ce que la fête fut joyeuse, personne, pas même le courtisan le plus invétéré, n'aurait osé le prétendre !

Donc, par une belle journée, vers deux heures de l'après-midi, pimpantes et parées, inconscientes des « joies » et des « délices » que cette course allait leur offrir, les femmes s'acheminaient, gaies et rieuses, vers la plage, suivies de tous ces messieurs, serrés dans leurs redingotes et coiffés de chapeaux hauts de forme, les vestons et les chapeaux mous ayant été interdits lorsqu'on allait en promenade avec Leurs Majestés… Je vois encore d'ici la toilette en mousseline blanche sur dessous en soie bleu de ciel de la jolie comtesse Lise Przezdziecka[1], son chapeau en paille de riz orné de grandes plumes bleues. J'entends son rire joyeux. Je vois la comtesse Walewska[2], toute de mauve vêtue, charmante et souriante, – la comtesse de La Bédoyère, à peine remise des fatigues de l'ascension de la Rune, pleine de confiance et déclarant « que cette fois-ci du moins on ne risquerait pas de mourir à la peine », – miss Vaughan (plus tard Mme Domingo Arcos) disant que toute Anglaise adorait la mer et que rien que la pensée d'aller en yacht l'avait empêchée de fermer l'œil de toute la nuit, tant elle se faisait une fête de se sentir ballottée par les vagues, – Mmes de La Poëze et de Montebello[3] ravies de la « bonne idée » qu'avait eue l'impératrice –, ces messieurs jouant au loup de mer, regrettant de n'avoir pu endosser des vareuses et nous expliquant comment il fallait marcher sur le bateau pour ne pas risquer de tomber, car évidemment nous allions être un peu secouées, la mer étant pas mal moutonneuse... Bref, tout le monde était ravi, plus que ravi, enthousiasmé ! Moi seule, je me sentais envahie par d'étranges pressentiments, et je marchais la tête baissée avec des airs de victime qu'on mène au supplice. La comtesse Przezdziecka se tourna vers moi et me demanda si j'étais souffrante. Je répondis « pas encore » ! À ce mot, elle reprit ce rire sonore dont elle avait le secret, et me dit : « Vous croyez donc que nous serons malades en mer... Jamais de la vie... et tenez, j'ai déjà un appétit dévorant !... Que je me réjouis de goûter sur le pont ! »

Nous nous trouvions en face des canots qui se balançaient avec une grâce inquiétante devant nous, lorsque nous vîmes arriver l'impératrice suivie d'une de ses dames, de quelques chambellans et de son écuyer de service. Elle semblait radieuse et était plus jolie que jamais dans sa robe d'alpaga blanc et son grand chapeau de grosse paille surmonté de plumes blanches. Elle nous salua, serra la main à ses invités et, se tournant vers le capitaine, lui dit : « Eh bien, montons dans les canots ! » On se parqua aussi bien qu'on put et un, deux, trois ! les canots furent poussés, et les matelots donnèrent vivement de grands coups de rame. J'étais placée à côté de l'impératrice ; son admirable entrain me gagna, et j'avouai à Sa Majesté « que c'était délicieux ». Au bout de quelques minutes nous nous trouvions près de la *Mouette.* Les vagues étaient devenues de plus en plus hautes, et l'abordage ne semblait pas précisément chose très commode ni très facile. L'impératrice fut la première que deux officiers de marine jetèrent sur l'escalier de l'abordage, puis ce fut mon tour et ainsi de suite. J'avoue que cette opération manqua de charme et toutes ces dames partagèrent mon avis à ce sujet. La comtesse Przezdziecka avait poussé des cris à fendre l'âme ; la comtesse Walewska crut qu'elle allait tomber à l'eau ; Mme de La Bédoyère avait été mouillée du haut en bas ; Mme de Montebello avait reçu une avalanche d'eau dans la nuque ; miss Vaughan, l'Anglaise si habituée aux excursions en yacht s'était à moitié foulé le pied – les déboires commençaient !...

La *Mouette* était à l'ancre en pleine mer. Que ceux qui savent ce que c'est que d'être à l'ancre par une mer moutonneuse, et cela dans le golfe de Gascogne, me jettent la première pierre, si, en déclarant que c'est tout bonnement abominable, je commets le péché de mensonge ! Comme il fallait un certain temps pour embarquer les cinquante-deux personnes qui faisaient suite à Sa Majesté, il ne fallait pas songer à lever l'ancre de sitôt ! La situation des ballottés attendant cet embarquement devenait de plus en plus critique... Enfin l'ancre sortit du fond de la mer, les machines commencèrent à fonctionner, la fumée s'échappait de la cheminée en grosses torsades noires et grises, l'homme de barre était à son poste et le navire fila rapidement en emportant la femme de César et ses invités vers la côte d'Espagne. On s'était installé sur le pont dans de jolis fauteuils cannés, et l'impératrice, toute joyeuse et souriante, trônait au milieu de la compagnie en causant avec animation et en nous faisant remarquer combien une excursion en mer était pleine de charme et d'agrément. Le bateau montait et descendait, puis il remontait et redescendait. Il y avait du tangage et du roulis à plaisir. Les figures pâlissaient et verdissaient, mais personne n'eût, pour un empire, voulu convenir que l'agrément tant vanté par Sa Majesté n'était pas aussi réel qu'elle s'acharnait à nous l'affirmer. À ce moment alors, et tout juste à l'instant où l'impératrice en se tournant vers le comte Ladislas Hoyos (plus tard ambassadeur d'Autriche-Hongrie en France) voulut lui adresser une question, celui-ci bondit de son siège en portant son mouchoir à sa bouche, et se précipita vers la balustrade ! Le premier tribut à Neptune était rendu ! Profondément émue, toute la société se tut, et une tristesse morne commença à s'abattre sur toutes ces figures décolorées.

On tint bon cependant. Les valets de chambre et les valets de pied de l'empereur mettaient, en attendant, le couvert de ce fameux goûter si impatiemment attendu par la comtesse Przezdziecka, mais personne n'osa attacher ses regards sur ces horribles gâteaux, ces compotes, ces confitures, ces glaces et ces babas au rhum. Ah ! ces babas !

Je me trouvais près du coin de la table où se trouvait placé un de ces épouvantables babas. L'odeur que ce gâteau ruisselant de rhum exhalait me montait au nez : du nez elle glissa dans l'estomac, et celui-ci, trop généreux pour accepter un don qui lui était octroyé contre son gré, se vengea en rendant lui aussi à Neptune ce qui était dû à Neptune. À partir de ce moment, la débandade « stomacale » fut complète, et je renonce à décrire les scènes qui se passèrent alors. Cinquante personnes suivirent l'exemple donné par le comte Hoyos et par moi ! Sachant que, pour le mal de mer, le seul remède était de se coucher à plat, je ne fis ni une ni deux, je pris quelques coussins, j'arrachai mon plaid de sa courroie et je m'étendis de tout mon long. Cette idée lumineuse eut un succès fou et toute la société s'allongea sans plus s'inquiéter de l'impératrice que si elle n'avait pas existé. On oubliait à tel point la haute situation de Sa Majesté qu'on lui donnait des ordres, ni plus ni moins, qu'on lui demandait qui un châle, qui un coussin, et voire même, des cuvettes ! ! ! L'impératrice, qui avait en elle l'étoffe d'une sœur de charité – elle l'a prouvé en mainte occasion et tout le monde sait avec quel courage héroïque et quel dévouement elle est allée soigner les cholériques à Amiens[4] –, courait de l'un à l'autre et se multipliait, ne sachant où et par qui commencer. Les gémissements devenaient de plus en plus aigus et les maux de cœur de plus en plus violents. L'aviso la *Mouette* n'étant pas un bâtiment installé pour le transport des voyageurs, *tout* manquait à bord, et en première ligne les *stewards* faisaient absolument défaut, et avec eux leurs atroces baquets si nécessaires cependant dans toute traversée. Le petit médecin de service vint seconder la pauvre impératrice, qui était haletante. Quant aux gens de l'empereur, il n'y fallait pas songer, eux aussi étaient tous sur le flanc. Seule Sa Majesté, puis le comte Walewski[5] et mon mari n'étaient pas atteints, mais ces deux messieurs déclarèrent qu'il leur était impossible de soigner quiconque, car au même moment ils seraient pris infailliblement eux aussi de vomissements, ne pouvant supporter *la vue* de personnes atteintes de ce genre de mal !

On avançait toujours ! L'aspect de ces cinquante personnes couchées là, pâles, défaites et hurlantes, était navrant. Je ne pus m'empêcher alors, me sentant mieux, de demander à la comtesse Przezdziecka si « elle avait encore faim ». Elle me répondit d'une voix mourante : « Oh ! vous êtes cruelle ! Je crois que, de ma vie, je ne pourrai plus manger ! »

L'impératrice accourut vers nous, alors que le découragement était arrivé à son apogée, et nous annonça que Fontarabie était en vue, que l'on apercevait les pilotes avec les canots et que nous allions être transportés à terre. De là nous prendrions des voitures qui nous ramèneraient à Biarritz. Un véritable cri de joie sortit de toutes les poitrines. La *Mouette* stoppa. Enfin le terrible escalier est descendu, les mourants se lèvent et ramassent leurs dernières forces pour tomber dans ces bienheureux canots ! À peine quelques coups de rame sont-ils donnés, que le chef pilote hochant la tête déclare, en tâchant de tourner sa phrase aussi bien que possible, « qu'il n'ose pas prendre la responsabilité de nous faire entrer dans le port de Fontarabie rempli de rochers très dangereux, que la mer étant devenue de plus en plus mauvaise, il se voyait obligé à son grand regret de ne pas continuer la route, et qu'il était de son devoir de nous ramener à la *Mouette* » ! Un coup de massue appliqué sur la tête de ces désespérés n'aurait pas obtenu un effet plus cruel ; c'était l'effondrement de toutes les espérances.

Un silence de mort suivit cette déclaration, et nous voilà retournant vers ce misérable bateau ! On regrimpa, je ne sais trop comment, et je m'étonne encore que certaines personnes aient eu la force de se hisser. Les matelots jetaient ces infortunés comme des ballots de coton. Brisé de désespoir, tout le monde se recoucha, et la danse reprit de plus belle avec tout ce qui s'ensuit. J'avais tristement débuté, il est vrai, mais j'étais redevenue suffisamment vaillante pour être en état de plaindre mes malheureux compagnons. Cependant, pour ne pas compromettre ce bien-être relatif qui m'était revenu, je restai étendue. À mes côtés gisait le chambellan, comte de Riancourt. Le brave homme était plus mort que vif, il demandait à Dieu de mourir, et je suis convaincue que si le navire s'était englouti dans les flots, il n'aurait pas même remué le bout du doigt pour se sauver du naufrage. Quant aux autres, c'était à peu près la même chose : la *Mouette* était devenue un hôpital flottant. Au bout de quelques heures – il pouvait être sept heures du soir – voilà que Biarritz paraît à nos yeux ravis ! Quel bonheur ! Quelle joie ! Merci ! Merci, mon Dieu !

On se rapprochait de plus en plus lorsque tout d'un coup nous voyons de brillantes fusées s'élever majestueusement de la plage !... Un feu d'artifice pour saluer notre si joyeuse arrivée ! C'est sans doute une gracieuse attention de l'empereur ! – Qu'il est bon ! Qu'il est aimable ! Mais s'il savait !!! On entend le bruit des rames des canots qui s'approchent. Le capitaine soucieux croit à travers l'obscurité n'en distinguer que deux. Où peuvent bien être les autres ?... Le pilote hèle le navire, et le voilà sur le pont, ruisselant d'eau de la tête aux pieds. Il s'approche du capitaine et lui remet un pli...

Oh ! douleur ! oh ! malheur ! oh ! désespoir ! – Ce pli contenait ces mots : « Par ordre de l'empereur, il est fait défense absolue au capitaine X... de débarquer l'impératrice. La mer est démontée, et les pilotes ne répondent pas de ramener Sa Majesté ainsi que les personnes de sa suite saines et sauves à terre. Le capitaine a à reprendre la haute mer, et ordre lui est intimé de n'entrer que dans un port où l'entrée n'offrira aucun danger ! »

Le pilote avait reçu de l'empereur cinq cents francs pour aller porter son ordre au commandant de la

Mouette ! Et voilà les machines qui recommencent à ronfler, l'hélice à tourner, et nous repartons !… « Vous verrez que cela sera pour la Cochinchine[6] », dit Mme de La Bédoyère, et elle se mit à pleurer à chaudes larmes !

Et c'est ainsi que de huit heures du soir à deux heures du matin, nous avons erré comme le Vaisseau fantôme à travers ce maudit golfe de Gascogne, lorsque le capitaine, pressé par l'impératrice, prit son courage à deux mains en disant qu'il tenterait l'entrée dans l'Adour[7], ajoutant cependant qu'il doutait fort que le gardien du phare en autorisât l'entrée, la mer étant réellement démontée. « On verra d'ailleurs ! ajouta-t-il. Si le phare donne le signal, tant mieux ! S'il ne le donne pas, nous dirigerons notre marche sur Bordeaux ! »

Et nous voici en face du phare ! La *Mouette* allume ses feux et donne le signal : « Peut-on entrer ? l'impératrice est à bord. » Et le sémaphore de répondre : « Entrez ! »

Le capitaine paraît terriblement anxieux ; ses officiers sont blêmes ; nous voyons qu'ils se consultent, qu'ils paraissent indécis. Que se passe-t-il donc ? – Le capitaine monte sur la passerelle, les officiers se postent comme s'il s'agissait de s'apprêter à un combat, on attache l'homme de barre moyennant des cordes, on met également des cordes au gouvernail, puis des deux côtés on place trois matelots avec des cordes. Les commandements retentissent sur le navire, l'inquiétude prend tout le monde, les malades se redressent, les mourants reviennent à la vie… J'entends un matelot dire à l'autre : « Le gardien du phare me paraît un singulier bonhomme ! » Naïvement, je lui demande la raison et il me répond : « Oh ! c'est que, ma petite dame, ça n'est pas drôle de passer la barre par une pareille mer, et encore lorsqu'il fait nuit noire ! – Il n'y a cependant pas de danger, mon brave ? – Comment, pas de danger ! c'est que si nous en réchappons, nous pourrons brûler un fameux cierge à notre bonne Vierge ! »

Seigneur ! du danger ! mais retournons ! Arrêtez ! C'est horrible ! Mon Dieu, ayez pitié de nous ! – voilà les exclamations qui retentissent de tous côtés… mais il n'y a plus à reculer, le navire est engagé dans cette effroyable lutte des eaux du fleuve et de la mer ! – « Voici la barre ! » crient les matelots, et à ce moment une vague énorme, gigantesque, une avalanche d'eau effrayante tombe par-derrière sur nous et couvre la *Mouette* ; à peine cette vague a-t-elle passé qu'en arrive une seconde plus haute, plus furibonde que la première, et enfin une troisième qui menace de nous engloutir ! Puis, calme plat, on glisse sur les eaux du fleuve ! Les matelots ne peuvent s'empêcher de dire au timonier tout bas : « Tu es un rude gars ! Sans toi, nous allions au fond ! »

La *Mouette* aborde et nous voilà en face de l'empereur qui, affreusement inquiet du sort du bâtiment, avait fait atteler sa voiture à deux heures et demie du matin pour se rendre bride abattue au phare afin d'empêcher l'entrée. Il arrivait et se précipitait vers le gardien du phare en lui criant : « Surtout ne laissez sous aucun prétexte entrer le bateau de l'impératrice ! » Et le gardien de lui répondre : « Sire, Sa Majesté est en train de passer la barre. Je croyais ne pas pouvoir refuser à l'impératrice l'entrée du port ! » L'empereur nous a avoué plus tard que, de sa vie, il n'avait eu aussi peur !

Mon mari, qui se tenait près des officiers de bord, entendit ceux-ci qui, prévoyant un naufrage, discutaient d'avance les mesures qu'on aurait à prendre en cas de catastrophe. L'un dit à l'autre : « Nous arriverons toujours, il faut l'espérer, à sauver l'impératrice ! – Ce n'est pas encore si sûr que cela », répliqua l'autre. Si l'homme de barre avait fait dévier pendant l'entrée son navire d'un mètre seulement de la voie tracée, nous étions irrévocablement perdus ! ! !

L'impératrice, nerveuse, en quittant la *Mouette* et voyant l'empereur, alla vers lui en lui disant : « Nous n'avons pas eu de chance avec notre course en mer. » L'empereur, que je n'ai jamais vu se fâcher une seule fois dans ma vie, parut cette fois-là très mécontent et reprit très vivement : « C'est aussi la dernière fois que tu fais une de ces escapades, il y en a assez. » Si le respect ne m'avait retenue, j'aurais ajouté : « Votre Majesté a bien raison ! » Vannés, anéantis, les cheveux en désordre, les figures décomposées, les vêtements pendant le long de ces pauvres corps qui avaient tant souffert, cette piteuse compagnie s'installa dans les voitures que l'empereur prévoyant avait fait suivre la sienne pour être là prêtes à nous recevoir dans le cas où le débarquement aurait lieu dans le port de l'Adour, et on nous conduisit... à la villa Eugénie pour y souper ! ! !...

Aussi longtemps que je vivrai, je garderai le souvenir de ce repas ! On n'imagine pas l'aspect qu'offraient les convives qui ressemblaient à des cadavres et dont les vêtements en loques donnaient l'impression du banquet de l'Évangile auquel on avait appelé tous les miséreux qu'on avait pu ramasser dans les rues. C'était cependant là la fine fleur de cette cour de Napoléon III, dont l'élégance était réputée dans les cinq parties du monde !

Qu'était devenue la jolie robe en mousseline sur dessous bleu pâle de la comtesse Lise Przezdziecka ? – Et la robe mauve de Mme Walewska ? – Pour quels rivages lointains s'était envolée la confiance de Mme de La Bédoyère qui avait dit avant de s'embarquer « que du moins cette fois-ci on ne risquait pas de mourir à la peine » ? – Quelles tristes mines faisaient Mmes de La Poëze et de Montebello qui s'étaient extasiées sur « l'heureuse idée » de l'impératrice… Mais rien n'égalait le chagrin de miss Vaughan, qui se voyait forcée de convenir que décidément le *yachting,* quoiqu'elle fût anglaise et qu'elle se crût passionnée pour ce genre de sport, ne lui convenait absolument pas ! Quant à ces messieurs, je ne décrirai pas leur figure et leurs accoutrements ! Ils étaient tout simplement monstrueux ! À quatre heures du matin, nous étions rentrés chez nous, mille fois heureux de regagner nos couches sur la terre ferme, et de nous laisser bercer non par la mer mais par nos rêves !

IV

Réception officielle en ma qualité d'ambassadrice à la cour de Napoléon III

Paris, 1859

Mon mari fut accrédité comme ambassadeur auprès de l'empereur Napoléon III en décembre 1859. La réception officielle eut lieu en grande pompe à la mi-décembre au palais des Tuileries[1]. Deux jours plus tard, Leurs Majestés Impériales me firent l'honneur de me recevoir. Le même cérémonial était observé pour les ambassadrices, et au jour fixé, les grands carrosses de gala vinrent me prendre à une heure et demie à l'hôtel de l'ambassade, lequel à cette époque se trouvait rue de Grenelle, 87[2]. Notre installation n'y était que provisoire, et bien que l'hôtel qui était la propriété du prince de Bauffremont-Courtemay fût beaucoup trop petit pour vouloir nous y installer d'une façon définitive[3]. Le prince de Bauffremont habitait le rez-de-chaussée, nous étions donc à l'étroit dans les appartements du premier et dans l'aile qui donnait sur la cour.

Je venais de terminer ma toilette, qui se composait d'une traîne en moire antique mauve, garnie de dentelles. J'avais mis beaucoup de bijoux, je portais sur la tête un diadème et autour du cou mes rivières en diamants auxquelles étaient suspendues mes poires en émeraudes. À peine étais-je entrée dans le salon que j'entendis la porte cochère s'ouvrir avec fracas[4] et les carrosses entrer dans la cour. Quelques instants après, les portes s'ouvraient à deux battants et on introduisit la dame du palais, Mme de Saulcy[5], l'introducteur des ambassadeurs, M. Feuillet de Conches[6], deux aides de cérémonie et deux chambellans de l'empereur. Tout ce beau monde me fit de profondes révérences, j'y répondis de mon mieux et M. Feuillet de Conches, s'étant approché de moi, me dit : « Madame l'ambassadrice, Leurs Majestés vous attendent aux Tuileries, vous plairait-il de monter en voiture ? » Un des aides de cérémonie, dont je ne me rappelle pas le nom, s'approcha d'un de nos messieurs de l'ambassade, qui, eux aussi, devaient me faire cortège, en lui glissant à l'oreille : « Mais c'est qu'elle est toute jeune, votre ambassadrice ! » J'entendis cette réflexion aussi juste qu'étrange, et elle me fit sourire, car, franchement, il aurait pu s'attendre à ce que je fusse jeune, puisque deux jours auparavant il avait escorté mon mari au palais et que celui-ci, qui avait vingt-neuf ans, ne pouvait cependant pas avoir épousé une vieille femme.

Nous voilà donc arrivés au bas de l'escalier. J'avoue que j'étais ravie d'entrer dans un de ces magnifiques carrosses tout en glaces, et que je ne pus m'empêcher de dire à Mme de Saulcy en m'installant : « Que c'est donc amusant ! » La pauvre Mme de Saulcy, habituée à ces corvées officielles, ne semblait pas y trouver le même plaisir que moi, et comme elle avait le double de mon âge, elle était blasée sur ce genre d'« amusements ».

Le carrosse était attelé de six chevaux superbement harnachés et conduits du siège par un cocher, tandis qu'à côté de chaque paire de chevaux marchaient des hommes qui les conduisaient à la main. Trois valets de pied se tenaient sur le marchepied de derrière. À l'intérieur, la voiture était capitonnée de satin blanc et galonnée d'or. Un tapis en peau d'hermine s'étalait sous nos pieds. Deux autres carrosses suivaient le nôtre, et derrière ceux-ci, avançait, sans que personne y fût placé, notre grand coupé jaune.

Mme de Saulcy s'était placée en face de moi : je devais être assise seule dans le fond, et cela, au milieu, comme me l'avait indiqué l'introducteur des ambassadeurs. Malgré le froid intense, il y avait foule dans la rue, qui battait la semelle. Beaucoup de personnes de connaissance s'étaient placées sur notre passage, et je m'amusais à les saluer de la main, ce qui, à ce qu'elles m'ont raconté ensuite, leur donnait beaucoup d'importance auprès des badauds. Mon mari, qui s'était placé avec quelques amis près de l'arc de triomphe de la place du Carrousel, sous lequel les carrosses devaient s'engager, me salua profondément et respectueusement. Je lui fis le même salut de la main. Un individu, placé à côté de lui, dit : « Elle vous connaît donc, monsieur ? » À quoi mon mari répondit : « Un peu ! » et l'autre de répliquer : « Elle ne paraît pas fière, en tout cas ! »

À peine avions-nous franchi l'arc de triomphe[7] que les tambours de la troupe qui était échelonnée dans l'intérieur de la cour des Tuileries battaient aux champs et que le drapeau s'abaissait. Mme de Saulcy me dit : « Veuillez descendre la glace et saluer. » Je m'empressai de me rendre à son avis. – Il faisait un froid affreux, dix ou douze degrés sous zéro ! Elle me demanda « si je ne gelais pas ». « Du tout », lui répondis-je, quoique au fait je me sentais glacée, n'ayant pour me couvrir qu'un collet en hermine, car il n'était pas d'étiquette d'avoir un grand manteau !

Arrivés sous la voûte d'entrée et tandis que les valets de pied m'aidaient à descendre, je fus saluée par le grand maître des cérémonies, le duc de Cambacérès[8], le grand chambellan, le duc de Bassano[9], le grand veneur le prince de la Moskova[10], et le grand écuyer, le général Fleury[11]. Je montai l'escalier[12] entre une haie de cent-gardes[13], et on me conduisit dans le salon[14] qui précédait la salle du trône[15]. Le duc de Cambacérès alla m'annoncer à l'empereur et je fus introduite auprès de Sa Majesté, laquelle se tenait debout au pied du trône, entourée d'un tas de chambellans et d'officiers d'ordre. Je fis trois grandes révérences et lorsque je me trouvai en face de l'empereur, celui-ci m'adressa un charmant discours, dans lequel il me répéta combien il avait été satisfait de la nomination de mon mari, qu'il avait toujours désiré voir comme ambassadeur à Paris. Ensuite il me fit quelques petits compliments personnels des plus aimables, et termina en disant que, s'il avait depuis longtemps déjà des sentiments de sincère amitié pour mon mari, il tenait à me dire qu'il reportait une bonne part de ceux-ci sur moi, et que lui autant que l'impératrice me vouaient une véritable affection. Pendant que l'empereur parlait, je me disais qu'à moins de passer pour une personne fort mal élevée et peu faite pour occuper une haute situation, il fallait répondre par quelques mots de remerciement. Aussi, dès que Sa Majesté eut fini de parler, je débitai mon petit discours en exprimant une profonde et respectueuse reconnaissance, et tout en assurant l'empereur de mon dévouement, je le priai de nous continuer sa haute bienveillance et ses bontés.

L'empereur écoutait en souriant de son air si bon que je n'éprouvai pas une minute d'embarras. Il me tendit la main et me dit : « Je ne veux pas vous retenir plus longtemps, madame l'ambassadrice, car l'impératrice vous attend. Je vous dis donc adieu et à revoir, à revoir souvent, je l'espère. »

Je fis de nouveau mes trois grandes révérences, et le premier chambellan, le comte Baciocchi[16], et le grand maître de l'impératrice, le duc Tascher de La Pagerie[17], me menèrent auprès de Sa Majesté.

Elle se tenait dans un des grands salons[18] appartenant à ses appartements particuliers, entourée de sa grande maîtresse, la princesse d'Essling[19], sa dame d'honneur, la duchesse de Bassano[20], et six dames du palais.

L'impératrice était éblouissante de beauté. Elle avait une robe à traîne en velours brodée d'argent sur un devant en satin blanc brodé de même. Un diadème splendide couronnait ses cheveux dorés, et son cou ainsi que le corsage ruisselaient de diamants.

Après m'être inclinée trois fois comme je l'avais fait chez l'empereur, elle aussi m'adressa un petit discours charmant, empreint des sentiments les plus affectueux, mais elle ne manquait pas de m'appeler « madame l'ambassadrice » pour bien donner à cette audience l'empreinte d'une entrevue purement officielle. Je répondis aussi bien que je pus et après que j'eus terminé ma réponse, elle me dit : « Voulez-vous me présenter ces messieurs de l'ambassade », ce que je fis sans me tromper de nom. D'habitude on oublie facilement en de pareilles circonstances les noms des meilleurs amis ; aussi pour un rien cela me serait arrivé avec le baron de Münch, car j'eus un moment d'hésitation avant de le nommer, ce qui me valut en rentrant, de la part de nos messieurs, mille lazzis.

Enfin Sa Majesté, après avoir dit à chacun un mot aimable, se retourna vers moi, me tendit la main et me dit tout bas à l'oreille de façon à ne pouvoir être entendue par personne : « Venez me voir demain entre deux et trois heures », puis elle fit cette fameuse révérence dont elle avait le secret, et nous nous retirâmes. Le même cérémonial eut lieu pour le départ comme pour l'arrivée, les tambours battirent aux champs, le drapeau s'abaissa, – j'ouvris la fenêtre – et transie de froid, je rentrai à l'ambassade. Le lendemain, je me réveillais avec une angine qui dura huit jours et qui me fit beaucoup souffrir. Leurs Majestés firent prendre sans cesse de mes nouvelles, et, comme de raison, je ne pus me rendre au rendez-vous que l'impératrice avait daigné me donner pour le lendemain. Dès que je fus remise, j'allai aux Tuileries. L'impératrice vint à ma rencontre et me dit « qu'elle était désolée que j'eusse pris froid, et que j'aurais dû en dépit de l'étiquette m'envelopper d'une grosse fourrure dans le carrosse à glaces dans lequel on gelait plus que dans toute autre voiture ! ».

Elle m'emmena dans son cabinet de travail[21] et nous nous assîmes près de la cheminée pour causer. « Mon

Dieu ! dit-elle, avons-nous été assez cérémonieuses toutes deux ! Je vous ai appelée, long comme le bras, "madame l'ambassadrice". On eût dit que je ne vous connaissais pas. Nous avons été *très bien* toutes deux, n'est-ce pas ? »

On apporta le thé, et pendant que nous le dégustions, la porte du fond s'ouvrit et l'empereur entra. « Ah ! dit-il, je suis aise de vous voir revenue à la santé. Vous devez maudire votre audience solennelle ! – Du tout, lui répondis-je, j'ai été tellement contente d'aller en grand carrosse, cela ne m'arrivera plus jamais de la vie et pour un rien je recommencerais. – On s'habitue à tout, répliqua l'empereur, et si vous deviez ne plus aller qu'en carrosse à six chevaux menés à la main, au bout de huit jours vous demanderiez à grands cris qu'on vous amène un sapin[22] quelconque. Mais laissez-moi vous dire que vous parlez joliment bien. J'avais peur que vous ne restiez court quand vous vous êtes mise à me répondre. Je ne m'embarrasse pas facilement, mais j'avoue franchement que je deviens blême quand, dans une harangue, l'orateur commence à bredouiller. Faites-vous donc raconter à ce propos par l'impératrice la grande audience qui a eu lieu lorsqu'elle a accepté la présidence de la Société maternelle ! »

V

Réception de la Société de charité maternelle aux Tuileries

Paris, 1855

L'empereur Napoléon ayant demandé à l'impératrice de me raconter l'audience solennelle qui avait eu lieu au palais des Tuileries lors de la présentation de la Société de charité maternelle par Mgr Morlot[1], archevêque de Paris, l'année après son mariage, Sa Majesté me raconta ce qui suit :

La reine Marie-Antoinette avait fondé cette société, dont le but était de venir en aide aux femmes pauvres en couches, et chaque souveraine en France devait, à la suite, en être la présidente et la protectrice. Les impératrices Joséphine et Marie-Louise, et après celles-ci la reine Marie-Amélie et je crois aussi Mme la duchesse d'Angoulême, quoique je ne sois pas sûre de cette dernière, s'étaient acquittées de cette tâche. L'empereur voulut faire revivre l'ancienne tradition, et pria l'impératrice Eugénie de réorganiser la société en question en se mettant à sa tête. Ceci fut fait. Lorsque tout parut enfin être en règle, qu'un grand nombre d'adeptes se furent fait inscrire comme membres, et que l'archevêque de Paris eut, en sa qualité de grand aumônier de l'empereur et de président de ladite association, déclaré les statuts en ordre et la société constituée, on s'adressa au grand maître de Sa Majesté, le duc de Tascher de La Pagerie, pour réclamer la faveur d'une audience solennelle dans laquelle Mgr l'archevêque viendrait demander officiellement à l'impératrice de daigner accepter la présidence ainsi que ses devancières l'avaient fait, et lui lire et lui faire connaître les statuts afin d'obtenir son consentement et sa haute approbation.

Au jour fixé, l'archevêque se présenta en grande tenue, accompagné de ses grands vicaires, au palais des Tuileries où il avait convoqué toutes les personnes faisant partie de la société. Il y avait foule. Personne n'avait eu garde de manquer à l'audience. Chacun était curieux de voir la nouvelle impératrice entrer en fonctions et représenter seule sans l'assistance de l'empereur.

La réception devait avoir lieu dans la salle du trône, et l'empereur avait ordonné que l'impératrice se tiendrait debout devant le trône, entourée de toute sa cour, c'est-à-dire de sa grande maîtresse, la princesse d'Essling, sa dame d'honneur, la duchesse de Bassano, ses douze dames du palais, son grand maître, ses chambellans et ses écuyers.

À deux heures précises, les portes s'ouvrirent à deux battants. L'archevêque parut, suivi de toute sa nombreuse et même innombrable escorte.

L'impératrice, très émue et un peu tremblante, se tenait droite et repassait le petit discours que l'empereur avait écrit pour elle et que consciencieusement elle avait appris par cœur. Elle constatait avec satisfaction qu'elle le savait sur le bout des doigts.

L'archevêque s'inclina trois fois et arrivé au pied du trône commença : « Madame ! »

L'émotion semblait le tenir et il se passa quelques instants avant qu'il ne reprît : « Madame ! »

Nouveau temps d'arrêt. La sueur perlait à son front, la foule devenait inquiète… L'impératrice, de rouge qu'elle était, devint pâle… Les dames derrière elle s'agitaient… Enfin l'archevêque parut retrouver le fil de son allocution et d'une voix plus assurée cette fois-ci : « Madame !… » Mais, chose inouïe pour un prêtre qui comme lui avait l'habitude de parler en chaire, il ne put trouver d'autre mot que celui-là… et après une nouvelle pause véritablement cruelle pour tous les assistants, Mme de La Bédoyère, devenue horriblement nerveuse et perdant la tête, se mit à lancer un sonore « bravo » dans cette assemblée ahurie !

À peine ce « bravo » était-il sorti de sa bouche, que l'impératrice, devenue plus nerveuse encore que sa dame du palais, éclata en sanglots… et, descendant tremblante des marches du trône, salua l'archevêque en pleurant, et se retira, suivie de toute sa cour, dans ses appartements…

L'empereur, entendant les voitures avancer pour emmener le monde, monta de suite chez Sa Majesté afin de lui demander comment l'audience avait marché et si elle avait bien répondu à Mgr l'archevêque. Il trouva l'impératrice tout en larmes. Inquiet, il s'approcha d'elle pour connaître la cause de son trouble. Elle lui raconta le pénible incident et l'empereur lui dit (l'empereur tutoyait l'impératrice, tandis qu'elle lui disait « vous ») : « Mais il aurait fallu que tu commences à adresser les premières paroles à l'archevêque, cela l'aurait remis à son aise. » La pauvre impératrice lui répondit : « Mais je ne pouvais pourtant pas lui débiter mon discours que j'avais si bien appris par cœur et par lequel je le remerciais des paroles si éloquentes et si chaleureuses qu'il m'adressait ! »

VI

Les grands bals de cour. Les lundis de l'impératrice. Bals costumés et masqués. Les redoutes à l'ambassade. Le bal de l'ambassade en 1867.

Paris, 1860 à 1870

Il y avait régulièrement deux grands bals de cour aux Tuileries durant le carnaval et même quelquefois trois. Ceux-ci étaient donnés dans la grande salle des Maréchaux[1], qui tenait le milieu du palais des Tuileries et qui était ainsi dénommée parce qu'elle se trouvait ornée des portraits de tous les maréchaux du temps du Premier Empire. Elle était haute et vaste. L'orchestre se trouvait placé en haut sur une galerie. Sur une grande estrade, au-dessous, figuraient les deux fauteuils réservés à l'empereur et à l'impératrice, puis trois chaises pour les princesses Clotilde[2] et Mathilde[3], ainsi que pour le prince Napoléon[4]. Sur une marche à droite, il y avait les places des ambassadrices, et, sur une marche à gauche, celles destinées aux membres de la famille civile de l'empereur, tels que les Murat[5] et les Bonaparte[6].

On était invité pour neuf heures, et à l'heure précise

le corps diplomatique arrivait pour se réunir dans la salle du trône où Leurs Majestés tenaient le cercle avant d'entrer dans la salle de bal[7]. Vers neuf heures et quart, la porte donnant dans la galerie de Diane[8], précédant la salle du trône, s'ouvrait et un huissier annonçait à très haute voix : « L'empereur. » L'impératrice, à gauche de Sa Majesté et un peu en arrière de lui, s'arrêtait alors et faisait trois grandes révérences, puis elle commençait par les ambassadrices, tandis que l'empereur parlait aux ambassadeurs[9]. Ce cercle durait à peu près vingt minutes, puis les souverains se donnaient le bras et, suivis de tout le corps diplomatique, traversaient les salons pour se rendre à la salle des Maréchaux où leur entrée était saluée par une marche solennelle. Du haut de l'estrade, l'impératrice faisait encore trois grandes révérences à l'assemblée, et le bal s'ouvrait par une valse. Vers onze heures, la Cour se rendait au souper, lequel était servi en buffet à la galerie de Diane, et à minuit on se retirait, heureux de voir cette corvée officielle terminée. Je n'ai pas besoin de dire que tous ces messieurs étaient en grand uniforme[10]. J'ajouterai seulement qu'ils portaient tous la culotte courte avec les bas de soie et les escarpins, comme on le fait à la Cour d'Angleterre, ce qui donne très grand air à une réunion : j'ai toujours regretté que cet usage n'ait pas été introduit à la Cour d'Autriche.

Il n'y a pas grand-chose à dire de ces grands bals dont le coup d'œil était évidemment très beau, mais qui dépassaient en ennui, à mes yeux du moins, tout ce qu'on pouvait imaginer. Les ambassadrices étaient clouées sur leur estrade et comme j'étais jeune à cette époque, l'obligation de ne pas bouger et de ne pouvoir causer avec personne, excepté avec mes collègues, me semblait extrêmement pénible[11].

Tout autre était ce qu'on appelait les lundis de l'impératrice, où l'on dansait et s'amusait beaucoup[12]. Donc, tous les lundis, on se réunissait aux Tuileries, et le bal avait lieu dans le grand salon bleu qui précédait la salle des Maréchaux. Les petits appartements privés de l'impératrice étaient ouverts alors, excepté son beau cabinet de travail. À neuf heures et demie, il fallait être rendu au palais, et dès que tout le monde était arrivé Leurs Majestés apparaissaient.

Il était d'habitude que l'impératrice adresse d'abord la parole aux ambassadrices qui se tenaient près de la porte par laquelle elle faisait son entrée. Un soir cependant, je ne sais ce qui lui prit, et, au lieu de venir vers nous, elle se tourna vers quelques étrangères nouvellement débarquées et nous laissa en plan ! Puis elle continua à causer avec un tas d'autres personnes et ne songeait plus à nous qui attendions là, la bouche en cœur. Impatiente, je me tournai vers lady Cowley[13] et la baronne de Budberg[14] en leur disant : « S'il vous convient de rester là à attendre que l'impératrice ait fini de causer avec tout ce monde, attendez ! Quant à moi, je n'admets pas que, *coram publico,* on nous traite de cette façon, et je vais m'installer dans le salon à côté. Lorsque l'impératrice aura envie de me parler, elle me fera appeler ou bien elle viendra me trouver », et je m'en allai !...

Ces dames voulurent me retenir, mais je restai sourde à leurs instances et je partis. Au bout d'une heure à peu près, je vis paraître l'impératrice qui me cherchait et qui vint à moi en me disant : « Vous avez quitté le cercle, pourquoi donc ? – Madame, répondis-je, je sais bien que le bal d'aujourd'hui n'est pas une fête officielle, mais alors pourquoi le grand maître des cérémonies nous place-t-il officiellement à côté de la porte d'entrée de Votre Majesté, si ce n'est pas parce que l'impératrice est censée nous parler avant les autres femmes ? Si je n'étais que la princesse de Metternich, je ne m'en offusquerais pas, mais je suis l'ambassadrice d'Autriche, on me place comme telle et je crois qu'il est du devoir de Votre Majesté de tenir compte de cette situation. » L'impératrice, bonne comme toujours, me répondit : « Vous avez raison, j'ai eu tort, je ne sais quelle idée m'a passé par la tête. J'espère que vous n'êtes plus fâchée ! – Comment donc, répliquai-je, j'ai à faire des excuses à Votre Majesté, je la supplie de faire valoir la seule que je me permette de croire acceptable : j'ai défendu une situation qui n'est pas la mienne. »

Et gentiment, affectueusement, comme elle seule savait l'être, elle me tendit la main en disant avec son charmant sourire : « Je ne le ferai plus !… »

C'est à un de ces bals que je vis pour la première fois la célèbre comtesse de Castiglione[15], cette merveilleuse beauté qui avait, à ce qu'on se disait, obtenu les faveurs de Napoléon III, et qui, avec une insolence inouïe, faisait son entrée au bal vers minuit, alors qu'il fallait être rendu aux Tuileries à neuf heures et demie !

J'avoue être restée pétrifiée devant ce miracle de

beauté ! Elle était vêtue d'une robe en tulle blanc recouverte de grosses roses à longues tiges, et ne portait comme coiffure que ses admirables cheveux tournés en grosses tresses sur sa tête et formant diadème. Sa taille était celle d'une nymphe. Son cou, ses épaules, ses bras, ses mains – elle n'avait pas mis ses gants qu'elle tenait à la main – semblaient sculptés dans du marbre rose ! Le décolletage, quoique excessif, ne paraissait pas indécent, tant cette superbe créature ressemblait à une statue antique ! La figure était à l'avenant. Un ovale délicieux, un teint d'une fraîcheur incomparable, les yeux vert foncé et tout veloutés, surmontés de sourcils qu'on aurait cru être tracés par le pinceau d'un miniaturiste, un petit nez à la Roxelane[16] mutin et cependant d'une régularité absolue, des dents de perle. En un mot, Vénus descendue de l'Olympe ! Jamais je n'ai vu beauté pareille, jamais je n'en reverrai plus comme celle-là[17] !

La perfection n'étant, hélas ! pas de ce monde, il manquait à la comtesse Castiglione une chose essentielle, et cette chose était le charme[18] ! Elle semblait tellement imbue de sa triomphante beauté, elle en était si uniquement occupée, qu'au bout de quelques instants après qu'on l'avait bien dévisagée, elle vous donnait sur les nerfs. Pas un mouvement, pas un geste qui ne fût étudié ! Si elle avait été simple et naturelle, elle aurait bouleversé le monde, car je crois qu'elle aurait subjugué l'univers entier, tandis qu'on allait la regarder et l'admirer et qu'on la quittait écœuré de tant de pose et de tant de vanité. Excepté l'empereur, je ne sais personne qui lui ait voué une admiration particulière.

Fort peu aimable pour les femmes, Mme de Castiglione ne parlait qu'aux hommes. Je n'ai pas fait sa connaissance, elle n'ayant pas songé à se faire présenter à moi. On lui demandait un jour si elle ne dansait pas, à quoi elle répondit : « Danser ? pour devenir rouge et laide comme toutes ces femmes que nous voyons là devant nous, certes non ! » Ce propos, qui fut colporté, n'a pas contribué à lui concilier les sympathies féminines. On m'a raconté qu'un soir, à un bal donné à Saint-Cloud[19], elle arriva poudrée à blanc d'une moitié de la tête et coiffée en bandeaux plats de l'autre moitié. Le côté poudré était surmonté d'énormes plumes bleu ciel. Jamais on ne l'avait vue plus belle, cette coiffure étrange lui seyait à ravir. Le lendemain, elle vint, à un bal donné à Paris, vêtue d'une simple robe de mousseline blanche et coiffée en bandeaux sans aucun bijou ! Les personnes qui l'avaient vue la veille dans cet accoutrement étrange m'ont assuré qu'elle était peut-être plus belle encore dans cette simplicité exagérée.

Il y avait d'ailleurs de bien jolies femmes à cette époque à la Cour, et je ne citerai que la comtesse de Mercy-Argenteau[20], née de Caraman-Chimay, grande, élancée, ayant un port de reine, superbe en un mot ; mon amie Mme de Pourtalès[21], née de Bussière, idéalement jolie, fine et gracieuse ; Mme de Galliffet[22], née Laffitte, ravissante avec ses cheveux à teinte rousse, ses yeux étranges dont l'un était vert et l'autre couleur de châtaigne et ses dents merveilleuses qui éclairaient toute sa figure ; Mme Léopold Lehon[23], née Genzano, extrêmement gracieuse : Mme Walewska, née Ricci ; la marquise de Cadore[24], née de Bonneval, à l'air si distingué ; telles que la maréchale Canrobert[25], Mme de Bourgoing née Dolfus[26], son amie, la petite marquise de Las Marismas[27], la maréchale de Malakoff[28], née Sophie Valiera della Paniega, une cousine de l'impératrice, et enfin aussi la duchesse d'Albe, sœur de Sa Majesté, qui ne venait que rarement à Paris, il est vrai, Mme Alphonse de Rothschild[29] et tant d'autres encore !

L'impératrice faisait quelquefois un tour de valse dans les premiers temps. Après la mort de la duchesse d'Albe[30], elle n'a plus dansé !...

Nous avons eu aussi, aux Tuileries, plusieurs bals costumés qui étaient charmants. Les hommes n'aimant pas à se costumer étaient autorisés à venir en manteau vénitien – une espèce de manteau court attaché par une cordelière au cou et dont la couleur variait suivant le goût de chacun. Mon mari en avait un en moire rouge bordé de velours noir, et un mauve, les diplomates et les gros bonnets se refusant absolument à tout costume. L'empereur, bien entendu, ne portait lui aussi que le manteau vénitien. Il fallait venir à la Cour en toute occasion, même lorsqu'on n'était pas en uniforme, c'est-à-dire pour les réunions du soir, avec l'habit noir, la culotte courte et bas de soie noirs. Quant à moi, je me souviens avoir eu une fois un costume de diable noir fort joli[31]. Il était tout brodé d'argent et véritablement constellé de diamants. J'avais fait monter par Baptiste de petites cornes en diamants. Une autre fois, je portais un costume Louis XV jaune, tout enguirlandé de roses pompon retenues par des glands d'argent. Je portais comme coiffure un chapeau de crêpe jaune surmonté de plumes jaunes. On a trouvé ce costume, un chef-d'œuvre de Worth[32], comme celui du diable noir, fort réussi. Le costume Louis XV avait été copié d'après un portrait du temps.

L'impératrice apparut à un de ces bals costumée en dogaresse, et elle était vraiment d'une beauté éblouissante. La petite calotte ou, pour mieux dire, le bonnet de dogaresse, qui rappelle le bonnet phrygien, lui allait divinement. Je ne pouvais détacher mes yeux d'elle.

C'est encore à l'une de ces fêtes[33] que Mme de Castiglione fit son apparition en Salammbô, – costume composé par elle d'après la description de cette héroïne du roman de Flaubert, qui faisait sensation à ce moment-là[34]. Qu'on juge de notre étonnement en découvrant que la dame en question avait les pieds nus, ou du moins recouverts d'un maillot de soie tellement fin que c'était tout comme ! Mais ce qui était plus surprenant encore, c'est que la tunique en velours noir qu'elle portait était fendue jusqu'à la taille, et qu'à certains mouvements elle s'entrouvrait et laissait voir la jambe de haut en bas ! – Eh bien ! malgré notre indignation, je dois avouer que la beauté sculpturale de celle qui se montrait ainsi était si complète, que cette tenue n'avait rien d'indécent ! On eût dit une statue animée ! Ses magnifiques cheveux ruisselaient sur ses épaules et descendaient jusqu'aux genoux. Ses bras, ornés de bracelets représentant des serpents en or, étaient nus jusqu'à l'épaule, et les doigts de pied étaient couverts de bagues ! Jamais on n'a vu apparition plus curieuse, plus fantastique ni plus renversante[35] ! Mais quelle incroyable beauté[36] !

Autant ces bals étaient amusants et présentaient un

aspect unique comme luxe et comme élégance, autant Leurs Majestés préféraient cependant les bals costumés dans les ministères et aux ambassades, où le masque était admis, c'est-à-dire où les dominos se mêlaient aux costumes[37]. L'animation y était bien plus grande. Je citerai seulement, avant de parler de ces fêtes-là, le grand bal donné par l'impératrice au palais d'Albe[38], un délicieux hôtel entre cour et jardin qu'elle possédait aux Champs-Élysées, là à peu près où se trouve actuellement la rue Pierre-Charron et où pendant leurs séjours à Paris la comtesse de Montijo[39] et la duchesse d'Albe habitaient. L'impératrice avait fait construire une grande salle admirablement décorée du côté du jardin, et nous avons eu là la plus jolie fête du monde. L'empereur et l'impératrice y assistaient en dominos. Je figurais dans le quadrille des quatre éléments[40], j'étais dans le groupe de l'air[41]. La terre, c'est-à-dire les femmes qui étaient de ce groupe (nous étions quatre par quatre) portaient comme bijoux rien que des émeraudes et des diamants ; le feu, rien que des rubis et des diamants ; l'eau, des perles et diamants, et l'air, des turquoises et diamants. Nous nous étions prêté mutuellement les bijoux. N'ayant pas de turquoises, j'avais celles de la princesse Lise Troubetzkoï[42], qui étaient splendides. Le quadrille eut beaucoup de succès.

Les plus beaux bals costumés et masqués eurent lieu au ministère des Affaires étrangères[43] chez le comte Walewski[44], au ministère de la Marine chez le marquis de Chasseloup-Laubat[45], à la présidence du Corps législatif[46] chez le duc de Morny[47], chez le grand écuyer de l'empereur le général Fleury[48], chez le ministre de la maison de l'empereur M. Rouher[49], et enfin chez nous à l'ambassade[50]. Puis il y en eut d'autres chez des particuliers, comme chez le duc de Bisaccia (aujourd'hui duc de Doudeauville[51]), chez le comte de Montgomery[52] et chez le prince de Sagan[53].

Leurs Majestés n'allaient que dans les ministères et nous firent l'honneur de venir aussi chez nous. Au bal de la Marine[54], il y eut une entrée qui fit grand effet. On représentait les cinq parties du monde et le coup d'œil de ce magnifique cortège était absolument grandiose. J'ai rarement vu un étalage de plus beaux costumes portés par de plus jolies femmes. La marquise de Chasseloup-Laubat[55], qui était excessivement jolie, fut très admirée dans un costume indien. On la portait dans un palanquin surmonté de plumes de paon gigantesques, et tous ceux qui l'entouraient portaient des ajustements superbes. Mme Bartholini[56], en reine africaine traînée dans une espèce de char doré et tout fleuri, triomphait également ce même soir[57]. Deux mille invitations avaient été lancées, et on n'imagine pas la variété inouïe des costumes. J'avais choisi le domino et je me suis amusée à intriguer de minuit jusqu'à six heures du matin, en imitant la duchesse de Persigny qui avait un zézaiement tout particulier que j'avais bien attrapé à tel point, que, vers la fin du bal, un tas de messieurs qui causaient et riaient avec moi crurent si bien que j'étais Mme de Persigny[58] que, lorsque je voulus m'en aller, M. de la Redorte[59] me proposa d'appeler mes gens en me disant : « Madame la duchesse, l'heure de vous démasquer est venue, nous vous avons tous reconnue depuis longtemps ! » Je protestai énergiquement en assurant ces messieurs qu'ils ne me reconnaissaient pas, mais ma protestation fut accueillie par des rires homériques. M. de la Redorte me dit : « Vous n'êtes pas arrivée à changer votre charmant petit zézaiement... » Je l'interrompis en lui affirmant que je ne zézayais pas le moins du monde et en le priant de dire mon nom s'il le savait vraiment si bien ! – Nouveaux éclats de rire, et tous de se placer devant moi en scandant : « La du-ches-se de Per-si-gny ! » – À peine ce nom avait-il été prononcé que tranquillement j'enlevai mon loup. Décrire la stupeur, je dirais plus, l'effroi de ces messieurs est chose impossible. Ils étaient tellement sûrs de leur affaire qu'ils se seraient fait hacher en morceaux plutôt que d'admettre qu'ils s'étaient trompés sur l'identité de la personne.

Le bal de la présidence était d'une élégance extrême. La jeune duchesse de Morny[60] (née princesse Troubetzkoï) était dans tout l'éclat de la beauté blonde de ses vingt-cinq ans. Quoique d'une maigreur extrême, elle plaisait par la finesse et la grande distinction de sa personne. Elle portait un costume de fantaisie qui représentait l'étoile du matin. Vêtue d'une tunique blanche, lamée d'argent, avec une grande étoile en diamants au milieu de la tête, cela aurait pu passer pour une robe de bal un peu extraordinaire. Mais la sensation de la soirée fut causée par l'entrée de la belle Mme Ernest Feydeau[61], la femme du célèbre romancier, en Louis XIV enfant. C'était une merveille. En costume de satin blanc recouvert de broderies d'or, et coiffée d'un grand chapeau blanc orné de plumes blanches, elle m'a laissé le souvenir d'un éblouissement de beauté. Comme, à l'époque du grand roi, le costume masculin se composait d'une petite jupe à gros plis allant jusqu'aux genoux et d'un petit collet attaché aux épaules, la tenue n'avait rien d'inconvenant. On ne pouvait rien imaginer de plus séduisant, aussi fut-on unanime à lui décerner la palme du succès.

L'empereur, au lieu du domino noir traditionnel, avait choisi le costume de Bédouin avec le burnous et le turban en laine blanche. Avec cela, il portait un masque. On le reconnaissait aisément à sa démarche, mais il ne fallait pas faire semblant de le reconnaître. Il portait dans son ceinturon un poignard richement orné de pierres *en imitation.*

Venant me parler, il me demanda si je n'avais pas peur d'un homme armé jusqu'aux dents. Je lui répondis que sa vue me faisait trembler, en effet, et que le seul moyen de me rassurer était de me donner son magnifique poignard. « Que veux-tu en faire ? – J'en démonterai les pierres pour en faire de beaux bijoux que je pourrai porter ! – Sais-tu que chaque pierre vaut un million ? – Allons donc, m'écriai-je, un pauvre Bédouin comme toi, tu aurais vendu depuis longtemps ces pierres si chacune valait un million. Tu rentreras chez toi, et demain matin, à ton réveil, tu m'enverras ton poignard. Je n'en ferai pas faire de bijou pour moi, mais je le conserverai en souvenir de toi dans un musée qu'a mon mari en Bohême dans un château qui s'appelle Königswart ! » Le lendemain matin, on vint m'apporter un petit paquet bien ficelé qui contenait le poignard en question avec un bout de papier sur lequel se trouvaient écrits ces mots tracés par la main de l'empereur : « De la part du pauvre Bédouin. »

À ce même bal, on vit M. de Lutteroth, un horrible fat que tout le monde avait en grippe, et cela avec raison, apparaître costumé en *fils de la nuit* ! Le costume était magnifique, mais l'individu qui le portait fort ridicule. Il avait imaginé de faire faire un pantalon bouffant en satin bleu saphir ruisselant de broderies d'argent et recouvert, ainsi que la veste, d'un voile en tulle bleu constellé de diamants et surmonté d'un superbe croissant également en diamants ! On faisait haie sur son passage et on se moquait ouvertement de ce malheureux qui paraissait ne pas s'en apercevoir, mais au contraire croire qu'il n'inspirait qu'admiration et envie. Il était fort beau garçon et n'admettait pas qu'on pût rire de lui.

Les jeudis de la Mi-Carême, nous donnions régulièrement une redoute[62] à l'ambassade et je dois à la vérité de dire que ce genre de réunion eut le plus grand succès. On s'arrachait les invitations qui arrivaient presque toujours au nombre de quinze cents à deux mille.

Un orchestre, placé dans le grand salon, jouait des valses et toutes sortes de danses, et les femmes circulaient en dominos en s'amusant à intriguer. Au fond de l'appartement, il y avait un grand buffet où l'on servait des rafraîchissements. Pas de soupers comme de raison, à cause du carême. Ces fêtes se prolongeaient généralement jusque vers trois et même quatre heures du matin, tant on s'amusait. Les redoutes « à la viennoise » n'ont eu lieu que chez nous ; depuis notre départ, on n'en a plus jamais donné, et encore aujourd'hui, ceux qui s'en souviennent en parlent avec enthousiasme. Ce qu'on y dépensait d'esprit et de verve est incroyable, et je me rappelle m'être arrêtée souvent devant un groupe pour écouter les propos qui s'échangeaient et pour admirer la faconde de certaines personnes qui ne tarissaient pas en bons mots de façon à faire se tordre de rire l'auditoire qui se groupait autour d'elles.

Beaucoup de femmes s'amusaient à changer de dominos deux et trois fois dans la soirée. J'avais installé dans mon appartement du premier des cabinets de toilette pour leur permettre de se changer ; les dominos avaient été apportés dans la journée par les femmes de chambre et celles-ci, revenues le soir, attendaient ces dames pour les aider à se dévêtir et à se revêtir.

Je terminerai ce récit en faisant mention du grand bal donné à l'ambassade en mai 1867 à l'occasion de l'Exposition[63]. Le gouvernement autrichien avait ouvert un crédit de cent mille francs, et soixante-cinq mille francs ont été dépensés par nous pour cette fête, laquelle, j'ose le dire, a enfoncé toutes celles données par les autres ambassades. J'avais demandé à M. Alphand[64], le directeur en chef des travaux de la Ville de Paris, l'organisateur par excellence, de me venir en aide et il voulut bien se rendre à mon désir. Nous fîmes construire une salle immense donnant sur le jardin. La décoration en était ravissante. Les murs blanc et or, les tentures mi-satin rose, mi-satin vert. Les lustres représentaient de gigantesques corbeilles en fleurs. Les appliques avaient la forme de hottes. Les bougies sortaient de ces fleurs. Tel lustre était tout en géraniums roses, tel autre en géraniums rouges, le grand lustre du milieu en géraniums de toutes les couleurs. Des plantes vertes admirables remplissaient les coins. De grandes glaces sans tain donnaient sur le jardin éclairé à la lumière électrique, avec des ballons lumineux dans les arbres. De chaque fenêtre ou de chacune de ces énormes glaces, on jouissait d'un autre coup d'œil. Ainsi, de l'une, on avait vue sur des parterres de fleurs merveilleusement arrangés, de l'autre sur une statue placée dans un berceau de fleurs, puis sur une allée d'orangers en fleurs, enfin sur un établissement avec les fauteuils et les chaises drapés d'étoffes brodées en or, entouré de gigantesques palmiers et de fougères… Mais le clou était sans contredit le fond de la salle qui se composait d'une glace sans tain derrière laquelle s'élevaient des rochers dans lesquels fleurissaient en masse les plus admirables roses. Une cascade tombait du haut de ces rochers par-dessus ce paysage féerique : l'éclairage électrique aidant, cette eau scintillait de mille feux. Les roses et la verdure cachées à moitié par cette cascade lumineuse n'en recevaient pas une goutte. Alphand avait installé cela d'une manière extraordinaire et tout le monde, à commencer par Leurs Majestés et les princes étrangers qui assistaient à la fête, s'extasia sur ce coup d'œil vraiment enchanteur.

J'avais fait dresser le souper de l'empereur et de l'impératrice et des princes dans les appartements du premier. Le reste des invités soupa dans une immense tente en toile rayée rouge et blanc placée dans le jardin et dans laquelle j'avais fait entrer un groupe de huit grands marronniers autour desquels on avait fait faire des tables, de sorte que l'arbre, tout enguirlandé du tronc, faisait pour ainsi dire un énorme surtout. Les fleurs avaient été fournies par les serres de la Ville de Paris[65], car aucun fleuriste n'aurait pu arriver à une semblable décoration. Le baron Haussmann[66] nous avait proposé de nous les prêter à condition que nous payerions le transport et la casse ! Il n'y a pas eu de casse, mais le transport et les pourboires donnés à cette armée de jardiniers ont bien été l'affaire de plusieurs billets de mille francs, trois ou quatre mille, autant que je me souvienne.

Johann Strauss[67], qui à cette époque donnait des concerts à Paris, nous demanda la faveur de tenir l'orchestre au bal de l'ambassade, à quoi nous avons consenti comme de raison avec le plus grand plaisir. Il émerveilla tout le monde par l'entrain inimitable de son jeu, seulement on n'en revenait pas de la lenteur qu'il mettait dans les quadrilles et, à maintes reprises, nous avons été obligés d'aller à lui pour lui dire de hâter la mesure.

Le prince et la princesse royale de Prusse[68] qui, à ce moment-là, étaient les hôtes de l'empereur assistaient au bal en question.

Le prince royal me dit, en me saluant à son entrée, combien il était heureux de débuter à Paris à l'ambassade d'Autriche (il était arrivé de la veille)... Il y avait tout juste un an que son père, le roi Guillaume[69], avait déclaré la guerre à l'empereur d'Autriche[70] !

Il est possible que le prince royal en ait été très heureux, mais je ne puis dire que je l'étais autant que lui.

VII

Séjours à Compiègne

1860-1869

Chaque année[1], durant le règne de l'empereur Napoléon III, il y avait pendant quatre semaines des séjours au palais de Compiègne[2], qui commençaient vers le 8 ou 10 novembre. On y conviait une centaine de personnes, triées sur le volet, et je laisse à penser si ces invitations étaient recherchées et enviées !...

Leurs Majestés se faisaient présenter la liste des élus par le premier chambellan, le comte Baciocchi, et ajoutaient des noms et en effaçaient d'autres, puis les lettres d'invitation étaient lancées. Elles portaient la formule : « Par ordre de Leurs Majestés Impériales, N… N… est invité (ou sont invités) à venir passer huit jours au palais de Compiègne du… novembre au… novembre. Un train spécial amènera les invités, leurs gens et leurs bagages, et partira de la gare du Nord, tel jour, à trois heures. »

Au jour indiqué, une voiture après l'autre débarquait tout ce beau monde à ladite gare, et on se mettait en route. Arrivée à Compiègne, « la série » dégringolait des wagons et se précipitait dans les chars à bancs attelés de cette belle poste impériale, et bride abattue on partait pour le palais. Au perron, on était reçu par le comte Baciocchi et chacun était mené dans ses appartements[3], après avoir reçu l'ordre d'être au salon à sept heures et quart, le dîner ayant lieu à sept heures et demie précises et Leurs Majestés voulant saluer chacun de leurs invités avant de se mettre à table.

Rien au monde n'était plus curieux pour nous que de regarder de nos fenêtres l'arrivée des voitures à bagages ! C'était un amusement auquel personne n'avait garde de manquer, et ceux qui avaient leurs fenêtres donnant sur la cour d'arrivée recevaient la visite de ceux dont les fenêtres n'avaient pas vue de ce côté. À peu près vingt minutes après l'arrivée des maîtres débarquaient les fourgons ! C'était un spectacle extraordinaire et unique, car on eût dit que la ville de Paris déménageait. Ce qu'on voyait décharger de caisses était inimaginable ! Nous en avons compté un jour jusqu'à près de neuf cents ! ! ! C'est que chaque femme faisait mettre ses robes du soir chacune séparément dans une caisse en bois blanc, telles que les couturières en emploient pour leurs expéditions, afin que bien emballées par ces merveilleux emballeurs de Paris, elles puissent arriver toutes fraîches à destination. De cette façon, je me glorifiais de dix-huit caisses à moi seule, d'autres, plus élégantes que moi, de vingt-quatre, et comme nous étions en tout, hommes et femmes, une soixantaine de personnes, le chiffre de neuf cents cité plus haut ne paraîtra pas invraisemblable. Il fallait voir ce grouillement de valets de chambre et de femmes de chambre affolés, criant et hurlant dans la cour pour démêler leurs bagages ! Il y en avait qui pleuraient, d'autres qui, les cheveux défaits, perdant leurs chapeaux, suppliaient les mains jointes les hommes de service de l'empereur de leur délivrer telle ou telle caisse. On tirait cette caisse si ardemment désirée de dessous un tas gigantesque d'autres caisses, ce qui amenait parfois une dégringolade effroyable. Alors celui ou celle qui avait obtenu à grand-peine ce qu'il avait réclamé, était invectivé par les autres. Bref, c'était un spectacle véritablement impayable, et on se tordait de rire derrière les fenêtres, tandis que ces malheureux bataillaient en bas. Dès le début du séjour, tous les domestiques étaient brouillés et se détestaient.

Pendant qu'on montait ces innombrables bagages dans les appartements, on nous servait le thé et les amis se réunissaient chez qui les uns, chez qui les autres.

Il est impossible d'imaginer une réunion plus élégante que celle qu'on voyait dans ce premier salon ! On voyait là, par exemple, la duchesse d'Albe, sœur de l'impératrice, la comtesse Walewska, la marquise de Cadore, la comtesse de Montebello, la comtesse de Persigny, la comtesse de Moray, la comtesse de Pourtalès, la comtesse de La Bédoyère, la baronne de Poilly[4], la marquise de Galliffet, la baronne Alphonse de Rothschild, la duchesse de Sutherland, la duchesse de Manchester, en un mot tout ce que Paris et l'étranger pouvaient offrir de femmes belles, jeunes et élégantes.

Toutes les illustrations politiques, littéraires et artistiques en fait d'hommes étaient conviées à tour de rôle à ces fameuses séries de Compiègne, dont, on peut le dire sans crainte d'être démenti, on ne verra plus jamais de pareilles.

Des hommes tels qu'Alexandre Dumas fils[5], Octave Feuillet[6], Edmond About[7], Gounod[8], les célèbres chirurgiens Nélaton[9] et Jobert de Lamballe[10], les peintres Meissonier[11] et Gérôme[12], les avocats Lachaud[13] et Chaix d'Est-Ange[14], formaient la phalange qui entourait cette Cour brillante entre toutes, sans compter les étrangers de distinction, les diplomates accrédités auprès de Napoléon III, les ministres et une foule de célébrités recrutées de partout.

Une femme du monde devenue impératrice pouvait seule arriver à créer une semblable réunion. Jamais une princesse du sang n'y serait parvenue et même n'y parviendra. Il faut pour cela le « savoir-faire » mondain uni à la puissance souveraine, c'est-à-dire premièrement savoir choisir les personnes qui contribuent, ou par leur individualité, ou par l'agrément de leur esprit et de leur conversation, ou par leur entrain, à rendre une pareille réunion plaisante à tous égards, et ensuite être sûr qu'en les conviant elles répondront toutes à votre appel !

Les princesses du sang n'ont pas l'usage du monde qu'avait l'impératrice Eugénie, elles auront beau faire, elles restent des êtres hybrides qui gênent les autres et se sentent gênées elles-mêmes. Je parle des princesses *actuelles*, car jadis, il y en avait – je ne citerai que Mme l'archiduchesse Sophie[15] – qui étaient des causeuses incomparables et comme on n'en rencontre plus.

Mais je reviens au salon d'attente[16] de Compiègne

dans lequel je vois paraître maintenant Leurs Majestés. L'impératrice faisait cette révérence qui nous transportait toujours tous et toutes d'admiration, car elle y mettait une grâce et une dignité incomparables. Je la vois encore, vêtue un jour d'une robe en satin blanc, n'ayant pour toute parure dans ses cheveux que le régent, étincelant au sommet de sa tête et surmonté d'une touffe de plumes blanches scintillantes de diamants, autour du cou trois merveilleux rangs de perles, et saluant la compagnie dans l'encadrement de cette porte !

Elle était d'une beauté idéale ! Et avec cela si simple, si parfaitement naturelle, ne faisant pas ce que j'appellerai *une figure de jolie femme.* Après ce grand salut, elle s'approchait de chaque personne, lui disait un mot aimable, combien elle était contente de la voir… et puis elle faisait le tour de la salle sans trop s'attarder[17]. L'empereur causait de son côté tout simplement sans vouloir faire de cercle, puis allait à l'impératrice, lui donnait le bras pour se rendre dans la salle à manger, laquelle était très éloignée des appartements, et nous tous nous suivions l'exemple de nos augustes hôtes en nous donnant tous le bras pour aller nous mettre à table. Il fallait traverser la vaste antichambre, la salle des gardes[18], deux autres grandes pièces tenant le milieu entre une antichambre et des salons vides, pour arriver dans cette grande pièce où se dressait le banquet. Il pouvait y avoir de quatre-vingts à cent couverts ; cela dépendait des invitations faites en dehors des invités à demeure fixe. Leurs Majestés invitaient souvent des personnes établies à Compiègne et dans les environs, comme le marquis et la marquise de l'Aigle[19], le préfet, le général commandant, des colonels, des personnages de l'administration, etc.

En ma qualité d'ambassadrice, j'étais toujours placée à côté de l'empereur ; à sa droite, si j'étais seule de mon espèce, à sa gauche si lady Cowley était de la série, car son mari était accrédité comme ambassadeur longtemps avant que mon mari ne le fût, ou bien encore s'il y avait la princesse Mathilde, ce qui n'est arrivé qu'une fois autant que je me souvienne. Le coup d'œil qu'offrait la table était magnifique. Quoique l'empereur n'eût pas d'argenterie et que *tout*, jusqu'à la dernière cuiller à café, fût en christofle[20], comme cela avait l'apparence de vaisselle plate et que *les modèles* étaient d'une correction parfaite, cela ne nuisait en rien à l'aspect général[21]. C'est par hasard que j'ai appris un jour à Compiègne, et cela de la bouche même de l'empereur, que nous mangions dans du ruolz ! On parlait de voleurs qui avaient emporté une superbe argenterie lorsque Sa Majesté, en se tournant vers moi, me dit en riant : « Eh bien ! ils seraient attrapés chez moi, ils ne trouveraient pas une cuiller à café qui soit en argent ! » – Je souriais avec incrédulité lorsque l'empereur reprit : « Quand je suis arrivé au pouvoir, il n'y avait pas d'argenterie. On voulut en commander, mais quel ne fut pas mon effroi lorsqu'on vint me dire que ce serait une affaire de plus de cinq millions ! Je n'hésitai pas un instant, et je donnai ordre de faire tout exécuter en ruolz, ce qui est revenu à cinq ou six mille francs. Voyez-vous, ajouta-t-il, l'argenterie des souverains ne sert qu'à être fondue à un moment donné ! »

L'empereur causait pendant le dîner avec cette aisance et cette bonhomie qui le rendaient si sympathique et qui faisaient que tous ceux qui frayaient avec lui l'aimaient véritablement. Il était un type accompli de grand seigneur, et *rien* en lui ne tenait du parvenu. Ainsi un jour à table, à ce même Compiègne, la conversation était devenue générale avec l'impératrice assise en face de l'empereur et les personnes placées autour d'elle. On défilait le chapelet des misères qu'on encourait en voyageant ! L'empereur intervint et nous taxa tous d'exagération. Je me permis de répondre en riant à Sa Majesté qu'il lui était interdit de juger des ennuis qui nous incombaient à nous autres, vu qu'Elle n'avait qu'à monter dans son train spécial, que toute l'administration était à ses ordres, qu'Elle n'avait à s'occuper de rien, ni de la dépense…, ce à quoi l'empereur répliqua : « Évidemment, je voyage commodément à présent, mais vous oubliez qu'il n'en a pas toujours été ainsi. J'ai été très pauvre et je n'avais pas de quoi payer un domestique. Je voyageais donc seul, et je me souviens qu'un jour, en Amérique, en descendant du train, je me suis vu forcé de porter moi-même ma petite malle qui était assez lourde, et de la porter jusqu'à l'embarcadère du bateau, lequel était fort éloigné de la gare. Comme il faisait une chaleur torride, je puis vous assurer que personne de vous autres ici ne peut se vanter d'en avoir fait autant. Je connais donc mieux que vous tous les ennuis et les difficultés qui s'attachent à des voyages. » – Et puis, en se tournant vers moi, il me dit de son air triste et sérieux : « *N'oubliez pas, princesse, que je suis un parvenu dans la véritable acception du mot !* »

Souvent l'empereur riait comme un enfant des bêtises que je lui racontais. Que de fous rires nous avons eus ensemble, et combien de fois en sortant de dîner on venait me demander ce que j'avais bien pu raconter à Sa Majesté pour le faire rire d'aussi bon cœur !

Un soir à dîner, j'avais pris d'un plat qui était vraiment franchement mauvais. Je crachai la première bouchée sans vergogne. L'empereur me demanda : « Est-ce donc tellement mauvais ? » Je lui répondis : « Sire, c'est exécrable ! – Eh bien ! je veux en goûter, car je crois que vous exagérez ! » Il se fit servir le plat qu'il avait refusé, et à peine en eut-il goûté qu'il en fit autant que moi, et me dit : « Sommes-nous assez mal élevés tous deux ! » Et nous voilà riant à gorge déployée. L'impératrice voulant connaître la cause de notre hilarité, en demanda la raison, et l'empereur de répondre : « Nous ne pouvons pas le dire, tu nous ferais lever de table ! » (L'empereur tutoyait l'impératrice, tandis qu'elle lui disait « vous »).

Le manger à la Cour était bon et copieux, mais pas *très fin.* C'était plutôt une nourriture saine et simple, mais je l'aimais beaucoup, car on pouvait sans fatigue l'absorber pendant tout le séjour, et jamais on ne s'en trouvait incommodé. Or, lorsque durant huit et même quinze jours on fait régulièrement deux grands repas de près de cent personnes, il arrive que finalement on perd l'appétit. Le dîner était servi en une heure et le service se faisait admirablement. Le préfet du palais, le vieux général Rolin[22], présidait le repas au bout de la table et donnait ses ordres. La livrée était belle et toujours toute poudrée.

On rentrait en cortège au salon à huit heures et demie. Le café était servi à table. Au bout de quelques instants, l'empereur se retirait dans son cabinet de travail pour fumer sa cigarette et les hommes allaient au fumoir.

L'impératrice restait à causer avec nous. Lorsque ces messieurs revenaient, un des chambellans se plaçait près d'un piano droit qui avait une manivelle[23] et tournait désespérément celle-ci. On dansait aux sons de cette horrible et monotone musique, ce qui dans le fait manquait de gaieté ! En général, les soirées, qui se prolongeaient jusqu'à onze heures et demie, étaient le côté faible de ces séjours. J'avoue que je ne les goûtais guère, car on se battait les flancs, et sans cesse on se demandait : « Quelle heure est-il ? » Les « soirs » où l'empereur faisait danser la « Boulangère » ou « Sir Richard de Coverley », et se mettait à la danse, cela allait mieux, ou bien lorsqu'on représentait des charades, des tableaux[24] ou qu'on jouait la comédie, alors on s'amusait vraiment et la gaieté la plus franche régnait dans toute la compagnie[25].

L'empereur adorait ces petites représentations, et son plus grand plaisir était de se promener derrière les coulisses et de regarder le va-et-vient de « ses acteurs particuliers », qu'à l'instar des « comédiens ordinaires de l'empereur » (c'est-à-dire la Comédie-Française), j'avais ainsi dénommés. Que de jolies représentations on a données dans ce salon du fond[26], dans lequel on avait fait dresser une petite scène qui restait toujours là et qu'on n'enlevait jamais[27] !

Mon mari faisait office de chef d'orchestre, car l'impératrice ne voulait pas que qui que ce soit, qui ne fût pas du nombre des invités, assistât aux réunions, afin, disait-elle, « qu'on ne fasse pas de potins ni de cancans » ! Comme si elle avait empêché les gens d'en faire ! Au contraire ! Le champ des suppositions était vaste et on a raconté les choses les plus insensées et les plus invraisemblables sur ces séjours, dont la mère permettrait la lecture à sa fille sans hésiter.

Le prince de Reuss[28] et moi, sachant tout ce qui se disait et se racontait sur « les séries de Compiègne », nous avions appelé les séjours « Sodome et Gomorrhe ». Lorsque le chambellan de l'impératrice, M. de Lezay-Marnésia[29], qui était un peu raide et fort peu enclin à la plaisanterie, tournait de son air solennel et ennuyé la fameuse manivelle et que deux malheureux couples se mettaient à tourner dans le salon, tandis que les autres, échoués sur des banquettes, bâillaient à se démettre la mâchoire, nous ne manquions pas de nous glisser l'un vers l'autre et de nous dire tout bas d'un ton navré et en levant les yeux au ciel : « Sodome et Gomorrhe ! »

On a joué[30] sur la petite scène dans les appartements *Les Commentaires de César*[31], une grande revue faite par le marquis de Massa[32]. C'était charmant et a eu beaucoup de succès. J'y remplissais le rôle d'une cantinière de zouaves, d'un cocher de fiacre[33] et celui de la Chanson. On faisait bisser et trisser même mes couplets, et, ma modestie dût-elle en souffrir, je dois à la vérité de convenir que ces trois rôles ont été très convenablement interprétés par moi[34]. Surtout celui de la Chanson où, dans de ravissants couplets, je passais en revue la chanson à partir de son début jusqu'à nos jours[35].

Mme de Pourtalès était éblouissante de beauté en « France[36] », Mme de Galliffet ravissante en « Angleterre ». Le prince impérial[37], un amour en « petit grenadier de la garde[38] »...

Un jour qu'on faisait des charades pour la fête de l'impératrice, on devait représenter dans le tableau final les dieux de l'Olympe offrant des fleurs à la souveraine. Octave Feuillet avait composé la charade[39], j'organisais les tableaux et j'avais même joué la première scène avec lui. Le mot était « anniversaire », « âne », « hiver », « serre », et puis le tout.

Mme Magnan née Haritoff[40], qui était excessivement jolie, avait été désignée pour remplir le rôle de l'Amour. Son costume commandé à Paris n'arrivant pas, elle envoya une dépêche ainsi conçue : « Je fais l'Amour ce soir à Compiègne, il me faut mon costume ! » Je laisse à penser si on s'est moqué d'elle, car un de ces messieurs avait été chargé par elle d'aller au télégraphe car elle voulait être bien sûre que la dépêche partirait à temps. C'est ce même soir que Mme de Persigny, qui était toquée et insupportable, me fit une scène affreuse parce que je l'avais placée dans ce qu'elle appelait aimablement le tableau des laides ! Comme j'en étais, je lui répondis : « Vous n'êtes pas gentille, vous êtes dans le même tableau que moi et bien d'autres. » Exaspérée, elle s'écria : « C'est bien ce que je dis, je ne veux pas être du tableau des laides ! – Eh bien ! dis-je, je vous répondrai que nous préférons, nous autres, ne pas être du tableau des toquées, que vous pouvez arranger comme vous l'entendrez. »

L'impératrice avait voulu jouer aussi la comédie, et Octave Feuillet avait écrit pour elle une petite pièce en deux actes, intitulée *Les Portraits de la marquise.* Elle y avait été tout bonnement délicieuse, et son jeu était d'une distinction exquise. Le comte Charles de Talleyrand[41] était son partenaire. La pièce avait été si adroitement faite par l'auteur que l'amoureux n'arrivait pas à faire sa déclaration et que lorsque la marquise, c'est-à-dire l'impératrice, allait apprendre qu'elle était véritablement aimée par le chevalier et que celui-ci allait demander sa main, *une amie* lui disait au moment où le rideau s'apprêtait à tomber : « Voici le chevalier qui vient vous dire qu'il vous aime », le chevalier paraissait dans la porte, s'arrêtait ému… et tout était dit.

Octave Feuillet avait compris, avec ce tact exquis dont il a toujours fait preuve, que même en scène l'impératrice devait toujours rester sur un piédestal. Il y a merveilleusement réussi sans que la pièce eût à en souffrir. C'était fin et distingué autant qu'il est possible.

Je reviens au salon où tous nous attendons qu'il plaise à l'impératrice de se retirer. On apporte une table à thé. Personne ne touche ni au thé ni aux gâteaux. Seule, Sa Majesté se fait donner une tasse avec un peu de fleur d'oranger, puis Elle dit encore un mot par-ci, par-là, et enfin arrive la bienheureuse et ravissante révérence qui nous permet de nous retirer. Nous en profitons avec enthousiasme et nous nous précipitons dans nos chambres, mais non pour nous coucher – loin de là –, pour nous réunir sans façon pour causer et pour fumer ensemble – d'habitude chez nous –, et cela jusqu'à une heure et demie du matin[42] !!! C'est en fait, là que nous nous amusions, n'en déplaise à ces pauvres Majestés qui pourtant se figuraient que nous nous sentions parfaitement à notre aise auprès d'Elles !

Certes, on n'était ni gêné ni guindé, mais on était à la Cour, une certaine étiquette y régnait après tout, et on respirait plus librement quand on se trouvait entre amis et entre égaux.

Le lendemain jusqu'à midi, chacun était libre de vaquer à ses petites affaires. À midi sonnant, on se réunissait au salon pour le déjeuner. Les toilettes étaient simples, et on serait bien étonné aujourd'hui si l'on voyait les élégantes du Second Empire dans les modestes ajustements de laine que nous portions à cette époque. L'impératrice donnait le ton, et elle désirait que les vêtements de promenade fussent pratiques et sans prétention. D'ordinaire, elle-même portait invariablement une jupe en laine, le plus souvent noire, avec une chemise en laine ou en flanelle rouge retenue autour de la taille par une ceinture en cuir, telle que je l'avais vue la première fois à Biarritz. Nous suivions son exemple. Au déjeuner, on mettait le rang de côté et on se plaçait comme bon nous semblait. Seules les deux places à droite et à gauche de Leurs Majestés étaient désignées aux élus qui variaient tous les jours. De cette façon, les plus hauts personnages se trouvaient placés au bout de la table, et d'autres occupaient les places d'honneur. Le déjeuner était copieux et, à mon avis, meilleur que le dîner. À une heure, on rentrait au salon et là on décidait de la façon d'occuper l'après-midi. Les voitures avançaient régulièrement à deux heures, et on partait pour aller en forêt. Ces promenades étaient fort agréables, la forêt de Compiègne étant admirable. L'empereur nous menait volontiers à ce magnifique château de Pierrefonds[43] qu'il avait fait restaurer par le célèbre architecte Viollet-le-Duc[44] et qui présente tant d'intérêt[45]. La reconstitution de ce gigantesque manoir datant des temps de la féodalité avait été réussie en tous points. Sa Majesté avait réuni dans la grande salle d'armes[46] toutes les splendides armures qu'elle avait acquises et qui, je crois, s'y trouvent encore aujourd'hui, quoiqu'elles fussent la propriété particulière de l'empereur.

– La République s'est bien gardée de les rendre à qui de droit.

En nommant M. Viollet-le-Duc, je ne puis m'empêcher de remarquer que cet individu qui devait *tout* à l'empereur a été d'une ingratitude révoltante envers lui, et qu'après la chute de l'Empire, il a non seulement déserté de la façon la plus lâche et la plus ignominieuse, mais qu'il a aussi tenu les propos les plus ignobles sur le compte de son ancien maître et de son *bienfaiteur*, car, malgré son grand et indiscutable talent, je doute qu'il aurait trouvé ailleurs qu'auprès de ce souverain les moyens de l'exercer et de se créer une grosse fortune, vu que ses aptitudes spéciales ne s'appliquaient qu'aux reconstructions et aux restaurations de grands monuments des siècles passés.

M. Viollet-le-Duc faisait office de souffleur à nos représentations et je n'ai jamais vu de courtisan plus plat et plus rampant que lui. Il admirait et louait sans réserve comme plus tard il a tout traîné dans la boue.

Souvent aussi avaient lieu des chasses à tir et à courre. Celles-là étaient superbes et le tableau représentait régulièrement trois mille pièces et bien audelà. L'empereur était un fusil de tout premier ordre. Il marchait lentement, se dodelinant comme telle était son habitude dans les layons, et levait son arme sans précipitation aucune. Je l'ai rarement vu manquer la pièce qu'il visait. Le nombre des chasseurs était de dix ou douze. Les soldats du régiment qui se trouvait à Compiègne faisaient métier de rabatteurs, et il fallait voir comme cela les amusait. C'étaient des cris de joie et des lazzis ininterrompus. Ces messieurs déjeunaient au milieu de la chasse, et les soldats recevaient leur pitance qu'on avait apportée dans d'énormes paniers, puis l'empereur faisait distribuer à chacun d'eux un cigare, de sorte que les jours de chasse étaient pour eux jours de fête.

Quant aux chasses à courre, le coup d'œil en était ravissant. L'équipage admirablement tenu et bien équipé en chevaux, les chiens excellents, les piqueurs choisis parmi les meilleurs de France.

Cette vieille chasse française est véritablement unique dans son genre et diffère complètement de la chasse à courre telle qu'on la pratique en Angleterre. Tout s'y passe d'après les règles établies par la vénerie et il faut avoir vu la façon correcte avec laquelle les valets de limiers mènent leurs chiens et constatent la présence d'un dix-cors dans telle enceinte, puis voir lancer la meute menée par ces merveilleux piqueurs qui sonnent du cor à pleins poumons en galopant et relèvent la moindre faute, quoique passant avec la vitesse du vent, pour se rendre compte de la beauté et du savoir des veneurs français.

L'empereur et l'impératrice suivaient presque toujours ces chasses qui avaient lieu deux fois par semaine. Tous ceux qui avaient ce qu'on appelle le bouton portaient la tenue de la vénerie impériale, habit gros vert galonné d'or, revers rouge, culottes en peau blanche, bottes à l'écuyère et sur la tête le lampion ou tricorne. Les femmes avaient l'amazone en drap gros vert également galonnée, mais seulement au corsage, les revers rouges et le même lampion que les hommes. Le costume était charmant. Les personnes qui ne montaient pas à cheval suivaient la chasse en chars à bancs et quelquefois, la chasse aidant, arrivaient après tout à l'hallali. On servait le cerf d'un coup de carabine, et l'empereur faisait l'honneur du pied à telle ou telle femme. J'en conserve un qui me fut offert par Sa Majesté.

Le soir, après le dîner, avait toujours lieu la curée aux flambeaux dans la cour du palais. C'était un charmant spectacle.

Les valets de chiens se tenaient au milieu. Le chef valet agitait la tête du cerf qui ne tenait qu'à la peau, laquelle couvrait la chair de l'animal dépecé. Sur un signe du piqueur en chef, on lâchait la meute qui en hurlant et en aboyant se précipitait sur le cerf étendu entre les jambes du valet et à peine étaient-ils partis que rien qu'en levant son fouet il les arrêtait sur place.

Deux fois les chiens étaient lancés et deux fois arrêtés ; à la troisième fois le valet de chiens sautait de côté en enlevant la tête et la nappe du cerf, et en moins de temps qu'il n'en faut pour le dire, la meute avait dévoré tout ce qui restait de l'animal. Pendant toute la curée, les trompes sonnaient. Je le répète, c'était charmant à voir.

J'en reviens à nos promenades ou, en fait, à la rentrée de la promenade. C'était l'heure du thé, et à tour de rôle on était convié à venir le prendre dans les appartements particuliers de l'impératrice. On ne changeait pas de toilette et le fameux *tea gown* que chaque femme arbore actuellement était inconnu. Je ne le regrette pas. Il eût fallu s'habiller encore[47] et il y en avait assez comme cela. Le thé de l'impératrice nous semblait un peu « longuet », et j'avoue franchement que nous préférions le prendre chez nous au coin du feu entre amis en fumant nos cigarettes. L'impératrice, quoique espagnole, avait le tabac en horreur, et me disait souvent que mon plus grand défaut était celui de fumer. Elle sentait son odeur de loin ; seul l'empereur usait de son droit de mari et fumait devant elle, mais c'était interdit à tous ces messieurs et aux femmes, même dans les chars à bancs qui suivaient celui de Leurs Majestés. Je laisse à penser si cela faisait leur désespoir !

Les jours de pluie étaient réservés aux répétitions, mais lorsqu'il faisait beau et qu'on ne voulait pas se priver de la promenade, on répétait à partir de cinq heures après avoir pris son thé.

Je me souviens qu'à une des répétitions des *Commentaires de César*, le petit prince impérial, qui remplissait le rôle du grenadier de la garde et qui avait à chanter l'air si connu : *Te souviens-tu, disait un capitaine*, et qui attendait que son tour d'entrer en scène fût venu, s'ennuyant fort, comme il est bien naturel, prit un tambour et s'amusa à tambouriner dessus. Personne n'eut le courage de l'en empêcher. J'entrais en scène. À peine avais-je dit ma première phrase que le prince reprend de plus belle son odieuse tambourinade. Je lui crie de cesser. Il n'en fait rien. Alors je descends du théâtre, je vais droit sur lui, et, le prenant par le bras, je le mets à la porte en lui disant : « Si vous croyez, monseigneur, parce que vous êtes le prince impérial, que cela vous donne le droit d'ennuyer et de déranger tout le monde, vous vous trompez fort. Sortez à l'instant, et apprenez que j'ai l'habitude de punir les enfants mal élevés, surtout lorsqu'ils sont princes. » Il s'éloigna en pleurant. Mes amis me dirent : « Vous avez été un peu vive. » Je répondis : « Tant pis. »

Le même soir, l'empereur vint à moi et me dit en tirant sa moustache : « Il paraît que vous avez été très sévère avec Louis, et que vous l'avez mis à la porte ! – En effet, sire, et si j'avais l'honneur de l'élever, je l'eusse été encore davantage ! » À quoi Sa Majesté répliqua : « Je vous remercie. Vous avez bien fait, et d'ailleurs le petit viendra vous demander pardon. » En effet, il vint à moi et me fit des excuses. Je l'embrassai et tout fut dit. Le pauvre prince impérial m'a rappelé plus tard, alors qu'il avait dix-huit ans, ce petit incident à un séjour que nous avons fait à Arenenberg[48] chez l'impératrice, et a ajouté : « Vous ne sauriez croire quelle impression votre algarade m'a faite ! Elle m'a été extrêmement salutaire. »

À chaque série, on faisait jouer un des grands théâtres de Paris dans la jolie petite salle de spectacle du palais[49]. Ces soirées-là étaient délicieuses. On donnait presque toujours la pièce en vogue. La Comédie-Française, le Vaudeville et le Gymnase étaient seuls appelés à donner ces représentations[50]. La grande loge impériale se trouvait dans le fond de la salle, et tous les invités s'y tenaient. C'était dans le fait un grand amphithéâtre, puisque cinquante personnes s'y trouvaient à leur aise. L'empereur et l'impératrice occupaient deux fauteuils au milieu et nous nous groupions tout autour. Les stalles, les petites loges et les galeries regorgeaient d'invités auxquels le comte Baciocchi avait envoyé des cartes, et qui se recrutaient parmi les notabilités de Compiègne et de ses environs.

Tout le monde était en grande toilette, et ce petit spectacle de gala avait fort bonne façon. Après la représentation, on appelait les artistes dans le salon du fond, et Leurs Majestés leur adressaient quelques compliments.

Il s'est passé un jour un fait bien drôle à la fin d'une de ces soirées. Le rideau venait de tomber, l'empereur et l'impératrice se levaient et saluaient les assistants qui répondaient en s'inclinant profondément, lorsque l'orchestre entonna en guise de marche l'air de *Barbe-Bleue* : « Quand un courtisan s'incline et qu'il courbe son échine. » Je me mis à rire tellement qu'en quittant le théâtre, l'empereur m'en demanda la cause. « Comment, dis-je à mon auguste interlocuteur, Votre Majesté n'a pas entendu ? – Mais quoi donc ? – Eh bien ! nous nous inclinions en musique, et notre échine en faisait autant ! – Je ne comprends pas, dit l'empereur, ce que vous voulez dire ? – Votre Majesté permet-elle que je lui chante ici *Barbe-Bleue* ? – Certainement, mais je comprends de moins en moins ! » Et voilà que je me mets à fredonner l'air à l'oreille de l'empereur : « C'est ce qu'on vient de jouer ! Il faut avouer que le choix n'est pas heureux ! » ajoutai-je. Sa Majesté appela le comte Baciocchi et lui dit : « Demandez donc un peu là-bas au chef d'orchestre s'il est bête ou impertinent. Quelle idée saugrenue a-t-il eue de nous jouer l'air des courtisans de *Barbe-Bleue* ! C'est par trop se moquer du monde ! » Personne, excepté mon mari et moi, ne s'était aperçu de la maladresse, car jamais on n'a vu gent moins musicienne que celle qui faisait partie de la cour de Napoléon III. On leur aurait fait croire que l'on venait de jouer un air de *La Favorite*[51] qu'ils l'auraient cru.

Lorsque la fin de la série, c'est-à-dire des huit jours qu'on avait été invité à venir passer au palais, tirait à sa fin, il arrivait maintes fois qu'on entendait frapper un petit coup à la porte de son appartement, et l'on voyait paraître le comte Baciocchi qui venait vous demander au nom de Leurs Majestés de prolonger le séjour d'une semaine. On remerciait respectueusement de la faveur qui vous était accordée, mais on grommelait tout de même un peu, car la quinzaine de réjouissances était fatigante et l'on rentrait à Paris gavé de plaisirs et de fêtes au point que, pendant huit jours, personne ne voulait plus quitter son coin.

L'impératrice, en combinant les listes d'invités, tâchait, comme de raison, de réunir les personnes qu'elle savait se convenir, dans la même série[52]. Il arrivait donc que Mme de Pourtalès, de Galliffet, de Rothschild, quelques femmes anglaises en vue et moi, ainsi que les hommes de notre coterie, nous étions toujours de la même série. On l'appelait à tort ou à raison « la série élégante. » – Un jour Mme de Beyens[53] demanda étourdiment à une des invitées qui se piquait d'élégance, mais qui en manquait absolument, et qu'elle savait devoir aller à Compiègne : « Êtes-vous de la série élégante ? » et l'autre de lui répondre aigrement : « Non, je suis de la vôtre ! »

VIII
Séjours à Fontainebleau

1861-1869

Les séjours à Fontainebleau ne différaient guère de ceux de Compiègne, excepté par la saison à laquelle ils avaient lieu.

Les séries d'invités, aussi nombreuses que celles-là, commençaient vers la mi-juin, et duraient jusque vers la mi-juillet. Même cérémonial, même formule d'invitations, même départ, même arrivée, même quantité de bagages, mêmes intrigues pour être du nombre des élus, même triage de la part de Leurs Majestés[1].

Le château de Fontainebleau[2] est plus luxueux que celui de Compiègne, et rien n'égale la beauté artistique de son architecture et sa beauté intérieure. Chose curieuse, tous les styles s'y retrouvent, à partir de l'époque de François Ier jusqu'à celle du roi Louis-Philippe. Heureusement que Louis-Philippe n'a touché qu'à l'installation de quelques pièces sans importance, situées dans les parties les moins en vue de l'intérieur du château. Nous habitions un grand appartement meublé[3] du temps de l'Empire et qui avait vue sur le jardin particulier.

Les repas se prenaient dans la grande galerie

Henri II, décorée par le Primatice[4]. Le coup d'œil de la table dans cette magnifique salle était véritablement éblouissant. Seule l'entrée de la salle est défectueuse, car on y accède par un petit couloir étroit qui paraît inexplicable actuellement ; jadis, on ne s'arrêtait pas à de pareils détails d'architecture. On déjeunait à midi comme à Compiègne, seulement le dîner avait lieu à huit heures au lieu de sept heures et quart. Après le déjeuner, on descendait dans le jardin, et on s'amusait à canoter sur l'étang où des bateaux de toute espèce, et même une gondole vénitienne avec un gondolier vénitien pur-sang, étaient mis à la disposition des invités. Les petites périssoires ont causé bien des catastrophes, mais comme ceux qui se risquaient étaient toujours nageurs, ils s'en tiraient sans danger et en étaient quittes pour sortir de l'eau trempés jusqu'aux os. L'impératrice affectionnait tout particulièrement la gondole, et se faisait mener de long en large souvent plus d'une heure en demandant à telle ou telle personne de l'accompagner. Elle assurait que nulle part on ne causait mieux qu'en se faisant bercer sur l'eau.

Vers quatre heures, les voitures avançaient. Les personnes qui préféraient monter à cheval n'avaient qu'à demander qu'on leur en sellât un, et les écuyers et les écuyères suivaient ainsi les équipages dans les excursions en forêt. Il m'est arrivé un jour que l'empereur, qui venait de recevoir d'Angleterre de superbes chevaux de selle, me dit : « Je voudrais vous voir monter une jument dont on vient de faire l'acquisition et qui est vraiment admirable de formes et d'allure. Il me semble qu'elle vous irait tout à fait. » Et se tournant vers le général Fleury, l'empereur continua : « Donnez donc aujourd'hui la nouvelle jument *Kate* à la princesse. Est-elle bien mise au moins ? – Certainement, reprit le général Fleury, seulement elle est un peu en l'air, mais la princesse est la fille du comte Sandor et saura la monter ! » Je me récriai en assurant que je n'avais pas hérité des talents équestres de mon père, mais rien n'y fit, et à quatre heures on me présenta *Kate*.

On me hissa sur la splendide bête qui attendait en piaffant. Son aspect fringant me fit déjà peur, mais tout le monde était là qui regardait et admirait, et je n'osais pas, *coram publico*, déclarer que je manquais de courage. Le palefrenier ayant lâché la bride, la jument s'agita. Je tins bon, et l'admiration générale ne connut plus de bornes. « C'était ravissant. » On déclarait « que c'était un tableau ». J'aurais tout donné pour qu'une autre fût à ma place… Enfin, les cavaliers se mirent en route. L'empereur, qui montait ce jour-là son fameux alezan *Solferino*, m'appela, et je caracolais à sa gauche, tremblante comme une feuille. Nous traversions la grande cour d'honneur lorsque les tambours battirent aux champs, et voilà *Kate* plus en l'air que jamais, les naseaux fumants, qui n'y tient plus et fait mille courbettes[5]… L'empereur, qui ne se doutait pas de ma lâcheté, me fit des compliments sur la façon dont je me tenais à cheval, sur ma taille… que sais-je ? J'étais affolée, mais j'allais, et les compliments me laissaient absolument indifférente. Sortis de la cour d'honneur, l'empereur se met au galop. Je fais de même, mais la jument devint si vive qu'il s'en aperçoit, me conseille de dépasser le groupe et, appelant le prince Léopold de Croy, qui, étant au service de l'Autriche et ayant pris un congé de quelques semaines pour le passer à Paris, avait été invité par Leurs Majestés à Fontainebleau, il lui dit de m'accompagner. À peine étions-nous seuls qu'en me tournant vers le prince je lui confiai que j'étais décidée à descendre de cheval, lorsque celui-ci, qui passait pour un cavalier excellent, me répond brusquement : « Y songez-vous, vous, la fille du comte Sandor ? – Il n'y a pas de Sandor qui tienne quand on a peur, lui répliquai-je, et je vais descendre incontinent ! » Et, sur ce, un colloque s'engagea entre nous, dans lequel le prince fit appel à mon patriotisme en me déclarant que, si je faisais une chose aussi honteuse, *l'Autriche entière me renierait !!!*

Je lui affirmai que cela m'était égal. Il commença à supplier, et en fin de compte à ordonner d'une façon si péremptoire, que je me sentis perdue et que je compris qu'il fallait boire le calice jusqu'à la lie ! Je galopai, les larmes aux yeux, à côté de mon bourreau, mais toute ma vie je garderai le souvenir de cette terrible promenade à cheval à travers les ombrages de la forêt de Fontainebleau, et je puis certifier qu'un des plus heureux moments de ma vie fut celui où je descendis de *Kate*, en jurant que jamais plus elle n'aurait l'honneur de me porter. L'empereur me demanda si j'avais été satisfaite de la jument. Je répondis : « Elle peut être parfaite, mais ce qu'elle m'a fait peur, rien ne peut en donner une idée ! » Le prince de Croy qui écoutait me lançait des regards furibonds, mais je me trouvais sur mes deux pieds et son exaspération ne me touchait plus. Sa Majesté se tourna vers lui alors et lui dit en riant : « Il paraît que la princesse n'a pas hérité du courage de son père ? » Sur quoi je m'écriai : « Mais, sire, j'ai voulu descendre de cheval en pleine forêt, et le prince de Croy m'en a empêchée en faisant valoir la réputation de mon père et même le patriotisme autrichien ! » Et l'empereur de dire en souriant : « Je ferai insérer votre conduite dans le *Moniteur* ! »

Un beau matin après le déjeuner, Sa Majesté me demanda de me promener avec elle en phaéton, et nous fîmes une grande tournée en forêt. Comme nous cheminions sous bois dans les grandes avenues et que nous nous trouvions loin de toute habitation, l'idée me vint que si l'on venait maintenant à attenter à la vie de l'empereur, le coup ne saurait manquer ! Il n'y avait là pour le défendre qu'une femme et un pauvre petit garçon ! Qu'aurions-nous pu faire ? On disait bien que les agents de la police secrète suivaient l'empereur en tous lieux, mais je me souviens avoir regardé autour de moi et je n'ai pas aperçu un être humain.

Les chevaux attelés au phaéton étaient de toute beauté ; c'étaient deux bais bruns qui marchaient à merveille, dont les actions étaient superbes et qui allaient comme le vent. L'empereur conduisait très bien, aussi bien qu'il montait à cheval. Dans une allée nous rencontrâmes une amazone ravissante. Elle se rangea sur notre passage en saluant profondément. L'empereur me dit : « Connaissez-vous cette femme ? » Je répondis : « C'est Marguerite Bellanger[6] ! – Elle n'est pas régulièrement jolie, répliqua-t-il, mais elle a beaucoup de grâce et elle est charmante à cheval ! »

J'appris plus tard que c'est à partir de cette époque que Marguerite Bellanger, qui était venue s'installer à Fontainebleau, avait jeté son dévolu sur l'empereur et qu'elle prenait à tâche de se mettre sans cesse sur son passage afin d'attirer son attention. Elle aurait poussé l'audace jusqu'à lui écrire pour lui déclarer son *amour !* Le malheureux empereur, qui était très sensible aux charmes féminins, s'est laissé prendre à ces odieux manèges, et a eu l'incroyable faiblesse de croire que cette femme l'aimait véritablement, alors qu'elle parlait en riant de lui aux hommes qui venaient la voir, leur racontait jusque dans les moindres détails sa liaison avec lui, et allait même jusqu'à leur montrer les lettres qu'il avait l'imprudence de lui adresser !

L'empereur connaissait cependant assez les femmes et les choses de la vie pour ne pas être crédule à ce point ! Mais il se faisait vieux et la pensée d'avoir inspiré une passion le touchait et le flattait..., cela se voit, hélas ! tous les jours et l'expérience d'autrui ne sert à personne, chacun étant persuadé qu'il fait exception. Un de mes amis a lu une de ces lettres de l'empereur, dans laquelle le joli passage suivant l'a frappé : « Je te dirai si bas que je t'aime, que personne ne l'entendra !... »

Personne en effet ne l'a entendu, mais beaucoup de monde l'a lu !

Nous faisions souvent de longues promenades à pied, qui causaient le désespoir de certaines personnes de la suite, lesquelles avaient horreur de la marche et suivaient, clopin-clopant, en s'épongeant, l'impératrice, qui de son pas allègre nous faisait aller assez longtemps et qui affectionnait surtout les excursions offrant quelques difficultés. Ainsi elle choisissait de préférence les parties rocheuses de la forêt et il fallait grimper pour tout de bon. D'autres fois on se rendait aux Sables-d'Olonne où la descente était pénible, parce que, ou bien il fallait enfoncer jusqu'aux genoux, ou bien il fallait se décider à se laisser glisser du haut en bas. L'impératrice et nous autres jeunes femmes, nous prenions ce dernier parti, mais les gens âgés ne pouvaient s'y décider et les malheureux pataugeaient dans le sable d'une façon pitoyable.

Je m'amusais de temps à autre à conduire le fameux trotteur du secrétaire de l'empereur, M. Mocquard[7], qui faisait toujours venir les meilleurs trotteurs d'Amérique, et nous volions littéralement sur les grand-routes. Un jour que je laissais trottiner le cheval, qui était admirablement mis et que je causais avec Mocquard, une tapissière, remplie de gens assez vulgaires, vint à passer au grand trot et nous devança triomphalement. Le cocher hurla d'un ton moqueur en me voyant les rênes en main : « C'est comme ça qu'on trotte ! » Mocquard me dit : « Laissez-les aller, et nous lancerons plus tard le cheval pour les devancer à notre tour, et un peu plus vite qu'eux ! »

En effet, la tapissière était déjà pas mal éloignée, lorsque je rendis les rênes et que le trotteur partit d'une allure effrayante de vitesse. Bientôt nous devancions la tapissière, et Mocquard, ôtant son chapeau, cria aux gens qui s'y trouvaient : « Pardon ! c'est comme cela qu'on trotte ! »

Mocquard passait pour un mauvais homme, – je ne

sais trop pourquoi. L'empereur l'aimait beaucoup, et je crois qu'il lui était très dévoué. Comme il était d'une intelligence hors ligne, l'empereur le consultait en tout et j'ai entendu dire que c'est avec lui et *rien qu'avec lui* qu'il composait ses discours du trône, ce qui exaspérait les ministres. L'empereur leur soumettait seulement le discours tout fait. Tous ceux que j'ai entendus étaient écrits de main de maître.

Quant à moi, j'éprouvais de la sympathie pour M. Mocquard dont l'esprit singulièrement vif, la conversation animée et spirituelle me tenaient sous le charme. Sa figure était d'une vivacité extraordinaire et ses yeux pétillaient comme une flamme. Je n'en ai plus jamais revu d'aussi flambants : ils dardaient des éclairs !

L'impératrice avait reçu du général Montauban[8], nommé plus tard par l'empereur comte de Palikao[9], de merveilleux objets d'art, pris par lui dans le palais d'Été[10] à Pékin pendant la guerre de Chine. Tous ces objets avaient été réunis dans son salon du rez-de-chaussée qu'on appelait ensuite le salon chinois[11], et qui était précédé de deux autres pièces où l'on aimait à se tenir, tant dans la journée que le soir par les grosses chaleurs[12]. Ces salons avaient été délicieusement arrangés par l'impératrice et comme ils étaient de plain-pied avec le jardin, on ne pouvait rien imaginer de plus agréable. Lorsqu'il pleuvait, on se tenait dans les appartements du premier dans lesquels on se rend en traversant la galerie François Ier [13], qui est une merveille comme boiserie.

Ces jeux cependant n'avaient pas lieu régulièrement,

mais par exception de temps à autre. On jouait parfois au secrétaire, et chacun tâchait de se surpasser. Un soir, M. Prosper Mérimée[14] proposa de nous faire faire « la fameuse dictée de l'Académie[15] » qui se complaît dans des difficultés de participes véritablement torturantes. On se mit à l'œuvre. La plupart des personnes s'y refusèrent en assurant qu'elles ne s'exposeraient sous aucun prétexte à la risée générale en faisant trop de fautes. Mérimée commença. L'empereur, l'impératrice, quelques-uns des invités, personnes graves et paraissant très sûres de leur affaire, Alexandre Dumas fils, Octave Feuillet, mon mari et moi, nous étions placés autour de la grande table du salon et, armés de crayons, nous écrivions sous la dictée de celui-ci. Quand il eut fini, il prit les différentes feuilles, et en les parcourant corrigeait et recorrigeait sans cesse. L'inquiétude s'empara des *pauvres élèves !...* Le travail de correction terminé, Mérimée se leva et déclara à haute voix le nom du lauréat, lequel, à la stupéfaction générale, était celui du *prince de Metternich !* Il lut : « Sa Majesté l'empereur a fait quarante-cinq fautes, Sa Majesté l'impératrice soixante-deux, la princesse de Metternich quarante-deux, M. Alexandre Dumas vingt-quatre, M. Octave Feuillet dix-neuf (je passe les autres) et le prince de Metternich trois... »

Je laisse à juger de la figure consternée des deux académiciens. Elle nous fit tous éclater de rire. Alexandre Dumas se leva et alla vers mon mari en lui demandant : « Prince, quand allez-vous vous présenter à l'Académie pour nous apprendre l'orthographe[16] ? »

Comme à Compiègne, les théâtres de Paris venaient

toutes les semaines donner des représentations sur la ravissante scène du palais[17], qui avait été remise à neuf par l'empereur, et qui était certes une des plus jolies et des plus élégantes qu'on puisse rêver. Elle était toute tendue de damas jaune et offrait le coup d'œil le plus gai du monde. C'était un vrai bijou. D'habitude, mon mari et moi nous passions quinze jours à Fontainebleau, au lieu de huit comme le reste du monde et nous voyions se renouveler la série. Je crois que cette marque de préférence, qui nous était accordée, a dû indisposer pas mal de monde contre nous, et je me suis permis d'en faire un jour respectueusement la remarque à l'impératrice, laquelle me répondit : « Qu'importe, charbonnier est bien maître chez lui ! »

IX

Histoire d'un enlèvement à la cour de Napoléon III

Fontainebleau, juin 1863

Nous nous trouvions, au mois de juin 1863, installés au palais de Fontainebleau où Leurs Majestés faisaient leur séjour d'été annuel, et où, comme d'habitude, de nombreux invités étaient appelés par séries d'une durée de huit et parfois même de quinze jours. Nous étions une soixantaine de personnes, y compris le service d'honneur, dames du palais, chambellans et écuyers.

Or, un matin, alors que nous nous rendions, mon mari et moi, au salon à l'heure du déjeuner à midi, nous entendîmes de loin déjà des rires inextinguibles ! Curieux de connaître la cause de cette hilarité folle, nous pressions le pas pour apprendre ce qu'il en était : l'histoire suivante nous fut racontée. Elle est authentique.

L'empereur Napoléon III venait de se coucher la veille vers minuit et allait s'endormir, lorsqu'il fut tiré de son assoupissement par un vacarme terrible se passant au-dessus de sa tête. On eût dit qu'on dansait, les cristaux du lustre faisaient un tintamarre odieux, il semblait qu'on bondissait, puis, on s'arrêtait, on rebondissait encore. Bref, le bruit était devenu intolérable !

« Que peut-on bien faire là-haut ? se demanda l'empereur, et qui diable loge au-dessus de ma tête ? »

L'empereur étant essentiellement bon pour son entourage ne voulut pas réveiller son valet de chambre, et, voyant que le calme semblait se rétablir, résolut de ne pas le sonner et de ne réclamer que le lendemain.

Il se tourna du côté du mur, lorsque, à peine en train de s'endormir, Sa Majesté fut réveillée par la reprise de cette même sarabande infernale.

Il n'est pas de bonté qui tienne, lorsque l'agacement en arrive à vous empêcher de fermer l'œil. Sa Majesté sonna. Le valet de chambre accourut.

« Dites donc, qu'est-ce qui peut bien se passer là-haut, et qui habite donc cette pièce ? – Je l'ignore, sire. – Eh bien ! montez-y et dites à celui qui y demeure d'avoir à se tenir tranquille ! – Je dirai à l'aide de camp de service d'aller exécuter les ordres de l'empereur, car moi-même je ne sais trop comment parvenir dans cette pièce. – C'est bien, répliqua Sa Majesté, mais qu'il se dépêche, car, tenez, voilà que cela recommence. En vérité, on n'a pas idée d'une chose semblable. Je suis curieux d'en connaître la cause. »

Le valet de chambre courut réveiller l'aide de camp et lui raconta l'affaire en lui transmettant l'ordre de l'empereur. « Mais je sais parfaitement, dit-il, qui habite là-haut. C'est X..., un des officiers d'ordonnance. Il doit être devenu fou. Je vais aller voir ce qu'il en est. » Et là-dessus il s'habille à la hâte et grimpe quatre à quatre au second. Arrivé devant la porte, il entend en effet un remue-ménage dans la pièce. Il frappe. Une voix rauque et terrifiée crie du dedans : « Qui est là ? » Réponse : « C'est moi, Untel, qui vient de la part de l'empereur » et la porte s'ouvre.

L'officier, assez pâle et défait, se présente à son collègue dans un costume des plus légers, et celui-ci lui fait part de la commission impériale en lui disant que Sa Majesté, ne pouvant s'endormir par suite du tapage qui se fait au-dessus de sa tête, le charge de faire savoir à ce locataire si bruyant d'avoir à se tenir tranquille. Ne voilà-t-il pas que le malheureux lui répond d'une voix désolée, sans lui donner d'autre explication dans son effarement : « Que voulez-vous, je voudrais bien, mais je n'arrive pas à la faire tenir tranquille ! » Le délégué de l'empereur lui riposte : « Il faut lui faire entendre raison, et il faut en première ligne que ce tapage qui fait scandale cesse. Que dira-t-on, je vous le demande, demain de vous dans tout le palais ? – Eh bien ! on dira… on dira, réplique l'infortuné, que j'ai été stupide de la prendre ! – Ah ! mon pauvre ami, répond l'aide de camp, on dira plus que cela, on sera indigné. Il ne fallait surtout pas l'amener dans le château. Vous auriez dû lui prendre une chambre à l'hôtel ! – Ah ! vous êtes bon, mais c'est qu'elle ne veut pas rester seule !… Et, tenez, déjà vous voyez les rideaux du lit s'agiter. Elle bondit ! Il faut que je retourne auprès d'elle. L'entendez-vous ? – Je crois bien », dit l'aide de camp, et piqué de curiosité, il s'approche de l'oreille du coupable et lui demande tout bas : « Au moins, est-elle belle ? – Superbe ! Admirable ! Voulez-vous la voir ? » Étonné de cette proposition, mais vaincu par la curiosité – et puis, ma foi, on est homme ou on ne l'est pas –, notre envoyé spécial acquiesça avec un certain plaisir en ajoutant cependant, tenu par un dernier scrupule : « Si vous croyez que cela ne la gêne pas trop ! » Sur quoi le détenteur s'écria : « Ah ! mais cela lui est bien égal ! » et prenant son ami par la main, il s'avance sur la pointe des pieds vers le lit et, doucement, il en tire les rideaux, le met en face d'un baquet dans lequel gigotait une énorme *carpe* portant rivé autour du cou un anneau d'argent !

La stupéfaction de l'aide de camp dépassait tout ce que l'on pouvait imaginer !

Une carpe !

Il avait espéré voir mieux que cela !

Furieux de sa déconvenue, il demande à ce curieux pêcheur quelle idée avait bien pu lui prendre, et à propos de quoi il avait été tirer cette malheureuse carpe du fond de son cher étang[1] ? Le pauvre homme, honteux et confus, se sentant profondément coupable, presque criminel, lui avoue qu'il adore la pêche et que, se trouvant journellement en face de cet étang, il n'avait eu qu'une idée, qu'un désir, qui était de voir et d'admirer une de ces carpes si célèbres et de s'assurer s'il était bien vrai qu'il y en avait qui portaient à leur cou un anneau en argent sur lequel se trouvait inscrite la date de 1530 ! ! !

La pêche en était sévèrement interdite sous peine de forte amende et même d'internement. Il avait, en quittant le salon après dîner, été furtivement lever un filet qu'il avait été poser dès l'aube, et – ô joie et ô bonheur ! – une carpe à anneau s'y était prise en effet. Il l'avait emportée en cachette dans sa chambre et mise dans un baquet, mais comme elle était énorme, elle en bondissait à tout instant, et il s'agissait de la ressaisir et de l'y remettre, car il ne voulait pas qu'elle trépassât, ayant l'intention de la remettre à l'eau le lendemain au petit jour !... Cette confession faite, le délégué impérial et le coupable prirent le baquet en tâchant d'y maintenir la carpe et quittèrent à pas de loup la chambre pour transporter la coupable ailleurs.

L'aide de camp s'empressa d'avertir le valet de chambre de l'empereur que tout était rentré en ordre. Le fidèle serviteur vint auprès du lit de son auguste maître en lui disant : « Tout va être tranquille à présent. *Une carpe était venue voir M. X...* » Et Sa Majesté de répondre en riant : « Ah ! ils les appellent des "carpes" aujourd'hui ? »

Le lendemain matin Sa Majesté fut mise au courant de la *terrible* aventure ! Elle en rit aux larmes et, pour punir le « don Juan aux carpes », Elle lui infligea l'humiliation de la raconter à tous les invités du château, qui pendant le reste du séjour ne cessèrent de faire mille lazzis sur ce singulier amoureux.

Il a juré aux carpes une haine mortelle.

X

Versailles

Fête en l'honneur du roi d'Espagne,
don François d'Assise, 1867

Le roi don François d'Assise[1], mari de la reine Isabelle[2], était venu à Paris, rendre visite à l'empereur et à l'impératrice en juin 1867. Leurs Majestés résolurent de lui donner une grande fête à Versailles, et l'impératrice, qui était la promotrice de cette idée, se chargea de l'organiser.

Elle me dit, un soir que j'eus l'honneur de la voir à un de ses petits bals du lundi aux Tuileries, qu'elle comptait se rendre à Versailles et qu'elle m'engageait à l'accompagner, si toutefois cela pouvait m'amuser ou m'intéresser. Je n'eus garde de refuser sa gracieuse invitation, et nous nous rendîmes quelques jours plus tard dans l'endroit susnommé. L'architecte du palais attendait Sa Majesté à l'entrée ; elle-même venait, accompagnée du général Rolin, préfet du palais, pour lui donner en lieu et place ses ordres, ainsi que du comte Baciocchi, le grand chambellan, qui, en sa qualité d'intendant des théâtres impériaux, devait prendre ceux qu'elle lui donnerait au sujet de la représentation qu'elle projetait dans la merveilleuse salle de spectacle du château[3].

En visitant l'intérieur du palais, l'impératrice s'occupa d'abord de l'arrivée au théâtre, car on devait commencer la soirée par le spectacle. Tous les invités se trouveraient installés au théâtre lors de l'arrivée des souverains, et dès l'entrée de ceux-ci le rideau se lèverait. On parla d'augmenter l'éclairage, qui paraissait insuffisant à Sa Majesté ; on décida de mettre des fleurs des deux côtés de la scène ; on désigna la place des deux cents gardes qui devaient se tenir contre les portants ; on inspecta les loges ; on inscrivit le nombre de fauteuils dorés[4] recouverts de velours rouge, ainsi que des tapis qu'il fallait apporter, et, lorsque tout fut bien arrêté de ce côté-là, on se rendit par une longue galerie dans les grands appartements ayant vue sur le parc. Bien entendu, un tapis en velours rouge devait être placé dans la galerie en question, les cent-gardes feraient la haie, et il y aurait profusion de plantes vertes dans les niches des fenêtres.

Arrivée dans la galerie des Glaces[5], cette merveille de Versailles, l'impératrice vit que l'éclairage là encore était absolument insuffisant, et on prit note pour des lustres et des torchères en quantité. Sa Majesté, se tournant vers le général Rolin, lui dit alors : « Nous souperons ici par petites tables après le spectacle », et s'adressant à l'architecte, elle lui demanda combien de personnes pourraient être placées. Il lui fut répondu : « De cinq à six cents. – Très bien, dit l'impératrice, nous aurons de quarante à cinquante tables. Cela fera très bien. » Le général Rolin fit remarquer que tout cela était bel et bon, mais qu'il était impossible de faire servir un souper chaud et qu'il fallait se contenter d'un souper froid qu'on trouverait déjà servi, parce que les cuisines étaient tellement éloignées des appartements qu'il n'y avait pas à songer « qu'on pût apporter des plats à cette distance ».

« Mais qu'a-t-on fait du temps de Louis XIV, s'écria l'impératrice, où l'on soupait toujours dans la galerie des Glaces[6] ? – Madame, répliqua l'architecte, j'ai là toutes les données que je vais soumettre à Votre Majesté. On apportait les plats sur d'immenses plateaux posés sur des roues, sous lesquels on mettait du charbon de bois et qu'on roulait à travers les salons à partir de l'escalier. D'office, il n'y en avait point, comme l'impératrice peut bien le voir. On mettait de longues tables dans le salon qui précède la galerie ; on y lavait même la vaisselle, et, lorsque le roi revenait du spectacle, il lui fallait traverser cet office et cette laverie improvisés ! » Il fallut donc bon gré, mal gré tâcher de s'arranger, et le souper froid fut décidé, au grand regret de l'impératrice qui, avec raison, trouvait que cela manquait d'élégance.

Ensuite, quand tout fut bien décidé de ce côté-là, Sa Majesté sortit sur la terrasse où l'artificier Ruggieri et une horde de gaziers et d'autres individus attendaient sa venue. L'impératrice commanda alors cet admirable feu d'artifice et cette illumination unique dont j'ai gardé l'impérissable souvenir, et qui sont ce que j'ai vu de plus beau dans le genre de toute ma vie. Il est impossible de voir plus beau que cela, et je crois que si l'on avait dit à quelqu'un : « Faites mieux et plus », chacun se serait récrié. Ruggieri proposa de faire son feu d'artifice au bout du tapis vert, sur l'étang ou le bassin qui se trouve au fond du parc[7], et dit qu'il ferait partir des bouquets de vingt-cinq mille fusées chacun, sans compter des milliers de fusées qui partiraient dès le début. On mettrait des cordons de gaz partout ; on entourerait chaque parterre ; on éclairerait a giorno chaque fontaine ; la lumière électrique placée sur le toit du palais jetterait ses rayons sur tout le parterre, et on suspendrait dans les arbres des milliers de ballons rouges et orange pour donner l'impression de fruits lumineux. Il fallait entendre Ruggieri proposer « un million de ballons » d'un air simple comme quelqu'un disant : « Nous mettrons là une vingtaine de ballons ! » Je me disais : « Ah ! quelle chance de pouvoir commander comme le fait l'impératrice, sans avoir toujours à s'informer du prix ! »

Le jour vint où la fête eut lieu. Nous partîmes tous et toutes en poste pour Versailles, parées, attifées, couvertes de diamants[8] et à neuf heures nous entrions dans cette délicieuse salle où toutes les élégances de Paris et de la Cour étaient réunies. L'aspect en était ravissant, et la société des plus choisies. À neuf heures et quart, Leurs Majestés firent leur entrée avec ce pauvre petit misérable roi d'Espagne qui avait bien la plus triste mine qu'on pût imaginer. Au physique, il était absolument indigne de la splendide fête qu'on lui offrait, et, ma foi, il me semble qu'au moral il l'était également. Un pauvre sire dans toute l'acception du mot.

La pièce qu'on représentait avait été tirée du répertoire de l'époque de Louis XIV. Elle était bien ennuyeuse, mais les costumes en étaient admirables et d'une richesse et d'un goût merveilleux. On les avait fait faire d'après des tableaux et des gravures du temps. Heureusement que la représentation ne dura pas plus d'une heure !

L'entrée dans la galerie des Glaces fut un éblouissement ! La salle éclairée à ravir, et surtout la vue de ces immenses fenêtres donnant sur le grand parterre brillant de mille feux, était enchanteresse ! Tout le monde poussait des exclamations admiratives, et je crois *même* que le roi d'Espagne a remarqué que l'on avait fait « un petit extra » en son honneur ! Après le souper, l'impératrice prit le bras de son auguste invité et sortit avec lui sur la terrasse. À ce moment, les premières fusées de Ruggieri partirent et se succédèrent avec une telle rapidité que le ciel semblait en feu. On ne savait où regarder : c'était une féerie, lorsque tout d'un coup plusieurs coups de canon retentirent, que les soleils et les étoiles partant de tous les côtés firent un bruit infernal et qu'enfin tout Versailles fut embrasé par quatre bouquets successifs de vingt-cinq mille fusées chacun !

On avait laissé entrer le public dans le parc qui était noir de monde. Une clameur d'enthousiasme formidable accueillit ce splendide, cet incomparable coup d'œil.

L'impératrice, qui ce soir-là était belle à ravir et qui, dans une robe blanche lamée d'argent, et parée de ses plus beaux diamants, se mit à circuler un peu dans la foule, entourée des officiers de sa maison, fut acclamée ! Je la vois encore, faisant quelques pas dans les plates-bandes devant le palais. Elle avait jeté négligemment sur ses épaules une espèce de burnous blanc brodé d'or, et les murmures d'admiration l'accompagnaient comme une traînée de poudre. Elle aimait à être louée des fêtes et des appartements qu'elle arrangeait. Un compliment sur sa personne eût été aussi mal venu que sur sa toilette, mais, lors de la fête de Versailles, elle exigeait qu'on la félicitât, et il y avait bien de quoi. En passant devant moi, elle m'interpella par cet « Eh ! » familier qu'elle a gardé jusqu'à ce jour et qu'elle dit avec une grâce toute méridionale : « Eh ! que dites-vous de ma fête ? – Je dis qu'elle est digne de Votre Majesté ! – Auriez-vous cru qu'elle deviendrait aussi jolie que cela ? ajouta-t-elle. – Madame, répondis-je, je m'attendais à quelque chose de convenable quand j'ai entendu Ruggieri parler de cent mille fusées et d'un million et demi de ballons lumineux ! »

Le roi d'Espagne, en quittant la France, offrit en souvenir de sa visite à Sa Majesté un bijou qui était splendide. C'était un morceau d'émeraude taillé en croix. L'impératrice l'a beaucoup porté dans la suite et elle l'a vendu plus tard en Angleterre en 1870…

Revenue en Autriche, j'assistai un soir à un feu d'artifice donné à Schönbrunn en l'honneur de l'empereur de Russie. Le prince Constantin de Hohenlohe, qui était à cette époque grand maître de notre empereur, s'approcha de moi et me demanda si je ne trouvais pas son feu d'artifice charmant. « Comme ces fusées partant de la gloriette font bien !, dit-il, c'est un spectacle enchanteur !… Mais il y en a aussi énormément !… Croiriez-vous qu'il y en a près de mille ?… Nous en avons là pour huit ou dix mille florins ! C'est ravissant, n'est-ce pas ? – Mon Dieu, lui répliquai-je, ça n'est pas mal, mais je garde le souvenir d'un feu d'artifice à Versailles où j'ai vu partir plus de cent mille fusées et qui a coûté six cent mille francs, et vous comprendrez que je ne m'enthousiasme pas facilement sur un feu d'artifice et une illumination ! »

Je crois que ma réponse l'a tué.

XI

Worth

Paris, 1860

J'étais un matin tranquillement installée à lire dans mon salon lorsque ma femme de chambre parut, tenant un album en main. Je lui demandai ce qu'elle apportait, lorsqu'elle me répondit : « Il y a chez moi une jeune femme qui voudrait que Votre Altesse daignât jeter un coup d'œil sur les dessins contenus dans ce livre. Ce sont les croquis des toilettes que fait son mari. Celui-ci serait très désireux de faire une robe pour vous, à n'importe quel prix, pourvu qu'il vous en fasse une ! »

Je m'informai du nom de l'individu : « Il est anglais et s'appelle Worth. – Un Anglais qui ose prétendre faire des toilettes de femmes à Paris, voilà une idée étrange, m'écriai-je, je n'en veux sous aucun prétexte. – Votre Altesse ferait bien cependant de regarder les croquis, répliqua ma femme de chambre, ils me semblent charmants. – Laissez voir, repris-je d'un air ennuyé, je doute fort que les toilettes de votre Anglais soient à mon goût ! »

J'ouvris l'album et quelle ne fut pas ma surprise, lorsque à la première page je vis une toilette charmante, à la seconde une toilette ravissante !… Immédiatement, je flairai l'artiste, et je dis à ma femme de chambre : « Amenez-moi l'Anglaise. – Ce n'est pas une Anglaise, c'est une Française pur-sang », me fut-il répondu et au bout de peu d'instants je vis apparaître Mme Worth, modeste, timide et rougissante ! Elle me dit que son mari, qui avait été premier commis chez Gagelin[1] – le grand faiseur de l'époque –, venait de s'établir avec un Suédois, un certain Bobergh[2], et qu'ils étaient installés rue de la Paix, 7 ; que ces messieurs, très désireux de me compter au nombre de leurs clientes, me priaient de bien vouloir faire faire une robe chez eux et que je n'avais qu'à dire le prix que je voulais y mettre. Je répondis que j'en ferais faire deux, une du matin et une du soir, et qui l'une dans l'autre ne devaient pas dépasser le prix de six cents francs, c'est-à-dire trois cents francs chaque. Mme Worth ne se tenait plus de joie. La robe du soir devait être inaugurée au prochain bal des Tuileries. À la fin de la semaine, après *un essayage* – j'appuie sur cet *un*, car actuellement on essaie jusqu'à cinq ou six fois –, on m'apporta les deux chefs-d'œuvre !… Il n'y avait pas à dire, c'était parfait en tous points, et je fis faire des compliments à l'auteur que je ne connaissais pas personnellement, car on était venu essayer chez moi !

J'arborai donc le mercredi suivant – il y avait grand bal dans la salle des Maréchaux – la fameuse robe, et je dois à la vérité de dire que j'en ai rarement vu de plus jolie et de mieux faite.

Elle était en tulle blanc lamé d'argent (ce qui était tout nouveau) et garnie de pâquerettes à cœur rosé, placées dans des touffes d'herbes folles. Ces fleurs étaient voilées de tulle blanc. Une large ceinture en satin blanc entourait ma taille ; j'avais piqué des diamants partout... et Worth eut son premier succès !

L'impératrice, en entrant dans la salle du trône où le corps diplomatique se tenait toujours réuni pour le cercle, aperçut en un clin d'œil le chef-d'œuvre ! Lorsqu'elle vint à moi, elle me demanda de suite qui avait fait cette robe si merveilleusement jolie dans sa simplicité et son élégance. « Un Anglais, madame, une étoile qui se lève au firmament de la mode ! – Et quel est son nom ? – Worth. – Eh bien ! reprit l'impératrice, que l'étoile ait des satellites, je vous prie de lui faire dire de venir chez moi demain matin à dix heures ! »

Worth était lancé et j'étais perdue, car à partir de ce moment les robes à trois cents francs ne revirent plus le jour.

S'il était cher, horriblement cher, monstrueusement cher, il était reconnaissant, et je puis dire à son honneur que je n'ai vu que chez bien peu de personnes ce sentiment aussi développé que chez lui. Il n'a pas oublié un jour qu'il me devait sa réputation, et il m'a témoigné en toute occasion son profond et sincère dévouement. Très attaché à l'impératrice, il n'a pas caché ses opinions impérialistes après la chute de l'Empire, et a donné ainsi à bien des personnes du monde, qui ont oublié les bienfaits qu'eux ou leurs parents avaient reçus de l'empereur, une fière leçon.

Pourtant il risquait plus que ceux-ci à se déclarer ouvertement partisan de l'Empire. Car lorsqu'on tient boutique sur la rue, on est exposé à ce qu'on vous casse les vitres. Ces sentiments de reconnaissance et de fidélité m'ont toujours fait passer sur bien des ridicules et des façons un peu outrecuidantes de « ce bon M. Worth », comme nous l'appelions, surtout quand il s'agissait d'avoir une toilette inédite – à sensation !

Ensuite, ce qui m'attachait à lui, c'était son esprit et son admirable bon sens ! Il est impossible de porter sur les hommes, sur les choses et les événements un meilleur jugement qu'il ne le faisait ! S'il n'avait pas été, par la condition dans laquelle il était né, amené à se faire couturier, il serait toujours devenu, dans n'importe quelle condition, un homme de marque. C'était un plaisir de causer avec lui, je le répète.

Son flair, pour juger les femmes, était impeccable. On rira de ce que je dis là… tant pis ! mais nul mieux que lui ne vous disait : « Mme Unetelle…, c'est une bonne femme, mais une linotte, – et puis vaniteuse comme si la toilette seule suffisait pour vous faire remarquer. Je lui mettrais tout ce que j'ai de plus beau sur le dos qu'elle n'en resterait pas moins une petite bourgeoise ! »

La princesse Schwarzenberg était venue un beau jour chez lui. Il ne l'avait jamais vue ; elle était arrivée de la veille à Paris. Simplement vêtue, elle entra dans le magasin. Worth la voit et se tournant vers son premier commis Carlsson, un type, celui-là, comme on n'en reverra plus, lui dit : « Tenez, voilà une très grande dame, je vois cela à son port de tête ! »

Il avait la passion de la distinction et du « grand air ».

Sa santé laissait beaucoup à désirer et à tout instant

il était malade. Ces indispositions nous désolaient, car elles venaient toujours fort mal à propos, et elles prenaient la proportion de catastrophes lorsqu'elles coïncidaient avec les grands bals costumés qui se donnaient si fréquemment durant l'Empire. Worth composait des costumes éblouissants et y faisait certaines retouches au dernier moment, changeait ceci, changeait cela, vous arrangeait une autre coiffure, bref, le dernier coup d'œil du maître et du créateur était indispensable. Or, un jour que nous arrivions rue de la Paix pour essayer nos costumes pour le bal qui devait avoir lieu le soir même aux Tuileries, on nous apprit sans ménagement que M. Worth, très souffrant d'une affreuse migraine, s'était retiré dans ses appartements !...

L'affolement était général. Que faire ? – Comment met-on ceci ? Comment met-on cela ? Les personnes du magasin étaient là comme des bûches, et ne pouvaient nous donner aucun renseignement ; les ouvrières ne savaient pas davantage, car, dans chaque atelier, on avait travaillé à des choses différentes – que faire ?... Je prends mon courage à deux mains, et je grimpe chez Worth qui habitait au second dans la cour. Je fais irruption dans sa chambre, et je le trouve couché sur sa chaise longue, avec des compresses sur la tête et les yeux. Je lui déclare qu'il faut absolument nous voir, qu'il me doit cela, qu'il le doit surtout à l'impératrice chez laquelle nous sommes invitées et j'emporte son consentement. D'une voix mourante, il me dit : « Eh bien ! qu'elles montent toutes dans leurs costumes ! » Nous nous habillons et nous arrivons devant notre maître. Une demoiselle du magasin – la première – se tenait à côté du malade et lui glissait à l'oreille le nom de chaque femme qui défilait devant lui. Il soulevait la compresse qui couvrait ses yeux et, après avoir regardé la malheureuse qui se tenait devant lui, attendant son arrêt, disait lentement : « Affreuse… ridicule… épouvantable ! » Qu'on juge du désespoir général !!!

Alors une idée grande comme le monde me vient et je m'écrie : « Monsieur Worth, vous signez aujourd'hui votre décadence ! » À ces mots, il bondit de sa chaise longue, arrache les compresses et le bandeau en nous criant comme un général qu'il était à ses troupes : « Allons ! en avant ! » Il y a pourtant de beaux moments dans la vie ! Nous descendons, et, au bout d'une heure, tout était en ordre, et, le soir aux Tuileries, on eût dit que tout s'était passé sur des roulettes.

Worth, ayant rapidement fait fortune, alla s'installer superbement à Suresnes[3] près de Paris. Il arrivait tous les jours à dix heures rue de la Paix, et rentrait le soir vers six heures. J'exprimai un jour le désir d'aller voir sa villa qu'on disait arrangée d'une façon merveilleuse et meublée avec un luxe insensé.

Autant Worth avait de goût pour tout ce qui touchait à la toilette, autant il en manquait, à mon avis, pour le reste. La villa de Suresnes qu'il a agrandie et augmentée en y ajoutant une aile par-ci, une aile par-là, et des pavillons et des chalets, fait l'effet d'un fouillis de constructions qui, se trouvant sur un espace beaucoup trop restreint, se nuisent réciproquement.

Au milieu de cet amas de bâtiments, le propriétaire a édifié, avec les pierres et les sculptures dont il a fait acquisition dans les décombres du palais des Tuileries[4], une espèce de ruine[5] qui, placée là où elle se trouve, est d'un effet désastreux parce qu'elle écrase le reste. Les appartements sont meublés avec une grande richesse et j'avoue que je préférerais habiter une chambre blanchie à la chaux que certain salon dont le pauvre Worth se montrait extrêmement fier, et qui était ruisselant d'or, de satins, de peluches, de broderies, de meubles dorés sur toutes les tranches et de bibelots.

À l'exemple de Gambetta[6], une grande baignoire en argent se trouvait dans le cabinet de toilette et, dans certain réduit plus secret, une fontaine faisait jaillir sans cesse de l'eau de Cologne !

Le jardin de la villa était admirablement bien tenu et les fleurs y abondaient comme les fruits. Ce qui m'a frappée, c'est que dans les massifs on voyait pousser des lis, des rosiers, des iris, des glaïeuls, ce que je n'ai vu nulle part ailleurs. L'aspect de ces fleurs sortant de cette épaisse verdure était charmant. Lorsqu'on allait visiter Suresnes, M. et Mme Worth ne manquaient pas de nous faire servir un goûter succulent, soit dans le jardin, soit dans la magnifique salle à manger. Le service à thé était en vermeil ; les gens, en culottes courtes et bas de soie, avaient l'air d'être de grande maison ; en un mot, le tout avait remarquablement bonne façon.

Le maître de la maison faisait les honneurs simplement et sans pose. Sa femme, en revanche, minaudait et jouait à la grande dame. Les fils qui mènent aujourd'hui la maison, après la mort de M. Worth, se tenaient modestement à l'écart. Ils ont gardé les traditions de leur père et lui conservent un pieux et touchant souvenir. Chaque année à Pâques fleuries[7], ils m'envoient, ainsi que le faisait M. Worth, un buis bénit de Sainte-Clotilde[8], qui était notre paroisse quand nous habitions la rue de Grenelle !

Un dernier mot pour finir…

Quand, après le grand bal que nous avions donné lors de l'Exposition de 1867, les journaux étant remplis de descriptions sur la splendeur de cette fête, sur le goût qui y avait présidé, sur la façon dont j'avais fait les honneurs, je revis le père Worth, celui-ci me fit aussi force compliments sur le grand succès obtenu, puis me regardant d'un air attendri, s'écria : « Et dire que c'est moi qui vous ai inventée ! »

C'est peut-être vrai.

XII

Alexandre Dumas père
et Alexandre Dumas fils

Paris, 1868

On disait d'Alexandre Dumas père[1] qu'il était « une force de la nature ». Quant à moi, il représentait une force imaginative comme de longtemps on n'en rencontrera plus. Nous fîmes sa connaissance à Paris et cela par l'entremise de sa fille, Mme Olinde Petel, laquelle, séparée de son mari, se faisait appeler Marie-Alexandre Dumas. Mme Marie Dumas[2], qui avait été maltraitée par son mari d'une façon à rendre la vie commune impossible, s'était vue un jour lasse des mauvais traitements qu'elle avait à subir, et avait demandé à son père de la reprendre chez lui, ce qu'il accepta avec bonheur. Elle menait son ménage, et c'est certainement à elle que le grand romancier a dû de ne pas finir son existence dans la misère, car étant d'une générosité sans bornes, il dépensait sans compter, et surtout il donnait sans s'inquiéter s'il lui resterait de quoi vivre.

Mme Marie Dumas était dans la haute piété, et s'occupait exclusivement de bonnes œuvres. C'est en venant demander notre secours pour une de ces œuvres que nous nous sommes connus. Elle venait à partir de ce moment nous voir souvent. C'était une femme fort intelligente, très lettrée, et qui avait hérité non seulement de l'intelligence, mais aussi de la bonté de cœur paternelles. Elle adorait son père qui le lui rendait.

Un jour que je lui demandais des nouvelles de celui-ci et qu'elle me répondit qu'il allait bien, mais qu'à son grand regret il vivait trop retiré du monde, ce qui ne lui valait rien, je lui dis que je le regrettais doublement, puisque ainsi je resterais privée du plaisir de faire sa connaissance, et que, comme bien elle pouvait penser, rien ne m'aurait intéressée davantage que de me rencontrer avec l'auteur des *Trois Mousquetaires*. Elle ne répondit rien. Le lendemain, je reçus une lettre de Mme Marie Dumas ainsi conçue : « J'ai fait part à mon père du désir que vous avez si aimablement exprimé. Il sera heureux de vous remercier de vive voix, au jour et à l'heure que vous voudrez bien lui indiquer, des bontés que vous avez pour sa fille... »

Nous convînmes, mon mari et moi, d'inviter Alexandre Dumas et sa fille à dîner pour un des jours suivants. L'invitation fut acceptée, et ils firent leur entrée chez nous sans tambour ni trompette, c'est-à-dire sans que personne d'autre fût invité. Seuls ces messieurs de l'ambassade étaient présents, puisqu'ils dînaient régulièrement chez nous.

Le père Dumas était énorme et avait l'air d'un mulâtre, sans cependant qu'il eût la peau noire ! Ses cheveux étaient crépus comme ceux des nègres. Il faisait l'impression d'un bon gros homme tout rond, sans prétention, plutôt familier, quoique sa familiarité aurait presque pu passer pour de l'aisance, car elle n'était pas vulgaire. De suite il trouvait le mot aimable, mais sans que celui-ci ait donné l'impression d'être une phrase. Bref, il nous plut à prime abord. On se mit à table et Dumas parla d'abondance. Jamais je n'ai entendu quelqu'un s'exprimer plus facilement que lui. Il touchait à tous les sujets et *semblait* tout savoir. On aurait dit qu'il avait traversé la mer Rouge avec Pharaon, qu'il avait été avec Scipion fonder Carthage, qu'avec Jules César il avait fait l'invasion dans les Gaules, qu'il avait intimement connu Charles Quint, qu'il avait beaucoup fréquenté la cour des Médicis, qu'il connaissait le secret du poison des Borgia, qu'il avait passé sa vie auprès de Louis XIV à Versailles, qu'il était le confident de Mme de Pompadour, qu'il faisait la partie de la reine Marie-Antoinette avec le comte de Provence, le comte d'Artois et le comte de Fersen, que Charlotte Corday lui avait confié son projet d'assassinat, et qu'il avait assisté à côté de Napoléon à toutes ses batailles. Il était universel et racontait en mentant comme un romancier qu'il était, de la façon la plus charmante et la plus attachante qu'on puisse imaginer. On écoutait bouche béante, et il aurait parlé ainsi des journées entières, que l'on ne s'en serait pas plaint. Il mangeait, et Dieu sait de quel bon appétit, il buvait sec, il causait, il gesticulait, il riait, tandis que nous autres nous n'arrivions même pas à l'écouter et à l'admirer tout en mangeant. Il se répandait *comme un torrent.*

En sortant de table, pendant que Dumas prenait son café, mon mari s'approcha de moi et me glissa tout bas à l'oreille : « Tu es distancée ! En voilà un qui te rend des points, pour ce qui est de tenir le dé de la conversation ! »

En effet, il m'écrasait. Je suis un bonnet de nuit en comparaison de ce qu'était le père Dumas. Je le répète, rien, rien, rien au monde ne peut donner approximativement une idée de la verve inouïe de cet homme extraordinaire.

Le café pris, on s'assit, et je demandai à Dumas s'il était en train d'écrire un nouveau roman. Il me dit : « Je ne l'écris pas encore, mais je tiens le sujet et je vais m'y mettre un de ces jours. – Et quel en sera le titre ? – *Création et Rédemption.* » Mme Marie Dumas semblait très étonnée de ce que son père venait de dire. « Mais, cher père, s'écria-t-elle, tu ne m'as rien dit encore de ce livre que tu vas faire. Que c'est vilain à toi d'être aussi cachottier ! – Eh bien ! mon enfant, répliqua Dumas, si le prince et la princesse m'y autorisent, je vais leur raconter mon prochain roman, et tu en auras la primeur ici, de façon qu'il te rappellera toujours la soirée que nous venons de passer ici. » Et voilà Dumas qui commence exactement comme lorsqu'on fait la lecture d'un livre : « Par une froide matinée de décembre... », sans faire d'exposé, sans nous indiquer les personnages. Il allait et il allait. On eût dit qu'il lisait ! Jamais il ne se trompait de mot, jamais il ne se reprenait. Les intonations étaient appropriées aux personnes qui parlaient. C'était une lecture faite par cœur, et cela, par le meilleur lecteur qu'on ait jamais entendu, et en même temps une histoire racontée par un conteur comme on n'en trouve pas ! Cette impression resta gravée d'une façon ineffaçable dans ma mémoire. Comment Dumas pouvait-il se rappeler tous ces événements qui se passaient dans ce roman aux mille complications, comment retrouvait-il ces personnages nombreux, comment sortait-il de ces situations embrouillées, comment arrivait-il au dénouement sans patauger ? – ceci restera toujours inexplicable pour moi… Il fumait pendant qu'il contait, et il faisait parfois des gestes avec ses belles mains, dont il était très fier, comme s'il voulait préciser telle ou telle chose, et enfin, quand sa voix se tut, nous ne pûmes nous empêcher de nous écrier : « Bravo ! » d'ensemble, de l'entourer, de le féliciter et de lui dire qu'il était le premier conteur du monde, et décidément le plus grand romancier des Temps modernes. Il avait parlé sans interruption deux heures et demie sans avoir une seule fois cherché son mot ! ! !

Je le remerciai avec enthousiasme. Mon mari lui demanda : « Eh bien ! monsieur Dumas, quand paraîtra *Création et Rédemption* ? – Mon Dieu ! prince, répondit celui-ci en souriant, peut-être jamais, car j'ai fait le roman ce soir en l'honneur de la princesse, et, en le commençant, je n'en savais pas le premier mot. J'inventais à mesure que j'avançais, mais je vous avouerai qu'à un moment donné j'y avais fourré tant de monde que je crois bien en avoir oublié sur mon chemin. Eh bien ! ils sont morts à l'heure qu'il est ! »

Mme Marie Dumas, qui en voulait un peu à son père de lui avoir caché son projet littéraire, vu que d'habitude il lui faisait toujours part de ceux-ci, alla vers lui et, loin de s'étonner de son esprit inventif et de son imagination, lui dit : « C'était bien joli ce que tu as fait là aujourd'hui », et se tournant vers nous elle ajouta : « J'aime beaucoup quand mon père improvise. Quelquefois, lorsque nous sommes seuls en tête-à-tête le soir, il se met à raconter, et je trouve regrettable qu'il n'y ait pas de sténographe auprès de nous pour noter les ravissantes choses qu'il me raconte ! »

Le père Dumas, à la suite de cette première visite, vint souvent chez nous et, lors de nos grandes réceptions du jeudi à l'ambassade, quand le gros des invités était parti, il se mettait à raconter et charmait tout son auditoire par sa faconde intarissable et la grâce qu'il savait mettre dans tous ses récits. Lorsque ma fille Clémentine naquit, il m'adressa un quatrain charmant que je joins à ce récit :

Je vois des vengeances étranges
Au Ciel contre vous s'amasser :
Si vous lui prenez tous ses anges
Dieu finira par se lasser !

Biarritz, 5 juillet 1870[3].

À vos pieds :

Alex. DUMAS.

On le trouvera d'ailleurs dans une grande collection d'autographes, comme aussi quelques lettres de lui, écrites de cette merveilleuse écriture dont il aimait à être loué. Quand il mourut, on trouva dans un codicille de son testament un legs qu'il m'avait fait par les mots suivants : « Je lègue à Mme la princesse de Metternich, en témoignage de mon admiration et de mon respectueux attachement, mon beau saphir, et je la prie de le conserver en souvenir d'un vieux romancier qui l'aimait beaucoup. »

J'ai fait monter ce saphir en bracelet sur un simple cercle en or. Mon mari, en revanche, recevait le bureau de Dumas avec le fauteuil. La planche du bureau est toute recouverte d'écriture. Il se trouve, ainsi que le fauteuil, au musée de famille au château de Königswart en Bohême.

Quant à Alexandre Dumas fils, je le rencontrai aux Tuileries, où il se fit présenter à moi, et comme il sortait beaucoup, je le vis souvent dans le monde et aussi chez nous à l'ambassade. Sans ressembler à son père, il avait après tout, pour ceux qui les connaissaient tous deux, un certain air de famille, et les cheveux crépus d'un blond tirant sur le roux rappelaient la descendance du sang noir. La grand-mère du vieux Dumas était une mulâtresse, et son maître, le marquis Davy de La Pailleterie, l'avait épousée. Le vrai nom des Dumas était celui de Davy de La Pailleterie[4] et le père de l'auteur d'*Antony* avait quitté pendant la grande Révolution le titre et le nom pour prendre celui de Dumas que son fils et son petit-fils ont rendu célèbre plus tard.

Le fils Dumas était tout l'opposé de son père. Autant celui-ci était bonhomme et avait le cœur sur la main, autant celui-là était froid à prime abord et profondément cynique. Comme esprit, certes, ils n'avaient rien à s'envier, mais le pôle Nord et le pôle Sud ne sont pas plus éloignés l'un de l'autre que ne l'étaient leurs caractères, leurs appréciations, leurs façons de voir et leur manière de les énoncer. Le père confiant, très en dehors, très beau parleur, le fils méfiant, renfermé et ne causant volontiers que lorsque le milieu dans lequel il se trouvait lui convenait de toute façon. Alors évidemment il surpassait quelquefois le père par ses traits, mais il eût été capable de raconter avec la verve de celui-ci. Le vieux Dumas voyait le monde en beau et en bon, il ne voyait que le côté noble des hommes et des choses, les femmes étaient pour lui des déesses, les hommes de preux chevaliers, – tandis que le fils voyait le monde plus laid encore qu'il ne l'est réellement, qu'il s'acharnait à découvrir sous toute action un mobile bas, que les femmes lui semblaient dénuées de toute élévation de sentiments, et qu'il avait pour le genre humain en général un profond mépris. On s'attachait au père de confiance, on était sur ses gardes avec le fils, de crainte d'être mal jugé par lui !

Ainsi qu'on avait dit que le père Dumas avait été « une force de la nature », on a prétendu, dans un discours récent, que Dumas fils fut « la conscience de la nature » ! Il creusait à plaisir dans le cœur humain et n'en retirait que des déchets. Son père n'y trouvait en revanche que de l'or pur.

Pour ma part, je préférerai toujours les illusions de l'un aux désenchantements de l'autre[5]. Alexandre Dumas fils professait une grande admiration pour son père, comme aussi le père ne parlait qu'avec enthousiasme du talent d'écrivain et de l'esprit de son fils. Ce dernier, malgré la très vive affection qu'il portait à l'auteur de ses jours, s'amusait cependant de temps à autre de se moquer légèrement de lui.

Ainsi un jour qu'on parlait de vanité, il ne put s'empêcher de dire : « Tenez, mon père, par exemple, est si vaniteux qu'il monterait sur son propre siège pour faire croire aux gens qu'il a un nègre ! » Le propos n'est guère respectueux.

Il m'a dit une fois, alors que nous parlions de son père, et que je lui disais « qu'à mon avis celui-ci n'avait pas au même degré que lui l'esprit de repartie », qu'au contraire il en avait tout autant et peut-être même plus que lui, et me conta la chose suivante :

Ils voyageaient tous deux en Suisse. Arrivés à Lucerne, ils allaient se mettre au lit lorsque le vieux Dumas s'aperçoit qu'ils ont oublié leur sac de voyage à l'hôtel du Righi d'où ils venaient, et il s'écria : « Voilà que nous avons laissé ce diable de sac là-haut, sommes-nous bêtes ! » Alexandre lui dit : « Tu n'es pas gentil, tu ferais mieux de parler au singulier ! » Et le père de répondre : « Volontiers ! es-tu bête ! » « Vous voyez bien, ajouta-t-il en riant, que mon père avait la repartie prompte ! » Et un jour qu'une de ses admiratrices passionnées lui demanda la faveur de lui dire des vers qu'elle avait faits en son honneur et qu'installé dans son grand fauteuil il se préparait à écouter, la dame commença très émue en balbutiant : « Oh ! Alexandre dont le nom bril... » Dumas l'interrompit en lui disant : « Ne louez pas ce que vous ne connaissez pas ! »

Je reprochais à Dumas fils dans une de nos causeries de ravaler sans cesse le genre humain dans ses écrits lorsqu'il me dit : « Mais notre tâche à nous autres consiste à dire ce qui *est*, et non pas à décrire ce qui *devrait* être ! » Je lui répondis : « Mon Dieu ! monsieur, il y a dans la vie, comme dans la nature, des jours de pluie et des jours de soleil. Vous préférez vous promener par des temps de boue, tandis que moi je préfère les temps de soleil ! » Il se tut un instant et me dit : « C'est que chez nous, probablement, il pleut toujours ! – C'est en quoi vous vous trompez, permettez-moi de vous le dire, répliquai-je vivement, vous tendez à le faire croire au monde entier, et je puis vous assurer qu'il y a mille fois plus de braves gens et de femmes honnêtes en France que vous ne le supposez et même que vous ne vous en doutez ! »

Nous discutions souvent ensemble de la sorte, et loin de m'en vouloir de mes emportements, il finissait par me donner raison. Lors de l'Exposition de la musique et du théâtre à Vienne, Dumas fils m'a écrit une lettre charmante et m'a envoyé dans une ravissante reliure la fameuse *Visite de noces*, pièce qui fut jouée par Aimée Desclée avec tant de succès ; il a fait joindre deux autographes à la reliure, la lettre qu'il avait écrite à l'artiste ainsi que la réponse de celle-ci.

XIII

Le roi Louis Ier de Bavière

Paris, 1867

Le roi Louis de Bavière[1], dont l'originalité et l'esprit étaient réputés dans toute l'Europe, m'avait de tout temps intéressée, et déjà, enfant, je riais des histoires qu'on racontait de lui et sur lui. J'eus enfin la bonne chance de me rencontrer avec Sa Majesté en 1867, lors de l'Exposition où il était venu passer quelques jours. On me présenta à lui à Saint-Cloud, où Leurs Majestés résidaient, et où une grande soirée eut lieu en son honneur.

La Comédie-Française donna une représentation dans le grand salon d'honneur[2]. Mlles Favart[3] et Delaunay[4] jouèrent *La Nuit d'octobre*[5] d'Alfred de Musset. Avant de se rendre dans cette salle, les souverains firent cercle, et je me souviens de la stupéfaction que causa, à peine entré, le roi Louis. L'empereur Napoléon alla vers lui, suivi de ses ministres, et lui dit : « Votre Majesté me permet-elle de lui présenter mes ministres ? » À quoi le roi répondit : « Non, cela m'ennuie ! » L'empereur se mit à rire à gorge déployée, mais les ministres qui se tenaient là tout près du roi, la bouche en cœur, firent de bien sottes figures en retournant, tout penauds, à leurs places.

Le roi Louis parlait très haut, et on l'entendait d'un bout de la chambre à l'autre. Comme il était extrêmement sourd, il fallait lui crier les réponses qu'on lui donnait, ce qui n'était pas toujours commode. On était véritablement sur la sellette quand il vous faisait l'honneur de vous adresser la parole. Il profitait, je crois, de sa surdité pour parler haut et dire de façon à être entendu par tout le monde certaines choses qui l'amusaient à dire, afin d'interloquer le monde. C'était tout ce qu'il aimait. Son amour de la vérité le faisait cependant passer aux yeux de bien des gens pour fort peu aimable, et même pour très impoli, et en somme on le craignait, parce que chacun avait peur, lorsqu'il s'approchait de lui, d'attraper quelque chose de désagréable.

Hélas ! Il ne m'a rien dit, et je l'ai beaucoup regretté, car j'étais préparée à lui répondre de sorte que je n'eusse pas été facilement décontenancée. Il me parla très aimablement de feu mon grand-père qu'il disait vénérer tout particulièrement.

Un jour que nous dînions[6] à Saint-Cloud avec le roi, celui-ci se mit à parler espagnol avec l'impératrice Eugénie. Il paraît que c'était un charabia effroyable, et l'impératrice ne put s'empêcher de rire aux larmes ! Le roi lui dit alors : « J'aime l'Espagne, j'en aime la langue, et j'ai toujours admiré les Espagnoles ! » Le terrain devenait brûlant, et l'impératrice, se rappelant les aventures du roi avec Lola Montez[7], n'insista pas sur les préférences que Sa Majesté avouait ! Eut-il le sentiment qu'il l'embarrassait et qu'il nous embarrassait tous, je l'ignore, mais le fait est qu'il profita de ce moment de silence général pour s'écrier : « Ah ! les Espagnoles, j'en sais quelque chose. Il y en a une qui m'a coûté ma couronne ! » Qu'on juge de la stupeur de l'assistance ! Nous ne savions que faire ! Rire eût été inconvenant, – et quant à pleurer, personne de nous n'y songeait. On se tut, et tout le monde mit le nez dans son assiette. Mais on se mordait les lèvres pour ne pas éclater !

À ce même dîner auquel assistait l'archiduc Charles-Louis[8] (frère de notre empereur), celui-ci, qui, ainsi que nous tous, n'en revenait pas de la franchise de son oncle, s'adressa à lui pour lui exprimer la part sincère qu'il avait prise à la mort du roi Othon de Grèce[9], son fils, le roi Louis l'interrompit en lui disant : « Oui, oui… mais il faut avouer qu'il gouvernait joliment mal ! »

Ce panégyrique cruel jeta un froid et l'archiduc se tourna vers moi et me glissa à l'oreille : « Mon oncle est incalculable, et on tremble sans cesse qu'il ne vous dise quelque chose qui vous abasourdisse ! » Ensuite il me raconta plusieurs histoires sur lui qui m'amusèrent infiniment. Entre autres celle-ci. Le roi, en se promenant un jour dans les rues de Munich, rencontra une dame de sa connaissance qui venait d'arriver dans l'intention de mener ses trois filles dans le monde. Il l'arrêta, lui parla fort aimablement et se tournant vers les jeunes personnes qui se tenaient timidement derrière leur mère et qui portaient des voiles épais, releva ceux-ci afin de les dévisager et, les ayant bien regardées, s'écria : « Certainement bonnes, mais fort laides ! » Le roi était amateur passionné de beauté féminine, et avait installé, comme on sait, dans son palais, « la galerie des beautés[10] », qui est très connue et qu'on va visiter à Munich. Il attrapait les jolies femmes au passage et leur demandait de se faire peindre pour lui. Un certain Stieler faisait ces portraits qui, au point de vue artistique, sont des croûtes, mais dans lesquels on retrouve cependant la beauté des modèles.

L'impératrice Caroline-Auguste, la veuve de l'empereur François[11], qui était la sœur du roi Louis, déplorait ses déportements, et lorsque son frère soupirait aux pieds de Lola Montez, elle fit demander des prières à l'église de Saint-Étienne pour « un vieillard égaré » ! Tout Vienne sut à quoi s'en tenir, et je crois qu'on a beaucoup ri et très peu prié…

Le roi Louis était encore à Paris quand l'empereur d'Autriche y vint. Il assista à ce fameux et splendide dîner donné à l'Hôtel de Ville. La table des souverains était placée sur une estrade élevée de quatre marches au milieu de la salle des fêtes. L'empereur d'Autriche[12] était placé en face de l'empereur Napoléon, lequel avait à sa droite la reine des Pays-Bas[13] et à sa gauche le roi de Bavière.

J'avais l'honneur d'être placée à côté de ce dernier. Tout d'un coup le roi, se tournant vers l'empereur Napoléon, lui dit : « Vous savez que j'ai beaucoup connu le roi Louis[14] votre père, et cela à La Haye ! » Ces paroles ayant été prononcées à très haute voix, la reine Sophie les entendait comme d'ailleurs tout le reste de la table. L'empereur, présentant le danger de cet entretien, se troubla légèrement et tâcha d'amener la conversation sur un autre terrain moins glissant, lorsque son auguste interlocuteur, lui mettant la main sur le bras et se penchant du côté de la reine qui ne savait plus quelle figure faire, hurla : « Ne vous troublez pas…, un clou chasse l'autre ! » Malgré la solennité de la réunion, tout le monde se mit à rire. Il n'y avait pas moyen de faire autrement.

Après le dîner, les souverains et les deux souveraines firent cercle dans les salons attenants. Dans le premier où nous nous trouvions, il y avait les princes et les princesses, le corps diplomatique et les ministres. Le roi Louis vint à moi et me demanda : « Qui est ce personnage qui cause maintenant avec le prince de Metternich ? » Je lui répondis : « Sire, c'est le prince Joachim Murat[15]. – Vous dites ? – Le prince Joachim Murat, répétai-je plus haut. – Je n'entends pas, veuillez élever la voix ! » Désespérée, je criai le nom du prince Joachim Murat de façon que tous les assistants l'entendirent comme ils avaient entendu d'ailleurs les questions du roi. Le silence se fit dans la salle, et Sa Majesté, paraissant ravie d'avoir enfin compris ce qu'Elle désirait savoir, s'écria : « Oh ! Murat ! Je me rappelle l'époque à laquelle feu le prince de Metternich était l'amant de la reine Caroline[16] ! » Mon mari baissa modestement les yeux. Joachim Murat prit la chose gaiement et se tournant vers celui-ci lui dit : « Eh bien ! comme nous n'y pouvons plus rien changer, rions-en ! »

J'ajouterai en terminant ce petit récit, que le roi Louis parlait le français avec une rare correction. Il connaissait toutes les finesses de la langue, et s'en servait pour interloquer les gens dans cet idiome, comme il les interloquait en leur parlant sa langue maternelle. Son extérieur était absolument dépourvu d'élégance, et sa mise était tout à fait défectueuse : on eût dit un pauvre professeur d'une chaire délaissée ! Vieux, il était devenu fort laid, et une énorme loupe déparait son front. Il se rendait compte de sa laideur, et vous demandait à brûle-pourpoint : « Croiriez-vous que j'ai été joli comme enfant ? »

On hochait la tête respectueusement !

XIV

L'empereur d'Autriche en France

Paris, 1867

Le 23 octobre 1867, vers trois heures de l'après-midi, une foule galonnée se pressait sur le perron de la gare de l'Est[1].

Les boulevards regorgeaient de monde. Les voitures de gala stationnaient autour de la place de la gare, et une haie de troupes se trouvait échelonnée sur tout le parcours[2] situé entre la place Sébastopol et le palais de l'Élysée[3] dans la rue du Faubourg-Saint-Honoré. Les maisons étaient pavoisées de drapeaux et d'emblèmes. Paris était en fête.

On attendait l'arrivée de l'empereur François-Joseph.

Cette arrivée aurait dû avoir lieu au mois de juin, mais la mort de l'empereur du Mexique[4], son frère, fusillé par Juarez[5] à Queretaro[6], survenue à cette époque, pendant que l'Exposition battait son plein, mit le projet à néant, et, le voyage n'ayant pu avoir lieu, il fut remis au mois d'octobre après l'expiration du deuil.

Donc au milieu du mouvement qui se faisait sur le perron et dans la gare, soudain les tambours se mirent à battre aux champs, les clairons sonnèrent, et l'empereur Napoléon fit son entrée alors que l'horloge marquait dix minutes avant trois heures. Sa Majesté s'avança vers nous et nous tendit la main en nous disant : « Je suis heureux de voir l'empereur en France, – heureux, oui, très heureux ! » Il appuya tout particulièrement sur ce mot, et un sourire éclaira sa figure. En effet, il avait l'air content, et je lui ai rarement vu une expression aussi radieuse.

Au bout de peu d'instants, on vint annoncer à l'empereur que le train impérial entrait en gare, et tout le monde se rangea. Un profond silence régnait. Tous les yeux se portaient du côté où l'on voyait soudain apparaître le train qui s'avançait avec une lenteur majestueuse. Il stoppa devant le chemin en velours cramoisi qui allait du wagon impérial jusqu'au bas de l'escalier qui donne sur la place Sébastopol. À peine le train était-il arrêté, que l'empereur François-Joseph en descendit rapidement, et que, tendant ses deux mains à l'empereur Napoléon, il fut attiré par celui-ci dans ses bras.

À ce moment éclatèrent des hourras formidables, et l'enthousiasme ne connut plus de bornes. On eût dit que la gare allait crouler. Notre empereur vint à nous et nous tendit la main.

Il était suivi de ses deux frères, l'archiduc Charles-Louis et Louis-Victor, qui l'accompagnaient dans ce voyage véritablement triomphal.

Les présentations d'usage eurent lieu ensuite, et lorsqu'elles furent terminées, l'empereur Napoléon invita son auguste hôte à se rendre vers les voitures qui attendaient devant le grand escalier qui se trouve sur le fronton de la gare et duquel on a vue sur la grande place et l'immense ligne du boulevard.

Jamais je n'oublierai le spectacle qui s'offrit alors à nos yeux.

La place était bondée ; toutes les fenêtres et les mansardes regorgeaient de monde et sur les arbres des boulevards étaient suspendues de véritables grappes humaines.

L'empereur Napoléon se tint alors à quelques pas en arrière de son hôte, afin de s'effacer autant que possible, et seule l'élégante silhouette de notre cher empereur se dessinait, éclairée par un soleil radieux, entre les deux colonnes du milieu !

À ce moment, de formidables cris éclatèrent, et l'empereur, habitué cependant à de pareilles ovations, sembla en paraître étonné. Il resta là quelques moments seulement, et, remerciant cette foule en délire qui l'acclamait et se reprenant bientôt, se retourna du côté de l'empereur Napoléon comme pour lui demander s'il ne fallait pas partir. Les deux souverains descendirent le grand escalier aux cris mille fois répétés de « Vive l'empereur ! ». Les magnifiques attelages de gala les reçurent, et le cortège[7] se mit en mouvement pour gagner l'Élysée qui allait devenir l'endroit où l'empereur logerait pendant son séjour à Paris.

C'est là que l'impératrice, entourée du prince impérial et de toute sa Cour, attendait l'empereur. Lorsque le carrosse s'arrêta devant le perron, l'empereur en descendit rapidement et, gravissant les quelques marches du perron, vint s'incliner devant l'impératrice et lui baisa la main. Elle lui fit, avec la grâce inimitable dont elle avait le secret, une profonde révérence et, notre voiture ayant suivi de près les carrosses impériaux, j'eus la chance d'être là assez à temps pour assister à cette première rencontre. Il me semblait voir que l'impression avait été favorable. Comment eût-elle été autre devant cette belle et ravissante femme, si grande dame, si aimable, si gracieuse et si accueillante ?

Un haut personnage autrichien qui suivait l'empereur a prétendu que l'empereur Napoléon aurait eu grand peur d'un attentat pendant le trajet de la gare au palais de l'Élysée. Je me permettrai aujourd'hui de douter de cette prétendue peur. D'abord le service de police sous la conduite de Piétri[8] était admirablement fait. Ensuite l'hôte de la France jouissait, avant sa venue déjà, d'une grande popularité, et en dernier lieu je ne sache personne de moins peureux que ne l'était feu l'empereur Napoléon, car il était fataliste à l'excès, et disait bien souvent que ceux qui étaient condamnés à mourir par le poignard n'y échappaient pas, malgré toutes les précautions qu'on pouvait prendre.

Le soir de l'arrivée, le dîner eut lieu en petit comité à l'Élysée[9]. Seuls les archiducs, mon mari et les personnes des suites impériales y assistaient.

Le lendemain, notre auguste maître se rendit à l'Exposition, où Sa Majesté commença sa visite par la section autrichienne. L'impératrice Eugénie vint l'y saluer, et lui apporta quelques menus objets dont elle venait de faire l'acquisition dans la section espagnole, qu'elle venait de quitter.

Nous offrîmes à notre cher empereur un dîner à

l'ambassade, Sa Majesté nous ayant autorisés à l'inviter. Nous conviâmes les maréchaux et quelques-uns des généraux les plus en vue comme aussi des plus haut placés dans la hiérarchie militaire. Le dîner eut lieu à sept heures. À sept heures moins cinq minutes, Sa Majesté fit son entrée dans le salon.

Les militaires présents avaient été déjà présentés par l'empereur Napoléon… Notre empereur les salua en commençant par parler avec les maréchaux tels que Canrobert[10], Randon[11], Lebœuf[12] et après eux avec tous les autres. Le cercle terminé, le maître d'hôtel Dubosy, qui se piquait de grandes manières, vint annoncer d'une voix tonitruante : « Sa Majesté Impériale est servie. »

L'empereur s'approcha de moi et m'offrit le bras. Le coup d'œil de la salle était superbe, je dois à la vérité de le dire, et Sa Majesté daigna en faire la remarque. Notre cuisinier, qui sortait des cuisines du baron James de Rothschild[13], et qui était parfait, se surpassa heureusement en ce grand jour, et je me souviens du succès d'un plat de « truffes à la Lucullus » et d'un autre sous forme d'entrée dont Sa Majesté redemanda à deux reprises.

À ce dîner, je demandai à l'empereur de nous accorder la faveur de faire faire son portrait pour la salle du trône de l'ambassade, et il éprouva une minute d'étonnement après laquelle cependant il acquiesça de la meilleure grâce du monde.

Après le dîner, un haut dignitaire qui avait entendu la demande en question vint à moi en me disant : « Vous êtes étonnante ! Quel courage vous avez ! Quel franc parler ! – À propos de quoi me dites-vous cela ? répliquai-je. – Mais à propos de la demande que vous avez formulée au sujet du portrait ! Jamais on n'adresse une demande à Sa Majesté, excepté dans une audience, et encore faut-il qu'on la fasse connaître d'avance. – Cependant, dis-je vivement, comme rien ne s'oppose à ce qu'on demande à Dieu, à toute heure de la journée et de la nuit, des faveurs et des grâces autrement grandes que celle-là, c'est-à-dire un portrait officiel donné à une ambassade, je suis sûre que l'empereur n'est pas plus difficile que le Tout-Puissant et qu'il me pardonnera s'il ne m'a déjà pardonné ! »

Après le dîner, l'empereur fut d'une amabilité sans égale. Le café servi, et connaissant les habitudes de Sa Majesté, je lui offris sur un plateau un cigare. L'empereur le prit en me remerciant, puis jetant un regard autour du salon, il dit : « Et ces messieurs ne fument donc pas ? »

Personne ne voulait toucher à un cigare lorsque l'empereur me pria de lui en apporter une boîte et que lui-même alla les offrir en disant à mes invités : « Si ces messieurs ne fument pas, je ne fumerai pas non plus ! »

On se mit donc bravement à allumer les cigares, et une conversation animée s'engagea entre Sa Majesté et les généraux.

Ceux-ci étaient subjugués par la bonté, le charme, la simplicité de l'empereur. Tous raffolaient de lui.

Je crois me souvenir que le lendemain de notre dîner avait lieu la grande revue à Longchamp[14]. L'empereur y a été acclamé avec un enthousiasme indescriptible, autant sur son parcours à l'aller et au retour que sur le terrain même. C'était du délire. Le charmant prince de la Moskova (Edgar Ney), qui faisait office d'aide de camp auprès de notre empereur, m'a dit que les gens du peuple se jetaient sur le carrosse impérial pour voir de près Sa Majesté, et que des ouvriers voulaient grimper sur les marchepieds pour lui serrer la main.

J'en reviens à la soirée qui suivait le dîner à l'ambassade et qui se termina à l'Opéra[15] où on donnait *Don Carlos*[16] de Verdi. C'était fort ennuyeux et le choix a semblé désastreux à tout le monde. Il suffit d'ailleurs, dans quelque pays et dans quelque endroit que cela soit, qu'on donne une représentation de gala pour qu'elle soit manquée. On est toujours à côté et les choix sont toujours mauvais. C'est un des symptômes les plus curieux comme aussi des plus répandus dans l'histoire des théâtres.

Le public sut grand gré à l'empereur de ne pas s'être rendu dans les petits théâtres, à l'inverse de l'empereur Alexandre[17], lequel, en venant à Paris le mois de juin précédent, avait fait retenir une loge pour assister à *La Belle Hélène*[18] en quittant Saint-Pétersbourg, ce qui avait été considéré, non sans raison, comme un manque de convenance.

À cette époque, les opérettes dans le genre de *La Belle Hélène* passaient encore pour le comble de la licence et on ne se vantait guère d'y avoir été. Qu'une petite digression à ce sujet me soit permise. Nous avions assisté, avec plusieurs de nos amis, à la première de l'opérette susnommée. Le succès en avait été énorme, et les acteurs Hortense Schneider[19], Kopp,

Grenier et Couclerc y furent incomparables. Ce dernier resta court au couplet si connu du *Roi barbu qui s'avance,* dut s'arrêter net, s'approcher du trou du souffleur et demander à celui-ci de le remettre dans le texte ! Ceci fait, Couclerc, qui était un artiste très aimé du public, fit des excuses aux spectateurs en disant : « Je ne sais pas ce qui s'est passé, mais vous m'auriez assommé que je n'aurais pas su que le roi barbu qui s'avance était Agamemnon ! Je reprends donc. » Tout marcha à merveille à partir de là. En rentrant des Variétés[20], mon mari me dit en voiture : « Nous avons eu tort de venir assister à la première. Notre nom figurera dans tous les journaux, et il n'est pas agréable pour une femme d'avoir été quasi officiellement à une pareille pièce ! » Depuis, les temps sont changés, et je crois qu'aujourd'hui, on représenterait *La Belle Hélène* dans un pensionnat de jeunes filles que personne n'y trouverait à redire.

Je reviens à mon sujet.

L'empereur daigna venir me faire une visite. Nous causâmes pendant un bon quart d'heure, et les impressions que Sa Majesté avait recueillies sur les hommes et les choses à Paris tinrent une grande place dans notre conversation.

L'empereur Napoléon, que l'empereur avait rencontré dans de bien pénibles circonstances, en Italie, en 1859, semblait prendre à tâche d'effacer ce souvenir douloureux par l'extrême bonne grâce et la simplicité affectueuse de son accueil. Son naturel plut à notre empereur. Quant à l'impératrice Eugénie, notre empereur, je l'ai déjà dit, fut subjugué de prime abord par son charme et sa grâce exquise. Il s'est établi dès cette époque de véritables liens d'amitié entre eux que rien jusqu'à présent n'a rompus.

L'empereur parla du petit prince impérial qu'il trouvait si gentil, si joli et si intéressant de figure. Sa ressemblance avec le père d'un côté et la mère de l'autre l'avait frappé. Les yeux bleus si clairs du père et les sourcils tombants de la mère ! L'expression et la tenue de la tête de son père, la démarche de sa mère ! Pauvre enfant ! Qui nous eût dit alors quel affreux sort l'attendrait !

Le prince Napoléon et la princesse Clotilde n'étaient pas à Paris, de sorte que de côté-là il n'y a pas eu de difficultés pour l'empereur. Même un simple échange de visites entre notre empereur et le prince Napoléon eût été impossible. La princesse Mathilde était restée à Paris. Je ne crois pas que Sa Majesté en ait été absolument enchantée : elle était trop brusque de manières, trop criarde, trop délurée pour lui plaire.

Comme, à cause de la mort de l'empereur Maximilien, on ne voulait pas donner de *grandes* fêtes, la Cour se bornait aux réceptions un peu restreintes. Il y en eut tant aux Tuileries qu'à Saint-Cloud, et dans ce dernier endroit le dîner fut suivi d'une comédie de salon, *La Pluie et le Beau Temps.* Le roi Louis de Bavière et la reine Sophie des Pays-Bas qui se trouvaient à Paris en même temps que l'empereur d'Autriche assistaient à cette représentation. J'ai déjà fait mention de toutes les excentricités auxquelles le roi Louis s'est livré, et qui nous ont fait rougir et pâlir et frissonner pour finir par des rires étouffés. C'était un type de roi étrange, et je suppose que les générations futures n'en reverront plus jamais d'aussi original ! La princesse Mathilde, qui ne dédaignait pas les gauloiseries et à laquelle il disait tout ce qui lui passait par la tête, le qualifiait d'« adorable vieillard » !

Quoique la Cour ne voulût pas donner de fête trop éclatante à l'empereur, la Ville de Paris demanda à le recevoir chez elle magnifiquement, et lui offrit un banquet de trois cent cinquante couverts. On avait dressé les tables dans la grande salle des fêtes[21], et au milieu de celle-ci s'élevait sur une grande estrade élevée de quatre marches la table impériale dans toute sa somptuosité. Le spectacle en était éblouissant. L'impératrice avait à sa droite l'empereur d'Autriche, à sa gauche l'archiduc Charles-Louis ; l'empereur Napoléon était placé entre la reine des Pays-Bas et le vieux roi Louis de Bavière, l'archiduc Louis-Victor à côté de la reine Sophie. J'étais à la gauche du roi Louis. Cette table était de vingt-quatre couverts.

Nous dominions toute la salle, dont le coup d'œil était féerique[22] !

On avait installé dans la salle des fêtes où le banquet avait lieu un ou deux orchestres qui alternaient avec des chœurs de femmes. Une personne aurait dit à l'archiduc Louis-Victor qu'on avait fait chanter ces chœurs « parce que l'empereur d'Autriche y était habitué en voyage » ! J'ignorais absolument « cet usage » que d'ailleurs personne à notre Cour ne connaissait. Un Français, voulant faire un beau compliment à l'archiduc Louis-Victor au sujet du discours de l'empereur, ne trouva rien de mieux à lui dire que : « Sa Majesté n'avait pas fait la moindre fausse liaison » !

Après une journée laissée à l'empereur pour les réceptions et les visites, il y eut un dîner à Saint-Cloud suivi d'une comédie de paravent, jouée par Mme Arnould-Plessy et Bressant[23] de la Comédie-Française. L'empereur parut s'y amuser.

On partit pour Compiègne où une grande chasse dans les magnifiques tirés[24] devait être donnée pour l'empereur, et on y séjourna à peu près deux jours – c'est-à-dire qu'arrivés l'après-midi, le départ eut lieu le surlendemain après le déjeuner. La chasse fut *superbe.* Plus de trois mille pièces figuraient au tableau : il me semble même qu'il y en avait trois mille quatre cents ou trois mille cinq cents ! Il y avait dix chasseurs en tout. Notre empereur eut plus de six cents pièces à son actif, et la sûreté de son tir fut généralement admirée. L'empereur Napoléon était un excellent fusil, et, avec son grand calme, son air fatigué et indolent, il jetait son coup de fusil avec une rapidité d'autant plus étonnante qu'il portait son arme d'une main – bref, il ne se tenait pas en garde.

Les rabatteurs aux chasses impériales étaient toujours des soldats qui naturellement s'acquittaient à merveille de leur tâche, la discipline aidant à les faire toujours marcher de front avec une grande égalité. Dès qu'il se produisait la moindre inégalité, un signal donné par la trompette du régiment remettait tout en bon ordre. L'impératrice Eugénie marchait dans le layon de l'empereur, et s'amusait de le voir si bien tirer. On avait bien recommandé aux grands dignitaires d'être ménagers de leur plomb et de ne pas risquer d'en envoyer à l'empereur d'Autriche. On n'imagine pas l'imprudence des chasseurs en France[25]. Maintes fois le maréchal de Mac-Mahon[26] et autres ont envoyé du plomb à toute la ligne des tireurs, et ledit maréchal avait même blessé un jour l'empereur de façon qu'il fit saigner l'oreille de Sa Majesté et cela très fortement ! Le maréchal s'excusa mais ne s'en émut pas autrement. Les Français considèrent volontiers comme une espèce de lâcheté de craindre les grains de plomb à la chasse. On a beau leur dire qu'après tout c'est un sport et non un engagement avec l'ennemi, rien n'y fait, ils vous rient au nez en disant : « Mon Dieu ! que vous autres, étrangers, êtes donc timorés ! »

Le soir après dîner, j'attendais, non sans curiosité, comment se passerait la soirée, notre empereur n'étant guère et, disons-le franchement, pas du tout habitué à faire salon… c'est-à-dire s'installer dans un coin à causer, puis circuler, aller d'un groupe à un autre pour se mêler à la conversation, et je me demandais ce qui se passerait et comment on s'en tirerait.

L'impératrice Eugénie, avec la désinvolture et le grand usage du monde qui lui étaient propres, sut bientôt arranger les choses, et s'approchant de l'empereur, lui proposa d'aller dans le fumoir de l'empereur Napoléon pour y fumer avec celui-ci.

Au bout d'une demi-heure les souverains revinrent, tandis qu'en même temps tous les messieurs revenaient de leur côté du fumoir.

Qu'allait-il se passer ?

Mais ne voilà-t-il pas que l'impératrice avise le marquis de Castelbajac[27] (un des écuyers de l'empereur qui l'escortait dans ses sorties) et lui demande de siffler au piano, et se tournant vers notre empereur lui dit avec cette grâce et ce charme qu'elle savait mettre en tout : « Vous verrez comme M. de Castelbajac siffle joliment ! » Et l'empereur stupéfait, qui, de sa vie, n'avait certainement jamais entendu siffler qui que ce soit de son entourage, sourit avec une petite nuance d'embarras, s'assit et se mit à écouter.

Il fut enchanté et déclara M. de Castelbajac artiste consommé dans son genre, ce qu'il était en effet, car il sifflait d'une façon délicieuse, avec des nuances vraiment exquises.

Après que le premier numéro du programme de ce concert improvisé avait pris fin, l'impératrice, qui avait entendu dire que le chef de cabinet de l'empereur, le baron de Braun, disposait d'une voix de baryton superbe, demanda à celui-ci de s'exécuter et le conduisit au piano. L'empereur, voyant cela, me demanda quelles pouvaient bien être les intentions de l'impératrice au sujet du baron Braun. Je répondis à Sa Majesté : « Sire, l'impératrice lui demande de chanter. » Et l'empereur de faire un soubresaut et avec une véritable terreur de me dire avec une supplication dans la voix : « J'espère pourtant bien qu'il ne va pas accepter ! » Je répliquai, non sans cruauté : « Mais certainement, sire, il a la plus belle voix du monde et chante admirablement ! – Pas possible, reprit l'empereur, en êtes-vous bien sûre ? Ce serait navrant s'il devait se rendre ridicule ! » Je rassurai Sa Majesté. Le baron Braun chanta, et non seulement il ne se rendit pas ridicule, mais il fut applaudi et acclamé d'enthousiasme.

L'empereur à son tour parut enchanté de la découverte qu'il venait de faire !

Après le chant admirable du baron Braun vint mon tour. Richard se mit au piano et je commençai par la fable de La Fontaine mise en musique, *Le Savetier et le Financier*, pour continuer avec *Le Sentier couvert.* Je dois à la vérité d'avouer que moi aussi j'obtins mon petit succès, quoique d'un genre bien inférieur à celui de mon prédécesseur, et Leurs Majestés, paraissant s'amuser de ces petites chansonnettes, en demandèrent encore d'autres.

L'empereur s'approcha du piano et voulut bien me dire combien il venait de s'amuser en ajoutant qu'il avait eu peur pour moi, vu qu'une semblable production lui paraissait fort imposante. Au grand étonnement de Sa Majesté, je l'assurai que je n'avais aucune peur, étant parfaitement sûre du texte, il n'y avait pas de raison pour que je fusse intimidée. Et j'oubliais qu'en bon courtisan j'aurais dû dire qu'en effet cet auditoire si illustre m'en avait imposé. L'empereur parut surpris de ma réponse, lorsque l'impératrice qui, elle aussi, était venue me complimenter auprès du piano, dit en riant : « Oh ! nous ne pouvons pas nous faire d'illusions, nous ne lui faisons pas peur ! »

Le 27 octobre, l'empereur prit congé de Leurs Majestés Impériales, et partit directement de Compiègne pour rentrer dans ses États.

Il a laissé un profond souvenir dans les cœurs de tous ceux qui ont eu l'honneur de l'approcher. Sa simplicité, son naturel parfait, l'élévation de ses sentiments, ses manières empreintes de noblesse et d'élégance avaient charmé tout le monde, et en ont laissé en France jusqu'à ce jour un impérissable souvenir.

L'impératrice Eugénie a conservé un profond sentiment d'amitié pour l'empereur et professe un vrai culte pour son auguste personne. Leurs relations sont restées empreintes jusqu'à ce jour d'une grande cordialité et d'une grande fidélité.

L'empereur ne manque jamais, lorsqu'il me voit, de me demander des nouvelles de l'impératrice et d'ajouter : « Veuillez, quand vous lui écrirez, me mettre à ses pieds ! » Je ne manque pas de transmettre le message impérial à qui de droit et, lorsque je reçois la réponse de l'impératrice, de la soumettre à l'empereur.

Après la mort de notre infortunée impératrice[28], notre pauvre cher empereur a envoyé à l'impératrice Eugénie l'ombrelle et l'éventail que l'auguste victime tenait en ses mains lors de l'assassinat à Genève[29].

J'ai vu arriver ces reliques pendant un séjour que je faisais à Paris en même temps que l'impératrice Eugénie s'y trouvait de passage.

Sa Majesté ne pouvait se décider à ouvrir le paquet qui les contenait, et avait placé celui-ci sur une table couverte de fleurs, et parlait bas en le montrant comme si la morte était là devant elle !

DEUXIÈME PARTIE

I
En France

L'ouverture de la session législative avait eu lieu dans la grande salle des États[1] du Louvre. L'empereur y avait tenu le discours usuel. À l'appel des députés nouveaux qui devaient prêter serment, le ministre de la Maison de l'empereur, en lisant : « M. Henri Rochefort[2] », s'arrêta pour entendre le mot « présent » suivi de ceux de « je jure » ; lorsque seuls les murmures et l'agitation soulevés par l'absence démonstrative du député de l'extrême gauche répondirent à M. Émile Ollivier[3]. Il passa outre. L'empereur, en quittant la salle des États, fut acclamé comme d'habitude, ainsi que l'impératrice et le prince impérial. Nous allâmes reprendre nos voitures. Lorsque notre grand coupé gagna la rue de Rivoli, une foule houleuse, mauvaise, haineuse même, s'y trouvait amassée, et nous fûmes couverts de mille lazzis et même insultés grossièrement[4]. Je me souviens avoir dit à mon mari à ce moment : « L'Empire a vécu ! » Je ne croyais pas cependant être si bon prophète, et qui m'eût dit alors que cinq mois plus tard la république serait proclamée en France m'eût beaucoup étonnée. Je croyais simplement que l'Empire glissait sur la pente et s'en allait doucement, car on sentait que la vieille poigne n'y était plus.

De concession en concession, le prestige de l'empereur disparaissait.

Cependant, le plébiscite avait donné sept millions de voix à l'Empire en mai[5], et tout semblait renaître à une nouvelle vie lorsque la succession au trône d'Espagne éclata et que la Prusse[6] voulut que son candidat, le prince Léopold de Hohenzollern[7], fût accepté comme roi d'Espagne. La France s'y refusa et de fil en aiguille la guerre éclata.

L'historique de cette malheureuse guerre a été fait et refait cent fois, et je me garderai bien d'en ennuyer mes lecteurs, d'autant plus que je ne veux pas dévier de la ligne de conduite que je me suis tracée en n'écrivant que mes souvenirs à ceux qui voudront bien me lire, que mes impressions personnelles et que ce que j'ai vu ou entendu de mes propres yeux et de mes propres oreilles.

Vers la fin de mai, nous quittions l'hôtel de la rue de l'Élysée[8] pour nous rendre à la Jonchère près Bougival. L'impératrice, à laquelle cet hôtel appartenait[9], avait bien voulu nous le louer en attendant que l'hôtel Rothschild, situé rue Laffitte[10] et que nous devions habiter à partir du mois de janvier 1871, fût installé.

Le précédent hôtel de l'ambassade, rue de Grenelle, avait été repris par l'État pour y remettre un ministère[11]. La villa de la Jonchère était charmante ; je devais y faire mes couches. Les bruits de guerre prenaient consistance, la France entière se soulevait et on ne rêvait que d'aller se battre contre les Prussiens. Les personnes qui venaient nous voir à la Jonchère étaient unanimes dans la ferme conviction qu'on n'en ferait qu'une bouchée, et quoique nous ne fussions pas de leur avis, nous n'osions les contredire. Cependant notre attaché militaire, le baron Uexküll, un officier très intelligent, nous avait confié que les armements français lui semblaient incomplets et que l'armée était loin d'être prête à entrer en campagne. Il ajoutait que la guerre de Schleswig-Holstein avait fait pressentir à ceux qui y participaient la force colossale dont l'armée allemande disposait[12], et que les Français se berçaient d'illusions, qui leur deviendraient fatales, en croyant avoir si facilement raison de leurs adversaires. Le marquis de Galliffet[13] m'avait remis après la guerre de 1866 un pli cacheté en me disant de ne l'ouvrir qu'après la première bataille qui aurait lieu entre les Français et les Prussiens. Ce pli, conservé soigneusement dans mon coffre à bijoux, me brûlait les doigts, mais j'eus le courage de ne le décacheter qu'après le combat de Forbach[14]. Je dirai plus tard quels étaient les mots qu'il contenait. Je me souviens d'avoir reçu à la Jonchère la visite de la vieille baronne James de Rothschild, laquelle dans son patriotisme ardent ne rêvait que de victoires. M'étant permis de lui glisser qu'il fallait s'attendre aussi à quelques défaites, elle s'écria indignée : « Je n'admets pas que la France ne batte pas la Prusse sur toute la ligne ! »

Ma fille Clémentine vint au monde le 27 juin au matin, et quinze jours après, ayant été portée pour la première fois sur ma chaise longue, enveloppée sommairement d'un saut-de-lit fort peu élégant et d'un vieux plaid jeté sur mes genoux, ma femme de chambre entra affolée chez moi en hurlant d'une voix étranglée : « Il arrive une chose affreuse ! – Mon Dieu ! qu'est-ce donc ? m'écriai-je terrifiée. – L'empereur et l'impératrice viennent d'arriver et demandent à vous voir ! – Eh bien ! répondis-je, qu'on prie Leurs Majestés de me faire l'honneur d'entrer. » Et ma femme de chambre de gémir sur le *malheur* de me voir si mal arrangée, tandis que la *belle* robe de chambre eût si bien fait et que dans cet attirail il était réellement inadmissible de recevoir la visite de ces augustes personnages ! Je la consolai et l'envoyai faire savoir que j'attendais les souverains.

L'empereur et l'impératrice, qui habitaient Saint-Cloud, avaient eu la gracieuse pensée de venir me faire visite, et, dès leur entrée dans ma chambre, s'excusèrent de me déranger en me disant qu'ils avaient cru que j'étais déjà installée au salon et en état de recevoir. C'était à mon tour de m'excuser, et je leur dis que j'étais parfaitement au moral en état de recevoir, mais qu'au physique la réception manquait de grandeur et d'apparat, et je leur racontai le désespoir de ma femme de chambre. L'empereur et l'impératrice en rirent beaucoup, et l'empereur ajouta qu'il était convaincu que je me sentais bien plus à mon aise dans ma vieille robe de chambre que ce ne serait le cas dans la nouvelle et que, quant à lui et l'impératrice, ils n'étaient venus que pour me voir et rien que pour me voir.

La conversation s'engagea, et l'empereur me parla de ses préoccupations au sujet de la guerre qui menaçait d'éclater ! L'impératrice s'en montrait tout aussi affectée, et on en a menti impudemment en prétendant qu'elle y poussait avec acharnement[15]. Je puis affirmer que *tous deux en étaient également effrayés*, et qu'ils éprouvaient le plus grand et le plus ardent désir de voir ce fléau évité à leur pays. « On fera tout au monde, disait l'empereur, pour empêcher que la guerre n'éclate, je crains seulement que les esprits ne s'échauffent, et qu'on ne puisse pas endiguer le torrent d'un enthousiasme dangereux qui, s'il se répand, forcera la main au gouvernement. L'opinion publique ne se laisse guère maîtriser par le temps qui court ! »

Je demandai à l'empereur, qui était là, assis devant moi, tout pensif, appuyé sur une canne qu'il portait toujours et qui portait une tête d'aigle en or, rien que la tête sur un jonc en corne de rhinocéros (je la vois encore) : « Eh bien, sire, et si, comme il faut l'espérer, la France est victorieuse, que ferez-vous, prendrez-vous le Rhin ? » Il me répondit : « Je ne le voudrais pas. Mon idée serait de donner la Westphalie et les provinces rhénanes jusqu'au Nassau au duc Adolphe de Nassau dépossédé… Il faudrait mettre à la porte le grand-duc de Bade qui tient trop avec la Prusse et refaire un royaume de Hanovre agrandi avec le roi Georges, dépossédé lui aussi par les Prussiens. Évidemment il faudrait remanier la carte de l'Europe centrale. Mais tout cela, c'est des châteaux en Espagne ! Nous allons à l'encontre d'événements d'une gravité extrême, et le meilleur serait encore d'éviter toute collision ! » L'impératrice abonda dans son sens et s'écria : « Ah ! que Dieu fasse qu'il n'y ait pas de guerre, mais la paix achetée au prix du déshonneur serait un malheur égal, et la France ne s'en accommoderait pas ! » Voilà comment l'impératrice Eugénie *voulait la guerre.*

En me quittant, Leurs Majestés trouvèrent au bas du perron mon mari, lequel, revenu de Paris où il se rendait journellement pour l'expédition de ses affaires à l'ambassade, avait éprouvé un moment de terrible émotion en voyant de loin devant notre villa une foule amassée et croyant qu'un accident ou une catastrophe y étaient survenus. Arrivé devant la grille, il se rassura en reconnaissant les gens de l'empereur qui attendaient la sortie de Leurs Majestés pour faire avancer les voitures.

Je n'ai revu l'empereur Napoléon qu'à Chislehurst[16] après la guerre, et l'impératrice à Hastings[17] en Angleterre à la mi-septembre de la même année, c'est-à-dire deux mois après cette visite à la Jonchère ! ! !

Les prévisions de l'empereur avaient été justes. Le flot était devenu un torrent impétueux… La Prusse ne demandait pas mieux que de faire la guerre, ses renseignements au sujet des forces armées de la France étant de nature à lui assurer le succès, et la diplomatie dut se taire et laisser parler le canon. La guerre fut déclarée.

L'empereur partit de Saint-Cloud[18] en emmenant le prince impérial, ce qui a été une terrible faute. L'imwpératrice fut nommée régente, et son martyre commença. Un jour, mon mari en rentrant à la villa, se présenta devant moi avec une figure tellement consternée que je devinai des choses terribles, et que, tout émue, je lui demandai : « Que se passe-t-il ? » Il me répondit : « Je reviens des Tuileries où j'ai vu l'impératrice. Elle m'a montré une dépêche que l'empereur lui a adressée de Forbach, dans laquelle il dit ceci : “Rien n'est prêt. Nous n'avons pas suffisamment de troupes. Je nous considère d'avance comme perdus !" » Je restai littéralement foudroyée par cette nouvelle. L'impératrice avait dit à mon mari avant de lui remettre la dépêche en question : « Je viens de recevoir ceci de l'empereur... Je vous sais de nos amis, et de nos amis les plus dévoués. C'est à l'ami que je confie ce qui se trouve dans ce papier, et non à l'ambassadeur d'Autriche. Lisez, et jurez-moi sur l'honneur que vous ne le répéterez à personne, excepté à la princesse ! » Nous avons fidèlement gardé le terrible secret, et nul ne saura jamais les tortures qu'il nous a fait endurer quand les personnes qui venaient nous voir parlaient avec un enthousiasme confiant des grands succès futurs de l'armée française ! Ne pouvant pas révéler ou seulement laisser deviner ce que nous savions, nous étions obligés d'écouter ce qui se disait et même de faire semblant d'y croire. Il arrivait alors qu'on nous reprochait notre froideur, comme cela m'est arrivé avec le marquis de Massa qui était venu me voir alors que je gardais encore le lit. Il se montrait si aveuglément confiant dans le succès des armes françaises que je ne pus m'empêcher de lui dire que les Prussiens étaient des adversaires redoutables, et qu'il semblait avoir complètement oublié leurs succès en 1866, de sorte qu'il serait prudent de s'en méfier ; il ne voulut pas admettre un seul instant l'hypothèse que la France eût le même sort que l'Autriche et à ce sujet notre discussion s'envenima, car je lui en voulus de mettre notre belle armée tellement au-dessous de l'armée française. Il me quitta même assez froidement... Hélas ! trois fois hélas ! le fidèle et excellent ami vint quelques jours plus tard pleurer chez moi à la même place, là où, l'œil brillant, il m'avait tracé le tableau de l'entrée victorieuse des troupes françaises à Berlin !

En attendant, l'enthousiasme s'en donnait à cœur joie à Paris, et les cris de : « À Berlin ! À Berlin ! » retentissaient de tous les côtés. Les gens étaient enivrés et il ne faut pas qu'on vienne me dire aujourd'hui, comme on aime à le faire, que personne en France ne voulait la guerre. *Tout le monde la voulait*[19], je parle du moins de Paris, où jeunes et vieux étaient littéralement enragés. Le vieux duc de Caumont quittait le Sénat et criait à tue-tête : « À Berlin ! » non seulement en entrant en voiture, mais durant tout le trajet qu'il fit du Luxembourg au Jockey-Club. Il agitait son chapeau et se comportait comme un fou ! Au lieu de rire de lui, on admirait son ardent patriotisme !... Tout le monde avait perdu la tête.

Les régiments partaient pour la frontière, mais le spectacle de ces départs était navrant. C'était une débandade générale, et l'indiscipline dépassait tout ce qu'on pouvait imaginer. Les malheureux officiers n'arrivaient pas à amener leurs compagnies de la caserne à la gare ! Les soldats restaient en chemin et s'attablaient devant les cafés ou entraient chez les marchands de vin où on leur servait à boire à l'œil... Impossible de rassembler ces traînards et mon mari a vu, de ses propres yeux vu, des officiers arriver à la gare de l'Est suivis seulement d'une cinquantaine de soldats. Ils avaient semé le reste en route, et il s'agissait d'attendre leur bon plaisir jusqu'à ce qu'ils vinssent les rejoindre ! Notre attaché militaire, dont je parle plus haut, avait été mener mon mari voir un de ces départs et lui disait que ce manque de discipline était à lui seul du plus mauvais augure pour l'armée française. Bien entendu, il ne connaissait pas la dépêche de l'empereur à l'impératrice, mais il affirmait que la vue de ces bandes dispersées et avinées donnait la mesure de l'état dans lequel cette armée devait se trouver. « Croyez-moi, nous disait-il, les Français sont perdus, irrévocablement perdus ! » L'empereur avait donc mille fois raison et il voyait les choses telles qu'elles étaient. Son esprit clair et positif ne se laissait pas leurrer par les déclamations absurdes dont on l'abreuvait et la triste vérité seule lui sautait aux yeux. Le pauvre empereur souffrait déjà beaucoup de la cruelle maladie qui devait mettre fin à ses jours et sous tous les rapports cette campagne a dû être pour lui un terrible calvaire.

Les nouvelles du théâtre de la guerre se succédaient et la confiance commençait à quitter les gens les plus optimistes. Les défaites ne se comptaient plus, lorsque, une nuit (il pouvait être deux heures du matin), j'entendis parler dans la chambre de mon mari qui était contiguë à la mienne, et celui-ci dire ces mots : « Je suis à vous dans peu d'instants, rien que le temps de me jeter dans mes habits ! » Je me mis à crier : « Qu'y a-t-il, qui donc est là ? » lorsque la porte de la chambre s'ouvrit, et je vis paraître Richard qui me répondit hâtivement : « Poniatowski[20] est venu me chercher de la part de l'impératrice. Il ignore de quoi il s'agit, mais évidemment il est survenu une terrible catastrophe… Adieu, je pars ! » Et, au bout de peu d'instants, j'entendis la voiture avancer, la portière se refermer avec bruit, et les chevaux partir au grand trot.

Voilà ce qui était arrivé. L'impératrice avait reçu la nouvelle de la bataille de Wörth et de celle de Reichshoffen. L'empereur avait télégraphié : « Immense désastre. Défaite complète. » L'impératrice était écrasée de douleur, et, dans son immense chagrin, elle avait voulu se consulter avec l'ami fidèle et lui demander son appui… Que faire ? Richard conseilla à l'impératrice de partir immédiatement pour Paris (l'entrevue avait eu lieu à Saint-Cloud) et de faire appeler les ministres.

C'est ce que fit Sa Majesté. Mon mari la suivit dans un petit coupé avec Poniatowski, et on partit pour Paris. Richard se fit déposer à l'ambassade où il arriva vers quatre heures du matin. Des dépêches envoyées de Saint-Cloud prévenaient les ministres d'avoir à se rendre de suite aux Tuileries. Lorsque mon mari revint à la Jonchère, il me dit que l'impératrice ne se faisait plus aucune illusion sur les dangers de la situation et qu'elle prévoyait la chute de l'empire à bref délai, si les armes devaient continuer à ne pas être favorables à la France. C'est à ce moment que je décachetai le pli qui m'avait été remis par le général de Galliffet. Il contenait ces mots : « Quand nous aurons la guerre avec les Prussiens, ils seront roulés par nous comme de mémoire d'homme on n'aura vu rouler des gens. » M. de Galliffet ne m'a jamais pardonné sa présomptueuse prédiction.

Le Conseil des ministres réuni à cette heure matinale avait cru devoir émettre l'opinion que la régente ferait bien de demander à l'empereur de rentrer à

Paris. Elle s'y opposa en déclarant qu'à son avis le retour de l'empereur serait le signal d'un mouvement populaire qui entraînerait les conséquences les plus fatales. Eut-elle tort ou raison, je ne suis pas à même de formuler une opinion à ce sujet.

Les défaites se succédant, l'inquiétude devint telle aux Tuileries qu'un matin, étant encore couchée (il pouvait être neuf heures), je vis la porte de ma chambre s'ouvrir, et paraître, à ma grande stupéfaction, la maréchale duchesse de Malakoff accompagnée de la trésorière de l'impératrice, la fameuse Mme Pollet[21], appelée la Pepa, qui avait déjà été au service de Sa Majesté alors qu'elle était la comtesse de Teba. Toutes deux étaient pâles et tremblantes, et tenaient dans leurs bras et dans leurs mains force paquets et force sacs ! Elles s'approchèrent de mon lit et voilà que, la voix étouffée par les larmes, la duchesse de Malakoff me dit en me serrant dans ses bras : « Rien n'est plus en sûreté aux Tuileries. Nous sommes à la veille d'une catastrophe, et nous avons supplié l'impératrice de nous permettre de placer ses bijoux en sûreté. Nous avons pensé à vous. Voulez-vous vous en charger ? Vous sauverez de cette façon une partie de la fortune de Sa Majesté. » Je restai interdite devant cette grande responsabilité, et mon effroi augmenta encore lorsque ces dames se mirent à déballer les bijoux qu'elles avaient apportés et me firent voir les trésors d'une valeur si grande qu'elles me confiaient, en ajoutant que le tout me serait remis sans qu'un inventaire en eût été dressé, vu qu'on n'en avait pas le temps et que même les écrins manquaient, et qu'à cause de cela ces diamants, ces pierres et ces perles ne se trouvaient enveloppés que dans du mauvais papier de journal ! ! ! Mme Pollet inondait mes mains, qu'elle tenait embrassées, de ses larmes et me suppliait, ainsi que la maréchale, de ne pas refuser la garde des bijoux ! Je me rendis à leur désir en ajoutant toutefois que, les ayant reçus non inventoriés, je ne pouvais accepter de responsabilité autre que celle de promettre de faire tout au monde pour veiller sur ce dépôt, et de tâcher à le mettre en lieu sûr dès que j'en aurais l'occasion.

Lorsque ces dames m'eurent quittée, j'appelai ma femme de chambre qui, étant à mon service depuis mon mariage, avait toute ma confiance et, en lui montrant les merveilleux bijoux étalés sur mon lit, je lui dis de quoi il s'agissait en lui demandant le secret absolu. Nous cherchâmes alors le moyen de cacher les joyaux en question, et nous convînmes que la meilleure cachette était dans une petite commode dans laquelle se trouvaient mes bottines et mes souliers, personne ne pouvant soupçonner qu'elle contenait des objets d'une aussi grande valeur. La femme de chambre alla chercher du papier de soie, et nous voilà enveloppant ces admirables diadèmes, ces parures, ces devants de corsage, ces perles, ces bracelets et ces broches, ces boucles d'oreilles, ces rangées de solitaires, ces ferrets de diamants, ces aigrettes et ces pierreries de toutes sortes, pour compter ensuite le nombre de paquets et inscrire le tout sur une feuille de papier collée dans le carton qui contenait ces splendeurs.

Mon mari était parti de bon matin pour Paris. Lorsqu'il revint, je lui racontai la visite que j'avais reçue. Il en avait eu connaissance, ayant été voir l'impératrice aux Tuileries, et me dit qu'il avait l'intention de faire partir un de ces messieurs de l'ambassade pour Londres, afin d'y porter ces bijoux et de les mettre à la Banque d'Angleterre. Deux jours plus tard, le comte Rodolphe de Montgelas[22], secrétaire d'ambassade, partit avec un grand sac de voyage dans lequel nous avions placé les fameux paquets. Le carton ayant été trop volumineux, il ne pouvait être question de l'y faire entrer, et c'est ainsi que les parures furent *tassées* dans le sac au risque de détériorer les montures, mais que nous importaient celles-ci, il s'agissait de sauver les diamants. Le comte de Montgelas eut des difficultés à Londres, et je ne sais trop pourquoi on ne voulut pas accepter le précieux dépôt. Finalement, notre ambassadeur eut raison des hésitations de la Banque, et le porteur du sac le porta lui-même là-bas. On lui en délivra un reçu et on lui déclara en même temps que ce sac et ce qu'il contenait étant sa propriété, personne d'autre que lui n'aurait le droit de le réclamer, de sorte qu'il se trouvait du coup possesseur de tous les bijoux de l'impératrice.

La situation devenant de plus en plus sérieuse et les environs de Paris n'offrant plus aucune sécurité, car tout était en dissolution, mon mari résolut de me faire partir avec mes filles et, chose étrange, choisit *Calais* comme endroit de refuge[23] ! J'étais à peine remise de mes couches lorsque ce départ précipité fut décidé, et le 13 août nous quittâmes la Jonchère, accompagnées du comte Rodolphe de Khevenhüller qui était attaché à l'ambassade. Je me souviens qu'à une station dont je ne me rappelle plus le nom et où nous devions changer de train, ma femme de chambre, qui ne parlait qu'allemand et qui avait une voix stridente, criait dans la gare et se faisait remarquer de façon à me faire enrager, car je pressentais des remarques désagréables de la part du public. Je fus toisée dédaigneusement par un individu qui se trouvait à côté de nous et apostrophée par ces mots : « Voilà encore de ces s… Allemands qui prennent la clef des champs ! » Je me tournai vers le monsieur en question et lui dis : « Monsieur, nous ne sommes pas allemands, mais autrichiens et nous avons été battus comme vous par les Prussiens », sur quoi il s'excusa et disparut.

À Calais, nous descendîmes à l'hôtel Dessin qui est le plus tristement situé du monde dans une rue aussi étroite et obscure que bruyante. En face de ma chambre logeaient un menuisier et un serrurier qui, dès six heures du matin, faisaient un tapage infernal. Le lendemain soir, c'est-à-dire le 14, après avoir fait une promenade désolée sur la jetée, le seul endroit à Calais d'où on aperçoive la mer – et encore faut-il aller jusqu'au bout de cette jetée –, je me décidai à envoyer mon valet de chambre à Boulogne, pour voir si nous ne pourrions pas nous y loger de préférence à ce maudit endroit de Calais ! Il partit le lendemain matin, et nous rapporta la nouvelle bienheureuse qu'il avait retenu nos appartements à l'hôtel du Pavillon impérial[24] pour le lendemain. Nous allâmes assister le 15 à la grand'messe qui se célébrait à la cathédrale pour la fête de l'empereur ! Les autorités civiles et militaires y assistaient, mais jamais je n'oublierai l'impression douloureuse que j'éprouvai à cette cérémonie et qui fut partagée par la vieille institutrice de mes filles, si bien qu'en sortant de l'église nous nous confiâmes avoir eu le sentiment d'avoir comme assisté à l'enterrement de l'empire.

Les groupes qu'on voyait stationner partout se communiquaient les journaux et s'arrachaient les dépêches qui arrivaient du théâtre de la guerre. L'optimisme existait encore, et en écoutant ce qui se disait à la lecture des dépêches affichées aux coins de rues, on entendait exprimer l'espoir que Bazaine serait celui qui aurait enfin raison des Prussiens, et que, secondé par Mac-Mahon et Bourbaki, il ramènerait la victoire dans le camp français !

Le lendemain, 16 août, au matin, nous prenions le train pour Boulogne, et c'est avec un sentiment de grande satisfaction que nous quittions le triste séjour de Calais. Boulogne est à tous égards mille fois préférable, et nous prenions possession avec bonheur de nos modestes chambres à l'hôtel du Pavillon impérial qui avait vue sur la mer. À peine étions-nous installées que nous vîmes, en allant faire notre promenade du côté de la jetée, arriver la duchesse de Mouchy[25] avec ses enfants ! Son mari avait désiré qu'elle quittât Mouchy et l'envoyait à Boulogne afin que, si le séjour en France devenait dangereux, elle puisse s'embarquer de suite pour l'Angleterre. La même idée avait déterminé mon mari à nous faire aller à Calais, seulement cet endroit, à l'encontre de Boulogne, est inhabitable. Nous nous arrangeâmes, la duchesse de Mouchy et moi, à réunir nos appartements, et nous prîmes un salon à frais communs… Nous prenions nos repas ensemble dans la grande salle à manger de l'hôtel et notre vie se serait écoulée doucement si les angoisses et les inquiétudes causées par les nouvelles qui nous arrivaient de Paris ne l'eussent cruellement troublée.

À notre grande joie, M. William de La Rive, un charmant et fidèle ami, vint nous voir et nous apporter des nouvelles directes de nos maris, et sa venue fut accueillie par nous avec bonheur, car nous ne connaissions personne, et à force d'échanger entre nous nos impressions et nos craintes, nous étions complètement démoralisées. Les nouvelles les plus absurdes circulaient, et pour n'en donner qu'une preuve, je ne puis m'empêcher de raconter comme quoi ma femme de chambre se précipita un matin dans ma chambre, alors que j'étais encore couchée, pour me dire que Boulogne allait être bombardé, la flotte française se trouvant depuis le matin en rade et que l'on allait tirer sur nous d'une minute à l'autre !... En effet, trois bâtiments de guerre se balançaient paisiblement dans la rade.

Les nouvelles du théâtre de la guerre devenaient de plus en plus alarmantes et nos angoisses allaient en augmentant, lorsque le 4 septembre vint l'horrible dépêche annonçant la capitulation de Sedan[26] ! L'empereur était fait prisonnier !...

Je ne décrirai pas le chagrin de la duchesse de Mouchy, ni nos inquiétudes au sujet de l'infortunée impératrice et même de nos maris, car nous craignions que la révolution n'éclatât à Paris et mît tout à feu et à sang ! M. de La Rive tâchait de nous rassurer de son mieux. Le 5 au matin arrivèrent des dépêches de M. de Mouchy et de mon mari qui nous disaient de quitter Boulogne et de nous rendre à Londres pour y attendre la fin des événements. M. de Montgelas nous apporterait des passeports et avait bien voulu se charger d'emmener mes enfants à Bruxelles, d'où ils partiraient pour le château de Johannisberg [27]. Nous fîmes nos paquets.

Le 5 au soir, débarquait à l'hôtel du Pavillon la duchesse de Montmorency, née Aguado, avec son petit garçon âgé de trois ans. Dans la journée, nous avions eu une grosse alerte. Voilà ce qui s'était passé. La duchesse de Mouchy, tout en larmes, ne voulant pas quitter la maison, j'allai faire un tour sur la plage avec M. de La Rive. En rentrant, la duchesse vint tout éplorée à notre rencontre sur l'escalier, et, nous entraînant dans le petit salon, nous dit que M. Cahen d'Anvers s'était fait annoncer chez elle, et qu'il lui avait dit qu'il considérait de son devoir de la mettre au fait de l'agitation qui régnait à Boulogne, que la république venait d'être proclamée à Paris et que la population qui vociférait des menaces contre l'empereur et toute sa cour projetait de se porter en masse du côté de notre hôtel, sachant que la duchesse de Mouchy, nièce de Leurs Majestés, y séjournait avec moi, et faire l'assaut de celui-ci ! Il conseillait donc à ces dames de le quitter au plus tôt et de fuir n'importe où !... Or, il n'y avait ni bateau ni train quittant Boulogne avant dix heures du soir et il était deux heures... M. de La Rive, exaspéré de cette façon stupide de venir affoler une malheureuse femme, rassura la duchesse et lui dit qu'il allait se rendre à la mairie pour voir par lui-même ce qu'il en était, mais qu'il doutait fort de l'exactitude des renseignements de M. Cahen d'Anvers, d'autant plus que, pendant notre promenade, nous n'avions absolument rien remarqué d'anormal et que le calme plat semblait régner partout. Il partit donc au plus vite. Au bout d'une petite heure il revint, et ses renseignements étaient des plus rassurants. Personne ne songeait à nous, et les paisibles habitants de Boulogne étaient bien éloignés de penser à un soulèvement. La tranquillité parfaite régnait dans toute la ville. Rien n'égalait l'exaspération de notre excellent ami contre M. Cahen d'Anvers ; aussi, après nous avoir rassurées, il prit son chapeau et partit comme un dard pour aller trouver l'auteur du stupide canard qui avait tant ému Mme de Mouchy, et lui fit une scène terrible en lui disant qu'il était indigne d'un galant homme d'aller partir et colporter des potins de ce genre, qui ne servaient qu'à effrayer de malheureuses femmes, et qu'au lieu d'ajouter foi aux racontars des domestiques et des garçons d'hôtel, il aurait mieux fait d'aller voir par lui-même en ville ce qu'il en était. Bref, il le gronda d'importance et M. Cahen d'Anvers ne se laissa plus voir, ce qui était tout profit.

Nous convînmes de ne pas prendre cependant le bateau à Boulogne le lendemain, et le 6 septembre au matin nous nous mettions dans le train qui partait pour Calais. Mes enfants allèrent directement à Bruxelles en bifurquant à Saint-Pierre près Calais. M. Cecil Standish, un cousin de la duchesse de Mouchy, nous accompagnait. Arrivés à Calais, voilà que nous avisons à la descente du train M. Rouher, l'ancien ministre de l'empereur, qui se rendait lui aussi en Angleterre. Il me dit être très ennuyé parce qu'il ne possédait pas de passeport et ne savait pas si le commissaire de police qui surveillait le départ des voyageurs pour l'Angleterre, le laisserait s'embarquer. Je m'empressai de lui dire que je le prenais sous mon égide et que je le ferais passer pour mon valet de chambre. Nous descendions de la jetée sur la passerelle, lorsque appelant M. Rouher et ma femme de chambre, je leur fis signe de passer et me tournant vers le commissaire de police en lui remettant mon passeport, je lui dis en les désignant : « Ma femme de chambre et mon valet de chambre. » Il me cligna des yeux et me glissa à l'oreille : « C'est bon, c'est bon, mais ça n'empêche pas que c'est là M. Rouher ! »

La foule qui se trouvait sur la jetée et qui regardait s'embarquer les voyageurs n'était pas bienveillante, loin de là, et on entendait des propos tels que « ce sont les fuyards des Tuileries », ou bien « ce sont les vendus de l'Empire », et ainsi de suite. Le capitaine avait l'air inquiet et ordonnait à son équipage de se presser. Enfin, au moment de retirer la passerelle, quelques individus de mauvaise mine voulurent forcer l'entrée du bateau en hurlant et en vociférant : « À bas les traîtres ! » Le capitaine, d'une voix de stentor que j'entends encore aujourd'hui résonner dans mes oreilles, cria : « Retirez les cordes ! En avant ! » et le navire se mit en mouvement.

M. de La Rive, duquel nous avions pris congé à Boulogne, retournait à Paris. La duchesse de Mouchy et moi avions combiné une clef pour qu'il en fasse usage en nous télégraphiant à Londres, ce qu'il devait faire en adressant les dépêches à miss Quick, la bonne anglaise des enfants de la duchesse. Ainsi par exemple pour l'empereur on disait « Charles », pour l'impératrice « Alfred » et ainsi de suite. Cette clef existait en double et nous pouvions ainsi avoir des nouvelles de tous ceux auxquels nous prenions intérêt, sans qu'au bureau du télégraphe on sache de qui il s'agissait en réalité. M. de La Rive nous promit que dès son arrivée à Paris il nous renseignerait sur le sort de Leurs Majestés.

Le bateau qui nous emmenait en Angleterre portait le nom du prince impérial !

Mon mari m'avait envoyé, afin que je l'emporte pour le remettre en temps et lieu propre à l'impératrice, le livre d'heures de la reine Marie-Antoinette, qu'il avait pris sur la table de Sa Majesté afin qu'il ne fût pas égaré dans l'affolement du départ. Je le tenais serré contre moi, et je réfléchissais à l'étrange destinée des hommes et des choses…

L'ambassadrice d'Autriche emportait comme une relique précieuse le livre d'heures de l'infortunée reine qui l'avait reçu de sa mère, l'impératrice Marie-Thérèse, ainsi que le disait l'inscription sur la première page de ce livre, et celui-ci était devenu la propriété de celle qu'un sort étrange avait placée sur le même trône qu'elle[28].

Debout sur le pont en sortant du port de Calais, je disais le cœur serré un triste adieu à cette pauvre France où je venais de passer les plus belles et les plus brillantes années de ma jeunesse, – un adieu reconnaissant aussi, car j'y avais rencontré d'augustes amitiés et trouvé de grandes affections qui ne se sont jamais démenties, et auxquelles je suis restée fidèle comme elles aussi ne m'ont jamais fait défaut.

II

En Angleterre

Nous descendîmes à Londres chez Fleming's, un petit hôtel dans Fleet Street, Piccadilly, et nous attendions avec une bien grande impatience les nouvelles que devait nous donner M. de La Rive. Enfin, le lendemain matin, 7 septembre, pendant que la duchesse de Mouchy et moi déjeunions ensemble, arriva la bienheureuse dépêche qui avait au moins quatre-vingts mots ! Nous nous précipitâmes au salon pour retirer de nos buvards ou portefeuilles la fameuse « clef », mais, chose affreuse, il nous fut impossible de la retrouver et nous voilà en face de cette énigme qu'il était impossible de déchiffrer !... Nous étions au désespoir ! – « Alfred bien triste mais bien soigné... Charles parti, mais on ne sait pas où... » Nous nous creusions la tête pour arriver à deviner de qui il pouvait bien être question !

Peu après cette dépêche, je reçus une lettre de mon mari dans laquelle il me racontait la fuite de l'impératrice, et me demandait de lui donner au plus tôt des nouvelles de Sa Majesté, car il ignorait où elle s'était rendue. Bientôt aussi, on m'apporta une dépêche où Richard, très inquiet du sort de l'impératrice, me recommandait encore de l'avertir immédiatement dès que j'arriverais à apprendre où elle pouvait bien être ! – Notre inquiétude égalait la sienne, lorsque enfin au bout de vingt-quatre heures nous apprîmes par lord Grenville[1], qui était ministre des Affaires étrangères à ce moment, que Sa Majesté se trouvait à Hastings, un petit bain de mer de la Manche.

Nous résolûmes de nous y rendre dès le lendemain et nous voilà parties dès l'aube. Lord Grenville nous avait indiqué où l'impératrice logeait, de sorte que nous nous rendîmes directement à l'hôtel où elle était descendue.

En entrant dans le mauvais petit salon où elle se tenait, je fus prise d'une émotion insurmontable et je me jetai en pleurant dans ses bras ! – L'impératrice, quoique profondément émue et ayant les yeux remplis de larmes, était cependant admirable de courage et de résignation. Elle n'avait de pensées que pour l'empereur. Le prince impérial était venu la rejoindre. Il s'était tenu avec son précepteur et sa suite tout près de la frontière belge de sorte qu'il n'avait qu'à la franchir pour être en sûreté. Ce fait seul prouvait combien on avait eu tort d'emmener cet enfant à l'armée, puisque, lorsque le danger devenait sérieux pour lui, il fallait le mettre à l'abri. L'impératrice avait quitté les Tuileries, entraînée par mon mari et l'ambassadeur d'Italie, le chevalier Nigra[2], qui tous deux, voyant la foule se porter vers le palais en proférant des menaces contre la souveraine, et se rendant compte du danger qu'elle courait, ainsi que de la triste attitude du général Trochu[3], qui commandait à Paris et qui, manquant à tous ses devoirs, ne faisait pas mine de vouloir la défendre, crurent le moment venu de lui conseiller de partir, car que pouvait-elle faire à elle seule sans défense ! L'impératrice ne voulut pas se décider à s'en aller, mais ces messieurs insistèrent de telle façon que finalement elle se rendit à leurs raisons et, accompagnée de Mme Lebreton, née Bourbaki[4], sa lectrice, elle prit le parti de les suivre. Le service d'honneur était réuni au grand complet dans les salons attenants, et ne fut instruit qu'un quart d'heure après que l'impératrice eut quitté ses appartements, que Sa Majesté en face des événements s'était vue obligée de quitter les Tuileries. L'amiral Jurien de La Gravière[5] autant que je m'en souvienne, se chargea de faire cette communication et de dire à ces dames et à ces messieurs de quitter le palais et de rentrer chez eux.

L'impératrice traversa le Louvre[6] et gagna la grande porte qui donne sur le parvis en face de Saint-Germain-l'Auxerrois. Sa Majesté donnait le bras à mon mari et, silencieuse, la figure inondée de larmes, lui reprochait sans cesse cette fuite qu'elle qualifiait de honteuse et de lâche. Arrivés devant la grande porte, on trouva celle-ci fermée. Ces messieurs allèrent trouver le concierge et le sommèrent de l'entrebâiller afin qu'ils puissent sortir. Le gardien refusa en disant qu'il avait reçu les ordres les plus sévères de n'ouvrir pour personne. Mon mari le prit alors par les deux épaules en lui ordonnant de chercher sa clef et d'ouvrir… Le malheureux, tout tremblant, finit par se rendre à l'injonction qui lui fut faite si péremptoirement, mais au lieu de voir le champ libre devant eux, le petit groupe vit une foule immense stationnant sur la place et un orateur juché je ne sais où, qui hurlait une harangue incendiaire. Cette foule tournait heureusement le dos au Louvre, de sorte que personne ne s'aperçut de la sortie des fugitifs. On se glissa tant bien que mal à travers les groupes et on tâcha d'aviser un fiacre pour y placer l'impératrice et sa compagne. Enfin un automédon parut. On le héla et on fit monter ces dames. À ce moment un gamin se retourna et regardant celles-ci se mit à crier : « Tiens, l'impératrice ! » Mais à peine eut-il prononcé ces paroles que mon mari l'empoigna et le serra si fort qu'il risqua de l'étrangler, et le chevalier Nigra, donnant au cocher une adresse qui lui avait été indiquée, lui intima l'ordre de filer tant que son cheval pouvait marcher… Et voilà la voiture partant au grand trot et ces messieurs, là debout, la suivant des yeux et se demandant avec une angoisse extrême si l'impératrice parviendrait à quitter la France sans être arrêtée[7] !

Voilà ce qui s'était passé. L'impératrice, ou pour mieux dire, Mme Lebreton, avait donné l'adresse d'une amie à elle, personne fort peu connue, où elle pensait avec raison que personne n'irait chercher Sa Majesté. Hélas ! Mme X… n'y était pas… On se rendit à une autre adresse, et là également on trouva porte close. Alors l'impératrice eut l'idée d'aller chez le docteur Thomas Evans[8], qui habitait sa propre villa dans l'avenue de l'Impératrice, et de lui demander asile. Le docteur Evans était heureusement chez lui. Il reçut l'auguste fugitive à bras ouverts, mais il lui conseilla de ne pas rester à Paris et de partir incontinent, en lui disant qu'il l'accompagnerait. Il fit atteler son landau et au bout de vingt minutes celui-ci avança, et voilà nos trois voyageurs en route ! Le docteur Evans dirigeait leurs pas du côté de la mer avec l'intention de faire embarquer l'impératrice pour l'Angleterre. J'ignore les détails de ce voyage. Je sais seulement qu'on eut quelque peine à fréter un bateau et qu'un Américain, ami du docteur Evans, qu'on rencontra fort heureusement et qui avait son petit yacht sur la côte, se chargea de transporter Sa Majesté et Mme Lebreton. La traversée fut épouvantable, et l'impératrice m'a dit qu'elle était convaincue à un certain moment qu'ils allaient sombrer et qu'elle faisait la réflexion combien il était inutile de vouloir échapper à son sort ! Qu'elle fût écharpée par la populace aux Tuileries ou engloutie dans la mer, peu importait !... Ses prévisions ne s'accomplirent pas, je ne dis pas ses craintes, parce que l'impératrice n'a jamais connu la crainte pour sa personne, et elle débarqua saine et sauve sur le sol britannique, c'est-à-dire à Hastings, où nous la trouvâmes installée si misérablement. La hâte du départ avait été telle, vu la foule qui, à tout instant, menaçait d'entrer dans le palais des Tuileries, que mon mari et Nigra avaient à peine laissé le temps à l'impératrice d'emporter le strict nécessaire, en lui disant qu'ils s'empresseraient de faire suivre ses femmes de chambre avec tout ce qu'il fallait, dès qu'ils recevraient avis de l'endroit où elle avait atterri. Sa Majesté avait télégraphié dès son débarquement, mais pour le moment elle était dénuée de tout et nous avons été obligées, la duchesse de

Mouchy et moi, en rentrant à Londres, de lui expédier de suite du linge à nous et quelques objets de toilette.

La république était proclamée en France, l'empereur était prisonnier à Wilhelmshöhe[9], et le dernier espoir, si toutefois on pouvait conserver une lueur d'espoir, était en Bazaine[10] qui tenait avec cent cinquante mille hommes à Metz ! Je dois à la vérité de dire que l'impératrice ne comptait guère sur lui. Comme vis-à-vis de l'armée elle était encore régente, celle-ci n'ayant pas été déliée de son serment de fidélité à l'empereur, elle ne pouvait se rendre, comme elle en aurait eu le désir, à Wilhelmshöhe, et elle dut même, par ordre de l'empereur, rester en Angleterre avec le prince impérial. Le séjour à Hastings fut de courte durée, mais pas assez court cependant pour qu'un grave incident qui eut une portée incalculable ne s'y produisît. Le prince allant se promener sur la plage avec son précepteur, M. Filon[11], fut accosté par un individu qui, en le saluant respectueusement, lui dit : « Monseigneur, je suis français. Je suis dévoué à l'Empire et je vais partir pour Wilhelmshöle où j'espère avoir le bonheur de pouvoir présenter mes devoirs comme sujet fidèle à l'empereur. Voici une photographie de Hastings, représentant la plage avec les maisons qui la longent. Je compte la remettre à Sa Majesté, et si Votre Altesse Impériale voulait y apposer son nom, j'apporterais ainsi à l'empereur un souvenir qui lui fera plaisir. Mon nom est *Régnier*[12] *!* » M. Filon, ne voyant pas d'obstacle à ce que le prince signât cette photographie, pria M. Régnier de les suivre jusqu'à l'hôtel, et là, dans le bureau dudit hôtel, le prince écrivit ces mots : « Cher papa, voici la maison que nous habitons. Je vous embrasse. Louis. » M. Régnier se retira, paraissant aussi heureux que reconnaissant, et on ne le revit plus. L'impératrice, à laquelle l'incident fut relaté, dit au précepteur M. Filon : « Une autre fois, je vous prie de ne pas laisser signer le prince sans m'en avoir préalablement informée ! » Elle avait bien raison !

En attendant, on chercha à caser l'impératrice et son fils, et il se présenta un nommé M. Strüde, qui possédait une grande habitation à Chislehurst dans les environs de Londres, et qui, grand partisan de l'Empire, déclara être prêt à la louer pour un prix très acceptable. On accepta son offre, et bientôt l'impératrice alla s'y installer. C'était une grande villa meublée richement et située dans un beau parc avec de belles pelouses et des arbres séculaires. Il y avait pas mal de parterres de fleurs autour de la maison, le tout était bien tenu, mais je ne sais trop pourquoi, cela donnait l'impression de la tristesse ! Souvent nous allions voir l'impératrice à Chislehurst et prendre le thé avec elle. Que de tristes heures nous avons passées là ensemble à deviser sur les malheurs qui s'étaient abattus sur la France et sur l'empereur ! Nos regards étaient tournés vers Metz, où Bazaine tenait avec le gros de son armée !

À Londres, nous vivions très tranquillement et excepté quelques amis, nous ne voyions pas grand monde. La duchesse de Mouchy et moi, nous avions cependant décidé de demander à être reçues par la vieille duchesse de Cambridge[13], qui était très sympathique pour la France et une adversaire enragée de la Prusse depuis la guerre de 1866, qui avait enlevé le trône à son neveu, le roi de Hanovre, et enlevé à un autre neveu, le duc de Nassau, son duché. Pour ma part, j'avais une sympathie toute particulière pour la famille de Cambridge par souvenir pour mon grand-père qui, pendant son séjour en Angleterre, n'avait eu qu'à se louer des bontés dont celle-ci l'avait comblé, et c'est avec un véritable plaisir que nous nous rendîmes un jour à Kew, où habitait la duchesse, pour lui rendre nos devoirs. Elle nous reçut avec une bienveillance extrême et nous invita à dîner en famille quelques jours plus tard. Comme je n'avais emporté que des robes du matin et que j'hésitais à en faire faire une nouvelle, la duchesse de Mouchy, qui avait deux robes du soir dans ses malles, me proposa de m'en prêter une. J'acceptai. Je ne comprends pas aujourd'hui comment on a fait pour ajuster à mon usage un corsage de mon amie qui était très forte, tandis qu'à cette époque j'étais d'une maigreur désespérante. On fit quelques pinces et, chose inouïe, cela réussit à souhait ! Non seulement je pus mettre le corsage sans y paraître perdue, mais la duchesse put le remettre plus tard ! ! ! – Lord Grenville venait nous voir souvent, et je me souviens des discussions très vives que j'avais toujours avec lui au sujet des Prussiens que je n'aimais pas et que lui admirait beaucoup. En général *toute* l'Angleterre était partie d'enthousiasme pour l'Allemagne, à commencer par la reine et le prince de Galles[14]. La princesse de Galles et la famille de Cambridge seules faisaient exception. Actuellement la reine me semble avoir joliment changé d'opinion, ainsi que son fils ! La duchesse de Devonshire était prussophile de la tête aux pieds, et son mari était allé dans le camp allemand pour suivre les opérations de ce côté-là. Ces mêmes personnes avaient cependant fait tout au monde pour être invitées à Compiègne et allaient plusieurs fois par an à Paris où on les fêtait, tandis qu'elles se seraient bien gardées d'aller à Berlin !

Un spectacle étonnant était celui donné par quelques Français qui, au lieu d'aller se battre, traînaient leurs souliers avec une indifférence et une légèreté coupables dans les rues de Londres, voire même les théâtres et autres lieux publics ! J'en étais réellement *indignée*, et si je n'ai pas eu de prise de bec avec eux, c'est que, leur tournant le dos, je n'avais pas l'occasion de leur parler. Mon mari avait quitté Paris et s'était rendu avec le corps diplomatique à Bordeaux, où siégeait le gouvernement provisoire à la tête duquel était Gambetta.

Un jour que nous déjeunions tristement ensemble, la duchesse de Mouchy et moi, de mauvais plats anglais qui commençaient déjà à nous écœurer, la porte de notre petite salle à manger s'ouvrit et nous vîmes paraître le capitaine de vaisseau Duperré[15], qui était auprès du prince impérial et dont la figure bouleversée nous émut vivement. Il s'assit devant nous et nous dit : « Savez-vous qui est arrivé ce matin, à Chislehurst ? » Nous nous écriâmes : « L'empereur ! – Quelle idée, répondit Duperré, c'est le général Bourbaki[16] ! » Notre stupéfaction fut telle que nous restâmes bouches béantes ! Les questions enfin se pressèrent sur nos lèvres, mais Duperré ne sut que nous dire que le général avait quitté Metz par ordre de Bazaine, avait traversé les lignes de l'armée allemande dans un break de l'état-major qui l'avait attendu à l'une des portes de l'enceinte fortifiée, et qu'il était arrivé à Chislehurst où l'on nous demandait de venir. Lui-même était parti précipitamment de là-bas pour nous apporter cette nouvelle, et, comme il avait à faire en ville, ne pouvait nous y accompagner. Nous convînmes de prendre le premier train qui devait partir dans une heure, et Duperré nous quitta.

M. de La Rive parut peu d'instants après. Il venait d'arriver de Paris. Nous étions encore sous le coup de la nouvelle étonnante qui venait de nous être donnée, et nous en fîmes part à notre ami, lequel, comme nous, en fut renversé, ne pouvant s'expliquer comment le général Bourbaki avait réussi à s'évader de la place et quelle pouvait être la raison qui avait pu décider le maréchal Bazaine à l'envoyer en Angleterre auprès de l'impératrice. Il nous demanda si la chose devait être tenue absolument secrète et si nous croyions qu'il pourrait la communiquer au duc d'Aumale, chez lequel il devait se rendre dans le courant de la soirée à Twickenham[17]. La duchesse de Mouchy dit qu'elle n'y voyait aucun obstacle, le duc d'Aumale étant certainement du nombre de ceux auxquels on pouvait communiquer une nouvelle touchant l'armée française, et qu'il suffirait de lui demander de la garder pour lui. M. de La Rive partit, et nous de même, lui pour Twickenham, nous pour Charing Cross où nous allions prendre le train pour Chislehurst. Arrivées au guichet pour prendre nos billets, la duchesse de Mouchy me pria de les payer… Je la regardai avec effroi. Pas plus qu'elle je n'avais emporté d'argent, et nous voilà obligées de dire à l'employé que nous avions oublié nos bourses à la maison. Très aimablement, celui-ci nous exprima ses regrets, mais nous déclara en même temps qu'il lui était impossible de nous délivrer des billets à crédit ! Je proposai de lui donner une bague ornée d'un diamant en gage. Il hocha la tête et me rendit celle-ci, que je lui tendais d'un air suppliant. Voyant que rien n'y faisait, je pris mon courage à deux mains, et avisant un monsieur fort bien mis et ayant l'air très comme il faut, je m'approchai de lui en lui disant : « Monsieur, la dame que voilà et moi, nous avons oublié d'emporter de l'argent. C'est Mme la duchesse de Mouchy, et moi je suis la princesse de Metternich. Nous demeurons à Fleming's Fiort Street, et nous devons nous rendre à Chislehurst auprès de l'impératrice Eugénie. Voulez-vous être assez bon et assez généreux pour nous payer nos billets ? » Le monsieur s'exécuta de la façon la plus gracieuse. Je le priai de nous donner son adresse afin de lui faire tenir le soir même la somme qu'il avait bien voulu nous avancer. Il s'y refusa en disant que véritablement cela ne valait pas la peine, mais j'insistai en l'assurant que dans ce cas nous ne pouvions accepter son prêt et qu'il nous mettrait par là dans le plus cruel embarras. Enfin il tira sa carte et je n'ai pas besoin de dire que cette fois nous n'oubliâmes pas de payer.

Vers quatre heures, nous étions à Chislehurst, et en entrant dans la galerie qui longeait les salons, je me trouvai en face du général Bourbaki, lequel, pâle et livide, marchait à grands pas de long en large. La duchesse et moi, nous nous arrêtâmes pour lui serrer la main, puis on nous fit entrer chez l'impératrice qui était effondrée dans un fauteuil et se tenait la tête. Elle leva les yeux sur nous en nous criant : « Eh ! que dites-vous encore de cela ? » Voilà comment Sa Majesté nous raconta ce qui s'était passé. Le maréchal Bazaine aurait fait appeler le général Bourbaki et lui aurait dit de partir pour Chislehurst, afin de se rendre auprès de l'impératrice régente, dont il recevrait les ordres. Sur ce il lui remit un écrit, qui portait l'en-tête : « Le maréchal Bazaine commandant en chef de l'armée » et dans lequel il était dit : « Le général Bourbaki, par ordre du maréchal, a à se rendre en Angleterre à Chislehurst où il prendra les ordres de Sa Majesté l'impératrice régente. Signé : Bazaine. » En remettant ce pli au général, le maréchal le lui reprit, gratta la date qu'il avait mise et *antidata*. Le général demanda comment il ferait pour quitter la place, le maréchal lui répondit que tout était arrangé – qu'il avait à endosser l'uniforme de médecin militaire allemand qu'il tenait à sa disposition, et qu'il lui donnerait pour continuer le voyage, lorsqu'il aurait dépassé les lignes allemandes, un costume civil. Le maréchal lui prêta *ses propres vêtements*. Je ne me souviens plus exactement si le maréchal a dit au général qu'il avait reçu d'un certain Régnier, qui était arrivé jusqu'à lui, une photographie représentant la place de Hastings, sur laquelle le prince impérial avait tracé quelques lignes par lesquelles cet individu se recommandait comme envoyé de l'impératrice régente, toujours est-il que cette photographie signée aurait servi de laissez-passer à Régnier !!... La chose est inexplicable. Le maréchal s'est-il laissé prendre ou bien a-t-il fait semblant vis-à-vis de Bourbaki d'avoir reçu un ordre formel afin de se débarrasser de lui en lui faisant quitter Metz, parce que le général poussait toujours à une sortie, toujours est-il que la fameuse photographie, qui semblait si inoffensive, a joué un rôle dans cette affaire embrouillée, puisque je me rappelle en avoir entendu parler dans le désarroi causé par la venue du général.

Bourbaki s'était présenté chez l'impératrice et voilà comment : Sa Majesté était dans sa chambre lorsqu'Elle vit apparaître Mme Lebreton, qui entra chez Elle en coup de vent en s'écriant les yeux hagards : « Madame, mon frère est ici ! » L'impératrice, croyant à un accès de folie de sa dame d'honneur, se leva, alla vers elle et lui dit en lui prenant les deux mains : « Allons, ma pauvre amie, calmez-vous ! Votre frère, le général, est à Metz ! » Sur quoi Mme Lebreton répondit : « Je ne suis pas folle, madame, et tenez, ajouta-t-elle en ouvrant la porte qui donnait sur le couloir, le voilà ! » Le général parut et l'impératrice resta pétrifiée devant lui et lui demanda : « Que venez-vous faire ici ? – Mais, madame, répondit le général tremblant, voici un écrit du maréchal Bazaine qui m'ordonne de venir auprès de Votre Majesté pour prendre ses ordres ! – Mes ordres, s'écria l'impératrice, mais quels ordres, je n'en ai pas à vous donner, je ne sais rien... Que m'apportez-vous, que veut le maréchal, que demande-t-il ? – Madame, je ne sais rien, voici l'écrit ! » Et il éclata en sanglots. « Tout ce que je sais, c'est que je suis déshonoré devant l'armée, car j'ai quitté mes soldats devant l'ennemi ! »

Voilà en quatre mots le drame qui s'est joué entre Bazaine et Bourbaki, et dont d'autres que moi ont eu la clef plus tard dans le procès fait au maréchal après la guerre, et qui, certes, a été une des causes qui l'ont fait condamner.

Quand nous quittâmes l'impératrice, nous revîmes le malheureux général Bourbaki qui arpentait la galerie comme un lion en cage, affublé des vêtements beaucoup trop larges du maréchal Bazaine et qui certes aurait paru ridicule en toute autre occasion. Les larmes dans la voix, il ne cessait de crier : « Déshonoré ! Lâche ! c'est horrible ! c'est affreux ! que faire ? que devenir ? il ne me reste plus qu'à me brûler la cervelle ! » C'était navrant. Je me suis approchée de lui et je lui ai pris la main en lui disant : « Ne parlez donc pas de déshonneur ni de lâcheté, général, vous divaguez ! Comment, vous avez là en main un écrit signé par le maréchal, dans lequel votre chef vous donne l'ordre de partir. Vous êtes soldat et vous avez obéi. Vous n'aviez pas autre chose à faire. Celui qui vous a envoyé est seul responsable et j'ai bien peur que le maréchal ne soit coupable, je ne veux pas dire davantage. L'avenir nous dira ce qu'il en a été. Mais, croyez-moi, partez, partez tout de suite, et allez à Bordeaux pour vous mettre à la disposition du gouvernement provisoire en racontant simplement les faits ! » Le général me serra la main et m'embrassa en me disant : « Vous avez raison, je partirai ! » Il alla prendre congé de l'impératrice, et le soir même il avait quitté l'Angleterre.

Le même soir, M. de La Rive vint à l'hôtel et nous raconta comme quoi le duc d'Aumale, auquel il avait dit que le général Bourbaki venait d'arriver à Chislehurst, n'avait pas voulu le croire et que, lorsqu'il lui avait donné la nouvelle comme venant de source certaine, la duchesse de Mouchy la lui ayant donnée, il se serait écrié : « Ah ! voilà bien de ces racontars de femmes ! Elles se figurent des choses impossibles. Où la duchesse a-t-elle bien pu prendre cela ? » M. de La Rive, par un sentiment de discrétion exagérée, ne voulut pas dire au duc d'Aumale que le capitaine Duperré était venu nous apporter la nouvelle. Le lendemain matin, le duc d'Aumale vint à Londres et alla trouver M. de La Rive et lui dit en entrant chez lui : « Ma foi, vous avez raison et je fais amende honorable à la duchesse de Mouchy. En effet, Bourbaki a été à Chislehurst !... quel mystère se cache donc là-dessous ? »

Il a été à même de dévoiler le mystère puisque c'est lui qui présidait le conseil de guerre à Versailles.

Nous étions à la mi-octobre, mes enfants ne pouvaient pas prolonger leur séjour au Johannisberg et la guerre n'ayant pas l'air de tirer à sa fin, loin de là, mon mari me conseilla de retourner en Autriche, car lui-même étant obligé de rester à Bordeaux indéfiniment, je n'avais plus aucune raison de l'attendre, et, le 20 octobre, je me mis en route pour Vienne après avoir pris congé de l'impératrice et en lui promettant de revenir la voir avec mon mari.

L'ambassadeur d'Autriche, le comte Rodolphe Apponyi[18], qui craignait que je lui cause des ennuis diplomatiques pendant mon séjour à Londres, ne put cacher sa joie en me voyant partir. Je crois cependant que ses craintes étaient exagérées, car je ne sache pas que je lui aie donné l'occasion d'intervenir jamais. D'ailleurs je ne l'ai vu qu'une fois durant les six semaines que j'ai passées à Londres.

III

En Autriche

Arrivée à Vienne, je me suis installée à la villa au Rennweg[1], et j'y reçus une lettre de mon mari dans laquelle il m'annonça la venue de M. Jules de Serres, un ingénieur français, qui, avec M. de Freycinet[2], avait été nommé inspecteur dirigeant de l'armée !

Gambetta avait eu cette singulière idée. M. de Serres venait à Vienne, ou pour mieux dire y revenait, car il faisait partie de l'administration des chemins de fer du Sud en Autriche, et je crois me rappeler qu'il y était envoyé par le gouvernement provisoire pour y faire des achats de fusils et de matériel de guerre ! M. de Serres vint me voir pour m'apporter des nouvelles de mon mari. Il me parla avec une singulière assurance de ses talents d'organisateur, et me dit qu'avec lui et M. de Freycinet ils allaient réorganiser l'armée, et que Gambetta était décidé à continuer la résistance avec la plus grande énergie. M. de Serres semblait croire que le nom magique de la république suffisait à lui seul pour relever tous les courages et pour assurer la victoire. Il me fit l'effet d'un beau parleur et ne m'inspira aucune confiance.

Je racontai mon entrevue, le soir même, à M. de

Mosbourg qui était chargé d'affaires de France, et il abonda dans mon sens. Les nouvelles continuaient à être déplorables. Metz s'était rendu. Il ne restait plus que l'armée de la Loire retranchée derrière Orléans, et Bourbaki allait prendre le commandement d'un nouveau corps d'armée qui devait se diriger du côté de Belfort. Paris était investi. Bref, la situation devenait de jour en jour plus désespérée. L'Autriche, à un certain moment, avait voulu intervenir jadis… elle en fut empêchée alors *par la Russie !* Lorsque le gouvernement autrichien parla d'arrêter la Prusse et de se mettre du côté de la France, le gouvernement russe lui fit savoir que le jour où nous viendrions en aide à celle-ci, il enverrait ses troupes en Galicie ! Au lieu d'une guerre, il y en aurait eu deux, et l'Autriche se vit forcée de renoncer à venir en aide aux Français ! Cela n'empêcha pas que vingt-huit ans plus tard la France entière a acclamé les Russes comme leurs sauveurs et leurs meilleurs amis !… Je signale ce fait de l'intervention proposée par nous, parce que personne ne semble plus s'en souvenir. *Quant à son exactitude, j'en réponds.*

Lorsque la paix fut signée, mon mari quitta Bordeaux et vint me rejoindre à Vienne à la fin de mars. M. de Beust, qui était alors à la tête des affaires, lui annonça qu'on le maintenait comme ambassadeur, mais qu'il n'aurait à retourner en France que si le gouvernement de la République s'établissait sous une présidence organisée et donnant des garanties de stabilité. Cette perspective ne nous séduisit guère et mon mari me dit qu'il verrait s'il pouvait continuer à rester à Paris, mais qu'il en doutait parce qu'il était convaincu qu'on le tiendrait en méfiance d'autant plus qu'il était décidé à maintenir ses relations avec l'empereur et l'impératrice.

La Commune sévissait, et un beau matin, le journal nous apprit que Paris était en flammes. On ajoutait que les maisons de l'impératrice rue de l'Élysée avaient été incendiées !... Nous nous regardâmes et tranquillement, comme s'il s'agissait d'une chose qui ne nous touchait pas directement, nous nous sommes dit : « Eh bien ! tout aura brûlé ! » Les terribles événements auxquels nous avions assisté nous avaient bronzés et la perte d'un mobilier, de bibelots et de vêtements nous laissait fort indifférents. Nous avons été récompensés de notre stoïcisme. L'hôtel que nous habitions avait été respecté et nous avons retrouvé plus tard toutes nos affaires.

L'investissement de Paris avait pour nous un côté fort désagréable, c'est que nous avions laissé là-bas nos vêtements d'arrière-saison et d'hiver, de sorte que nous avons été obligés de nous reconstituer une garde-robe complète. J'étais partie au mois d'août avec précipitation et je n'avais emporté que le strict nécessaire. Richard avait pu faire ample provision, car, étant resté après mon départ, il avait quitté Paris vingt-quatre heures avant l'investissement ; cependant, personne ne pouvant supposer que la défense se prolongerait aussi longtemps, lui aussi a été pris à l'improviste et il lui a fallu faire pas mal d'acquisitions de vêtements et d'objets de toilette, ce qui ne laissait pas d'être fort ennuyeux.

Lorsque la paix fut signée et que M. Thiers fut

nommé président de la République, M. de Beust demanda au gouvernement français s'il lui convenait de recevoir le prince de Metternich comme ambassadeur d'Autriche, et la réponse ayant été gracieusement affirmative, mon mari retourna à Paris dans le courant de l'été 1871. M. Thiers le reçut fort aimablement en lui faisant force protestations d'amitié, et en l'assurant du plaisir qu'il éprouvait en voyant revenir un diplomate aussi sympathique à la France, et en lui disant en même temps qu'il comprendrait parfaitement qu'il continuât à conserver ses relations personnelles avec ses amis d'autrefois en comptant absolument sur sa loyauté pour tout ce qui touchait aux affaires et à la politique. Mme Thiers, qui était ce qu'on appelle vulgairement « une pimbêche », reçut mon mari plus froidement. Elle avait eu l'Empire en horreur de tout temps, et avait fait toujours une opposition à outrance. Son salon de la place Saint-Georges avait été depuis la chute de Louis-Philippe le centre des orléanistes.

Au mois d'août, je vins à Paris et j'allai deux jours après mon arrivée à Versailles faire ma visite officielle à Mme Thiers, mais j'avoue que rarement visite me fut plus pénible. Mme Thiers était une femme très froide, très compassée et elle posait d'une façon insupportable. Sous l'Empire, je la rencontrais souvent dans les salons orléanistes et particulièrement chez la duchesse de Galliera[3], née Brignole Sale, dont le superbe hôtel est actuellement occupé par l'ambassade d'Autriche-Hongrie et qu'elle a légué par testament à notre empereur. Elle était fort élégante et avait de beaux bijoux et surtout un magnifique rang de perles. Je dois à la vérité de dire qu'elle avait très bonne façon et l'air très comme il faut – très *gratin* –, c'est-à-dire vieux jeu et qu'elle affectait de continuer les modes du faubourg Saint-Germain en ne suivant pas exactement celle du jour. Ainsi, par exemple, elle portait des bandeaux plats, alors que les femmes avaient des cheveux frisés, et la forme de ses robes et de ses chapeaux donnait l'impression d'une protestation contre ce qu'elle appelait « la corruption de l'Empire » ! Je crois qu'elle disait même « le dévergondage » ! Mme Thiers, quoique très sévère en paroles, passait pour avoir été plus que coquette avec le comte Roger du Nord[4], ce qui avait amené de graves dissidences dans le ménage de celui-ci. Quant à M. Thiers, son aimable épouse lui tenait fort peu à cœur et il la considérait comme un objet commode pour tenir son salon.

M. Thiers, que je connaissais de longue date, puisque je l'avais vu à Bruxelles[5] et au Johannisberg chez mon grand-père, était au physique un tout petit homme un peu ventru qui avait une figure fine et intelligente. Derrière ses lunettes en or brillaient des yeux qui lançaient des éclairs. Ses cheveux blancs formaient au sommet de la tête un petit toupet comme une crête de coq. Il ressemblait étonnamment au fameux type du bourgeois parisien créé par Henri Monnier sous la dénomination de « M. Prudhomme ». Cependant il n'aurait jamais dit comme celui-ci en recevant un sabre d'honneur de ses concitoyens : « Ce sabre est le plus beau jour de ma vie. » M. Thiers était le plus merveilleux orateur qu'on puisse imaginer, et on ne pouvait se lasser de l'écouter quand il était à la tribune. Il eût parlé des heures sans s'arrêter que personne ne s'en serait plaint. Son débit était nasillard au début, mais au bout de peu d'instants cette voix nasillarde devenait mordante, et se renforçait ensuite de façon à remplir la grande salle de la Chambre des députés. Tout le monde était suspendu à ses lèvres. Chaque mot portait. Malheur à celui qui l'interrompait. Toujours prêt à la riposte, l'interrupteur se trouvait gratifié d'une réponse qui lui fermait la bouche et mettait toute la Chambre en gaieté. Je me souviens qu'un jour M. Thiers, chez la duchesse de Galliera, avait répondu à quelqu'un qui reprochait alors à l'empereur Napoléon ses agissements vis-à-vis du Saint-Père et qui exprimait ses craintes au sujet de l'existence de la papauté à Rome : « Eh bien ! qu'il avale le pape, pourvu qu'il en crève ! » M. Thiers était resté un irréconciliable orléaniste et avait l'Empire en horreur, tellement que, lorsque, après la bataille de Wörth[6] et la démission d'Émile Ollivier, la régente lui avait fait demander s'il ne voudrait pas, dans l'intérêt de la patrie en danger, prendre les rênes du gouvernement, il refusa carrément en déclarant que sous aucun prétexte il ne consentirait à servir l'Empire, fût-ce même pour sauver la France !

Je n'ai plus jamais revu Mme Thiers après cette visite à Versailles. Au mois de décembre 1871, M. Thiers, malgré ses protestations et assurances, avait fait glisser au comte d'Andrassy, qui remplaçait M. de Beust au ministère des Affaires étrangères, que les relations du prince de Metternich avec les bonapartistes lui causaient quelque inquiétude et qu'il serait peut-être *préférable* que le gouvernement autrichien nommât un autre ambassadeur... Mon mari, qui avait eu vent de la chose, ne fit ni une ni deux et envoya à Vienne sa démission. Mon cousin Andrassy, au lieu de tenir tête à M. Thiers et de lui faire savoir que le gouvernement autrichien ne comptait en aucune façon se soumettre à ses exigences qu'il considérait comme absurdes, et qu'après tout le gouvernement de la République devait se trouver très honoré d'avoir un ambassadeur à Paris au lieu d'un ministre résident, remercia chaleureusement mon mari de lui avoir facilité la besogne, et la démission fut acceptée et notifiée avec empressement à M. Thiers. Je crois d'ailleurs que mon mari n'aurait pas pu rester beaucoup plus longtemps et qu'un jour ou l'autre sa démission se serait imposée, parce que nous étions absolument décidés à aller voir l'empereur et l'impératrice aussi souvent que Leurs Majestés nous feraient l'honneur de nous appeler et de nous recevoir.

Nous fîmes nos paquets, et vers la mi-janvier nous quittâmes Paris pour aller passer l'hiver à Menton où nous avions loué une villa qui portait le nom pompeux de « palais Carnalès[7] » et qui avait appartenu jadis au prince de Monaco. Ce départ, qui jadis nous eût profondément peinés, fut moins douloureux cependant, vu la nouvelle et désagréable situation dans laquelle nous nous trouvions vis-à-vis de ce nouveau gouvernement qui nous était odieux. Cependant on ne quitte pas sans une grande émotion un endroit où l'on a passé douze des plus belles années de sa vie !... Que de bonnes relations ! Que de souvenirs, que de ruines, que d'effondrements nous laissions derrière nous !...

En nous rendant à la gare après nous être réunis en

grand nombre à un dîner d'adieu au café Voisin[8], dîner qui ressemblait à un repas de funérailles, nous avons passé devant les Tuileries réduites en cendres, devant l'Hôtel de Ville[9] brûlé également, et il nous semblait que les douze années que nous venions de passer à Paris n'aient existé que dans un rêve ! L'Empire était renversé et tout, jusqu'au palais où si souvent nous avions assisté aux fêtes les plus brillantes et aux réunions les plus choisies et les plus joyeuses, avait disparu ! La France se relèverait-elle jamais de cet immense désastre ?

Aujourd'hui, vingt-huit ans après, elle prépare pour l'entrée dans le XXe siècle une Exposition qui dépassera en splendeur, en beauté et en grandeur tout ce qu'on aura jamais vu[10] !

Notes

PREMIÈRE PARTIE

I

Première entrevue avec l'empereur Napoléon III et l'impératrice Eugénie

1. Le prince Richard de Metternich, né en 1829, second fils et héritier du célèbre chancelier, avait été dirigé de bonne heure vers la diplomatie et, en 1850, nommé attaché d'ambassade à Paris, Louis Napoléon étant président de la République. Ayant épousé en 1856 sa propre nièce Pauline Sandor, née en 1836, il avait été ministre à Dresde de 1856 à 1859 et, le 31 mai de cette dernière année, avait été appelé au quartier général de François-Joseph pour aider à conclure la paix avec la France. Il sera nommé ambassadeur à Paris en décembre. « Très grand seigneur de bel air, poli, d'un esprit moyen » (comte Fleury).

2. Cette station thermale du Béarn, en bordure du gave de Pau, déjà fréquentée par les duchesses d'Angoulême et de Berry, fut rendue célèbre par Napoléon III, qui y séjourna deux mois avec l'impératrice, pour une cure afin de soigner ses maux rénaux. Son séjour décida de la construction du pont Napoléon, de l'achèvement de la route de Luz à Gavarnie, etc. Richard de Metternich y arriva le 31 août.

3. C'est François-Joseph qui avait choisi cette ville neutre pour les pourparlers de paix, qui se tinrent durant deux mois et demi dans un hôtel du bord du lac. Conclu le 10 novembre 1859 entre la France, l'Autriche et le Piémont, sur les bases des préliminaires de Villafranca, le traité décidait que l'Autriche cédait à la France, qui la rétrocéderait au Piémont, la Lombardie, moyennant d'importantes conditions financières. Le projet de confédération italienne sous la présidence du pape et le rétablissement des princes de Parme, Modène et Toscane furent passés sous silence.

4. Attaché de légation à Paris de 1850 à 1856, Richard avait parfois accompagné son supérieur, l'ambassadeur Hübner, mais il ne semble pas avoir eu à l'époque de rapports particuliers avec Louis Napoléon.

5. Richard de Metternich était comte de Königswart. Son château (aujourd'hui Kynzwart, République tchèque) se trouvait en Bohême, en pays sudète, près de Marienbad, à dix kilomètres de la frontière bavaroise. Reconstruit par Philippe Emmerich Metternich au XVIIe siècle, il se présentait en forme de fer à cheval, avec un pavillon central coiffé d'un toit à double pente. Autour s'étendaient des terres dont Richard surveillait l'exploitation. Après son mariage avec Pauline (30 juin 1856), le couple avait été accueilli avec faste par la population locale, et y revenait souvent. Le château subsiste, nationalisé et converti en musée.

6. Percée en 1806 à travers le couvent des Capucines, la rue était sous le Second Empire le siège de plusieurs hôtels meublés fréquentés par la clientèle étrangère. Worth s'y installera.

7. Une photo anonyme montre le défilé des troupes rue de Rivoli, le 14 août 1859 : cent mille hommes défilèrent de la Bastille à la place Vendôme. Les balcons s'étaient loués jusqu'à deux mille francs. Les zouaves, avec leur drapeau en loques, remportèrent un triomphe.

8. Souvent habité par des légitimistes ou des orléanistes (qui ne se fréquentaient pas entre eux), le « noble faubourg » passait pour un foyer d'opposition, et Haussmann a été accusé d'en faire volontiers disparaître certains hôtels au profit de ses nouvelles voies.

9. Cet ancien port de pêche à la baleine était réduit à la pêche

côtière lorsque sous Louis-Philippe il commença à être apprécié par les Espagnols comme lieu de vacances. En 1847 y vinrent la comtesse de Montijo et ses deux filles. Eugénie, adorant l'Océan, se prit d'intérêt pour l'endroit et après son mariage y attira Napoléon III. Le couple y venait presque chaque année, y recevait, et sa présence attirait des estivants. « Biarritz, écrit Mérimée, est plein de monde de tous les pays. Il y a force dames de tout rang et de toute vertu, toutes avec des toilettes plus extraordinaires qu'on puisse imaginer. La plage ressemble à un bal de carnaval. »

10. En 1854-1855, Napoléon III avait fait construire pour son épouse une résidence face à l'Océan, sur l'ancienne côte du moulin de Blaye, sous le plateau du Phare, lieu qui n'était alors que dunes et pâturages. La villa Eugénie était rouge à chaînages de pierre blanche. Le ménage impérial y recevait sans cérémonie. L'impératrice vendit la demeure vers 1880 et l'année suivante elle devint hôtel-casino. Un incendie en 1903 n'en laissa que le rez-de-chaussée qui, surélevé et agrandi, devint en 1905 l'actuel hôtel du Palais, lequel a conservé quelques décors extérieurs sculptés de l'ancienne villa. Du domaine impérial de plus de vingt hectares qui s'étendait alentour ne subsiste que la chapelle impériale, construite en 1864 par Boeswilwald et dédiée par Eugénie à Notre-Dame de Guadalupe, « en remerciement du succès des troupes françaises au Mexique » (classée M. H.).

11. Mauvaise impression fugitive ou léger dénigrement : Eugénie était mince et le restera, avec une taille dont l'étroitesse deviendra légendaire. « Ses proportions auraient pu servir de modèle à un sculpteur pour une Hébé ou une Psyché » (Stéphanie de Tascher de La Pagerie).

12. Eugénie télégraphiait à Mérimée : « Venez sans culottes. »

13. En août 1853, Eugénie avait fait une chute de cheval qui entraîna une fausse couche. C'est ce qui, suppose vraisemblablement Jean des Cars, lui laissa cette douleur dans le dos, qui persista.

14. Certains pamphlétaires se sont appuyés sur cette blondeur, le comte et la comtesse de Teba étant bruns, pour jeter sur la naissance d'Eugénie un doute que confortait la vie aventureuse de sa mère.

15. Depuis toujours, l'empereur avait une démarche traînante, attitude par la suite peut-être accentuée par la maladie : « Souffrant

de rhumatismes goutteux, il a de l'embarras dans la démarche » (Stéphanie de Tascher de La Pagerie). D'autres disent qu'il se dandinait : « L'empereur, qui était un des plus brillants cavaliers d'Europe, conservait à pied la démarche d'un cavalier démonté » (Mme Carette).

16. « La femme de l'envoyé extraordinaire d'Autriche, extraordinaire à d'autres titres que son mari, dut à ses excentricités une certaine faveur » (Mme Carette).

17. L'empereur avait cinquante et un ans, âge respectable pour l'époque, et sa maladie influait sur son physique.

18. Le visage de l'empereur, avec de beaux yeux, était loin d'être déplaisant. Mais il avait le buste long et les jambes courtes, d'où une meilleure prestance à cheval qu'à pied. Sur son portrait officiel par Flandrin, le peintre a discrètement corrigé ces proportions.

19. Curieux jugement, Napoléon III, issu des Bonaparte et des Beauharnais, n'ayant aucune origine nordique.

II

Une ascension sur la montagne de la Rune

1. La Rune ou Rhune est, au-dessus d'Ascain, un sommet frontière (neuf cents mètres) auquel on accédait par une route en lacets et d'où l'on découvre un panorama superbe : au nord la forêt des Landes (à l'époque en cours de plantation), à l'ouest la côte basque, au sud et à l'est la chaîne des Pyrénées et ses deux versants. Une stèle y rappelle toujours le souvenir de cette excursion.

2. Expression encore employée à l'époque, et que l'essor des chemins de fer fera peu à peu disparaître, pour désigner les relais de chevaux. D'ailleurs, l'auteur l'utilise aussi pour désigner un attelage.

3. Écuyer de l'impératrice, « sportsman » émérite suivant l'expression du temps, il accompagnera Eugénie dans son voyage en Écosse en 1860.

4. Ces sièges de monture bien décrits par la princesse n'étaient utilisés à titre touristique que dans cette région, mais avaient un

large emploi en temps de guerre, dans l'armée, pour transporter les blessés. On les utilisait à l'époque dans les campagnes d'Algérie.

5. Cette petite-fille du roi de Naples épousera en 1865 Antoine de Noailles, sixième duc de Mouchy. On la retrouvera sous ce nom à la fin de ces Mémoires. Amie intime de l'impératrice, on la voyait souvent, aux « bals du lundi », conduire le cotillon. « La princesse, dit Mérimée, est une très bonne fille, fort étourdie, pas trop raisonnable, mais très bon enfant. Elle est très jolie, mais elle est américaine et cela ne durera pas longtemps » (lettre du 25 février 1864 à Mme de Boigne). Son portrait par Winterhalter est au château de Belœil et elle est représentée sur la cheminée des Preuses au château de Pierrefonds.

6. Représentée sur la cheminée des Preuses, le comte de Maugny en donne une description différente : « Beauté plantureuse, pleine d'animation et de brio, et excellente femme par-dessus le marché. » Elle accompagnera Eugénie en Égypte et sera d'une fidélité exemplaire.

7. Apparue sans doute au XVIe siècle en Espagne, cette danse populaire, appartenant à la série des seguidillas, est un pas lent sur la mesure six-huit, exécuté par deux personnes au son des castagnettes.

8. Clotilde Gabrielle Joséphine de La Roche-Lambert avait épousé en 1848 Charles Huchet de La Bédoyère, fils du célèbre général fusillé en 1815, et qui devint chambellan de Napoléon III et sénateur. Elle lui donna deux enfants. Elle passait pour multiplier les gaffes et on racontait que dans une soirée elle avait demandé à Rouher: « Quel est donc ce petit pruneau ? » Et lui : « C'est ma femme. » Elle s'excusa et alla raconter l'histoire dans un groupe : « Je m'écrie : Quel est donc ce petit pruneau ? », « Et je vous ai répondu : C'est ma femme », fit Rouher, qui l'avait suivie. Viel-Castel, en 1861, déclarera qu'elle a été la maîtresse de l'empereur et que ce dernier cherchait à s'en débarrasser. Après la mort de son mari (1867), elle épousa Napoléon Ney, prince de la Moskova, dont elle était la maîtresse depuis longtemps. À Compiègne, Mérimée lui avait fait croire que Bismarck était attiré par elle et avait placé dans son lit un mannequin censé figurer le chancelier prussien.

9. Ischl ou Bad Ischl était une station thermale autrichienne

située à quatre cents mètres d'altitude dans la région des lacs, à l'est de Salzbourg. La famille impériale et la société aristocratique y séjournaient souvent. François-Joseph y eut sa résidence d'été durant un demi-siècle.

10. Située du côté espagnol de l'embouchure de la Bidassoa, cette petite ville ancienne avait, à de nombreuses reprises au XIXe siècle, souffert de guerres étrangères ou civiles. Son faubourg de la Magdelena, au bord de l'Océan, commençait à être fréquenté par des étrangers comme station de bains de mer.

III
Une promenade en mer

1. Correspondante de Mérimée, qui l'appelle « Présidente ». Son portrait par Winterhalter est au château de Compiègne.

2. Marie-Anne de Ricci (1823-1912), Florentine et, disait-on, petite-fille naturelle de Stanislas Auguste, roi de Pologne, avait épousé en 1849 Alexandre Colonna Walewski, fils naturel de Napoléon Ier. Nommé par Louis Napoléon ambassadeur à Londres, sa femme sut l'aider dans sa mission qui consistait à resserrer les liens entre les deux pays. Il était ministre des Affaires étrangères depuis 1855. « Blonde Italienne douée d'un charme et d'une séduction irrésistibles » (Primoli), elle lui donna trois enfants, mais, volage, devint favorite de Napoléon III de 1855 à 1858. En 1860, Viel-Castel écrit : « Walewski sort du ministère, déshonoré par sa femme qui lui a fait compter en espèces sonnantes le prix de faveurs intéressées. » Walewski mourut en 1868 et sa veuve fut nommée par l'empereur dame d'honneur de l'impératrice, avec une pension de vingt mille francs. « La grande dame la plus influente et la plus adulée de la cour de Napoléon III » (Maugny).

3. Mathilde Roseline Adrienne de Villeneuve-Bargemont (1826-1870) avait épousé en 1847 Gustave, baron de Montebello, quatrième fils du maréchal Lannes. Il devint général, aide de camp et chambellan de Napoléon III, sénateur, et sa femme dame du

palais de l'impératrice. Elle figure dans le tableau de Winterhalter. « Personne n'a comme Mme de Montebello ce type raffiné de petites précieuses d'autrefois » (St. de Tascher)

4. En 1863, la ville d'Amiens ayant été ravagée par le choléra, Eugénie, sur le conseil, dit Maxime Du Camp, d'Hortense Cornu, s'y rendit et visita l'hôtel-Dieu et plusieurs maisons de charité religieuses, tenant à parler avec chaque malade. Mme Baciocchi fait longuement le récit de cette journée. La visite de l'impératrice redonna courage et confiance. « Je ne suis pas sûr que ce soit raisonnable, mais c'est beau » (Prosper Mérimée). À l'évêque, qui n'avait pas fait une seule visite aux malades, Eugénie dit en partant : « Adieu, monseigneur, surtout surveillez bien votre santé » (Mme Baroche).

5. Ce fils de Napoléon Ier et de Marie Walewska, après une jeunesse mouvementée entre Pologne et France, était passé par l'armée avant de devenir diplomate. Rallié à Louis Napoléon et ambassadeur à Londres, il travailla au rapprochement franco-britannique. Ministre des Affaires étrangères, il présida en 1856 le congrès de Paris, où la France parut l'arbitre de l'Europe. En novembre 1860, il remplaça Achille Fould au ministère d'État, avec autorité sur la création artistique, ce qui lui permit de réaliser le souhait de Pauline : la création du *Tannhäuser* de Wagner. Viel-Castel dit qu'il affectait de ne pas voir la liaison de son épouse avec Napoléon III. En 1865, il succédait à Morny à la présidence du Corps législatif (« Chassez le naturel, il revient au galop », déclara-t-on) et mourut brutalement le 27 septembre 1868 : « Il se sent pris d'un étouffement si angoissant qu'on le voit arrachant sa cravate, ouvrant son gilet, jetant bas son habit. Il s'écrie : "Vite, un médecin !" Puis il s'affaisse sur une chaise, il incline sa tête d'une pâleur effrayante et rend le dernier soupir » (Stéphanie de Tascher de La Pagerie). Il mourait ruiné.

6. L'empereur Tu Duc, monté sur le trône d'Annam en 1847, ayant rompu toutes relations avec les Européens et persécutant ceux d'Indochine, Napoléon III avait décidé l'envoi d'un corps expéditionnaire commandé par l'amiral Rigault de Genouilly, qui s'empara de Tourane (août 1858) et de Saigon (1859). La campagne d'implantation française se poursuivra jusqu'à l'établissement

du protectorat en 1863, que Chasseloup-Laubat avait poussé l'empereur à exiger.

7. Aujourd'hui encore, l'entrée dans l'estuaire de l'Adour reste dangereuse.

IV

Réception officielle en ma qualité d'ambassadrice à la cour de Napoléon III

1. Issu des travaux de Philibert De l'Orme, Jean Bullant, Louis Le Vau, résidence de Louis XVI d'octobre 1789 à août 1792, de Napoléon Ier, de Louis XVIII, de Charles X, de Louis-Philippe, le palais des Tuileries s'était tellement identifié à l'idée de demeure souveraine que les députés en 1848 n'avaient pas voulu l'attribuer au président de la République élu et avaient assigné l'Élysée à Louis Napoléon. Ce dernier n'avait pas manqué de s'installer aux Tuileries au lendemain du coup d'État.

2. L'hôtel d'Orrouer, puis de Bauffremont, un des plus célèbres du faubourg Saint-Germain, avait été construit par Pierre Boscry en 1732 (curieuse façade sur jardin à fronton courbe) et décoré par Nicolas Pineau de boiseries qui subsistent aujourd'hui en partie, ainsi que de dessus-de-porte peints représentant des amours musiciens. En 1841, il avait été acquis par le duc de Montmorency et était ensuite passé au prince de Bauffremont qui en 1850 en avait loué une partie à l'ambassade d'Autriche. Pauline en partit en 1859 en carrosse pour sa présentation à la Cour et y donna de nombreuses fêtes jusqu'en 1861 où l'ambassade s'installera à l'hôtel de Rothelin-Charolais.

3. « La princesse Mathilde lui disait : Continuerez-vous, madame, à habiter l'hôtel de M. de Hübner ? – Non, certes, j'y suis trop à l'étroit, impossible d'y loger ma valetaille » (Mme Baroche). Ce que Pauline appelait ainsi, c'étaient les attachés d'ambassade de son mari.

4. Le portail de l'époque subsiste, avec sa large arcade portée par des colonnes ioniques.

5. Dame du palais d'Eugénie, elle l'accompagnera dans le voyage solitaire qu'elle fit en 1860 en Écosse après la mort de Paca. Son mari interpréta à Compiègne une pièce de Morny, *La Succession Bonnet.* Tous deux accompagneront l'impératrice en Égypte.

6. « Feuillet dit de Conches, amateur de décorations et d'autographes » (Viel-Castel), « très sale bourgeois qui est arrivé à être chef du protocole ». Il est connu pour avoir constitué une collection d'illustrations des fables de La Fontaine, aujourd'hui conservée au musée de Château-Thierry. « Feuillet de Conches en robe de chambre : Robert Macaire consul dans l'Inde, un vieux singe qui a une maladie de foie » (E. et J. de Goncourt, 1856).

7. Rappelons que l'arc du Carrousel constituait le portail d'entrée du palais des Tuileries.

8. Aîné des deux neveux du grand Cambacérès, Marie Jean Pierre Hubert avait été successivement page de Napoléon Ier, prisonnier à Waterloo, avocat, membre du conseil général de la Seine, pair de France. Napoléon III l'avait nommé sénateur, duc et grand maître des cérémonies, chargé de veiller sur la rigoureuse étiquette de la cour impériale. « M. Cambacérès est un bourgeois assez nul qu'il est permis à l'empereur de dorer sur toutes les coutures, mais dont il ne fera jamais un grand seigneur » (Viel-Castel).

9. Fils de Maret, ministre de Napoléon Ier, Napoléon Joseph, duc de Bassano (1803-1898), avait été nommé par Napoléon III sénateur, puis grand chambellan du palais. Ne plaisantant pas sur l'étiquette, c'est lui qui envoyait aux invités les grands bristols jaune et blanc les conviant aux réceptions impériales. Lui et son épouse restèrent fidèles au couple impérial. Il apprendra le 20 juin 1875 à Eugénie la mort de son fils, et il l'accompagnera dans son pèlerinage au Zoulouland en 1880.

10. Quatrième fils de Ney, Napoléon Henri Edgard, saint-cyrien, député en 1850, était devenu aide de camp de Napoléon III et grand veneur, sénateur, puis général en 1865. Il était prince de la Moskova depuis 1857, date de la mort de son frère aîné. Écuyer de l'empereur, il se plaça, lors du défilé de 1867,

à la droite de Napoléon III et put ainsi parer le coup de feu de Berezowski contre le tsar.

11. Émile Félix Fleury (1815-1884) : « C'était un grand seigneur dans toute la force du terme, à la fois soldat et diplomate comme certains gentilshommes de l'Ancien Régime, dont il avait peut-être aussi les faiblesses et les défauts mignons. » Plus réservée, Stéphanie de Tascher de La Pagerie se contente d'observer : « L'élévation de Fleury a été extrêmement rapide. » Ayant dissipé tout son patrimoine, il s'était engagé à Oran comme simple cavalier et avait participé avec brio à la conquête de l'Algérie. En 1848 il avait retrouvé Persigny, connu jadis en Angleterre : « C'est à Persigny que je dois ma fortune politique », disait-il. Officier d'ordonnance du nouveau président de la République, c'est lui qui eut l'idée d'aller en Afrique du Nord voir le général de Saint-Arnaud pour le convertir au coup d'État éventuel, ce qu'il réussit. Ayant ainsi joué un rôle dans la préparation du 2 Décembre, il en joua auprès de l'empereur un autre, important bien qu'effacé. « Je ne connais de sincèrement dévoué que Fleury » (Viel-Castel). Il restera durant vingt ans le confident intime de l'empereur qui, dit encore Viel-Castel, payait assez souvent les dettes de ce « mangeur ». Après Solferino, il avait été envoyé, avec une lettre de Napoléon III, en parlementaire à François-Joseph, provoquant ainsi l'armistice de Villafranca. Toujours selon Viel-Castel, Fleury était l'amant de la marquise de Contades, « qui a roulé un peu dans le duvet de tous les lits ». Il sera nommé en 1869 ambassadeur en Russie, privant l'empereur de ses conseils, qui feront défaut l'année suivante « Ce drôle de corps de Fleury, favori bizarre et nouveau, tout en persiflage, en ironie, avec une critique flûtée, légère, courante, effleurante, tombant du demi-sourire de ses grosses moustaches sur toute la Cour » (E. et J. de Goncourt, 1868).

12. C'est le grand escalier construit par Fontaine en 1832 pour Louis-Philippe, bordé de colonnes et d'une galerie de chaque côté. Un dessin de Thorigny le montre lors d'un bal de Napoléon III, avec ses haies de cent-gardes.

13. À l'imitation des cent-suisses des Bourbons, qui avaient subsisté jusqu'en 1830, Napoléon III avait créé en 1854 un esca-

dron de cent gardes pour la garde personnelle de l'empereur et le service intérieur du palais. Leur présence à toutes les cérémonies et réceptions des Tuileries les rendit très populaires. À Saint-Cloud, ils étaient logés près du château de Villeneuve-l'Étang, dans un bâtiment en fer à cheval qui sera en 1883 donné à Pasteur, qui y mourut. Ce bâtiment subsiste.

14. « La résidence impériale n'est qu'une enfilade de salons et de galeries d'une uniformité telle que tout en étant digne d'un palais princier et quoique meublée et arrangée avec une véritable magnificence, on n'y trouve ni ce confort ni cette diversité qui plaisent à l'œil et au goût » (Stéphanie de Tascher de La Pagerie).

15. La chambre de parade de Louis XIV était devenue sous Napoléon Ier salle du trône et avait conservé son plafond en voûte décoré par le Liégeois Bertholet Flémalle. Une estrade, surmontée d'un dais aux armes impériales entourées d'abeilles, surmontait l'ancien trône de Napoléon, doublé d'une copie pour l'impératrice.

16. Ce neveu d'Élisa avait été chargé par Louis Napoléon de missions diplomatiques et devint premier chambellan de l'empereur. En 1863, il sera superintendant des spectacles et théâtres. « Ce pauvre diable de Baciocchi, pour avoir longtemps alimenté le lit de son maître de toutes les femmes ou filles que convoitait la luxure impériale, est maintenant surintendant des théâtres » (Viel-Castel). Il fera jouer *Tannhäuser* sur l'ordre de Napoléon III, à la demande de Pauline. Il avait réuni une collection de peintures qu'il léguera au musée d'Ajaccio.

17. Marcel Dunan a relevé que c'était le comte de Tascher de La Pagerie qui était grand maître de la Maison de l'impératrice, tandis que le duc, député puis sénateur, était premier chambellan. Ce dernier était, selon Viel-Castel, d'une bêtise abyssale qui le faisait prendre comme tête de Turc par la Cour. « Imitez le dindon », lui commandait Eugénie. Sa mort subite, en 1869, est racontée par sa sœur, la mémorialiste.

18. Après la naissance du prince impérial en 1856, on décida, pour agrandir le palais, de supprimer la terrasse sud, qui remontait à Philibert De l'Orme, et d'avancer la façade pour réaliser au premier étage un agrandissement de l'appartement de l'impératrice,

conçu par Lefuel et composé de trois salons, vert, rose et bleu, où Eugénie donna cours à sa passion décorative. Dans le salon bleu, les dessus de porte, peints par Dubufe, représentaient Anna Murat, la duchesse de Morny, la comtesse Walewska, la duchesse de Cadore et la duchesse de Malakoff. C'est dans ce salon, où se tenait Eugénie, que la princesse d'Essling accueillait les invitées, plongeant dans une première révérence. « J'y réussis, écrit Mme Octave Feuillet, sans marcher dans ma traîne et je suis contente de moi ; la princesse me prend par la main et me fait asseoir au milieu d'un groupe d'une vingtaine de femmes qui parlent si bas entre elles qu'on se croirait dans la chambre d'un malade. »

19. L'empereur avait lui-même composé la maison d'Eugénie, sans consulter cette dernière, et lui avait donné comme grande maîtresse Anna Debelle (1802-1887), qui avait épousé en 1823 Victor Masséna, second fils du maréchal, prince d'Essling depuis la mort de son frère aîné. C'était une petite femme sèche et compassée, d'un formalisme qui lui avait valu le surnom de « Mme Caporal ». « Plus impressionnante qu'un maréchal et, derrière un sourire laborieux, plus intraitable qu'un huissier dans la vie de Balzac » (Jean des Cars). Une photo la montre en robe à volants sur la terrasse de Compiègne et elle figure sur le tableau de Winterhalter, à la droite de l'impératrice. Elle accompagna celle-ci dans son voyage en Égypte en 1869.

20. Née Pauline Marie Ghislaine van der Linden, épouse du duc de Bassano auquel elle donna trois filles, assistante de la princesse d'Essling. Elle figure dans le tableau de Winterhalter, représentée sur la cheminée des Preuses, à la gauche de l'impératrice, à laquelle elle restera fidèle jusque dans l'exil.

21. « C'est sa retraite préférée, écrivait Mme Octave Feuillet, elle y a tout commandé, combinant les nuances, plaçant et déplaçant les meubles. » « Le cabinet de l'impératrice, ajoute son mari, se compose de deux pièces réunies par une espèce d'arcade ; cela est un pur rêve, un nid de fée, de reine, d'oiseau bleu. Des tableaux, des fleurs, des merveilles d'art, des petits coins, des niches, des retraites, des grottes cachées dans des draperies, derrière des paravents de verdure et de fleurs, avec des lampes dans le feuillage… »

La pièce était recouverte de boiseries d'acajou rehaussées de soie brochée à rayures vertes.

22. Un fiacre.

V

Réception de la Société de charité maternelle aux Tuileries

1. Nicolas Morlot (1795-1862), évêque d'Orléans, puis archevêque de Tours, s'était rallié à Louis Napoléon, et avait ensuite célébré le rétablissement de l'empire. Cardinal et sénateur en 1853, archevêque de Paris et grand aumônier en 1857, modéré, il était attaché au pouvoir temporel du pape. Après l'attentat d'Orsini, il se prononça pour l'exécution des peines.

VI

Les grands bals de cour

1. Ce sont Percier et Fontaine qui en 1807-1808 avaient, dans le pavillon central des Tuileries, au-dessus du vestibule, transformé l'ancienne salle des Cent-Suisses en salle des Maréchaux, décorée des portraits de ces dignitaires de la promotion du 19 mai 1804. Au centre, côté jardin, une fenêtre était encadrée de cariatides moulées sur celle de Jean Goujon au Louvre. C'est là que fut célébrée le 29 mars 1852 l'installation du nouveau régime et, le 29 janvier 1853, le mariage de Napoléon III et d'Eugénie. Durant tout le règne, on y donna des bals et des concerts.

2. Marie Thérèse Louise Clotilde de Savoie, fille de Victor-Emmanuel II de Piémont, née le 7 mai 1843, n'avait pas encore dix-huit ans lorsque, pour conforter l'alliance franco-piémontaise, elle avait épousé le prince Jérôme Napoléon (Plon-Plon) le 30 janvier 1859. Très pieuse et s'entendant mal avec ce mari de dix-neuf

ans son aîné, elle se trouvait dépaysée à la cour des Tuileries et se tenait le plus possible à l'écart. Malgré les infidélités de son mari, le ménage ne fut pas désastreux et Clotilde donna naissance à trois enfants. L'actuel prince Napoléon descend de l'un d'eux.

3. Cette femme célèbre avait plus de culture qu'Eugénie et savait en jouer. Paraissant rarement à la Cour en dehors des cérémonies officielles où sa présence était requise, elle s'était constitué un univers personnel dans son hôtel de la rue de Courcelles et dans son château de Saint-Gratien. Pauline, qui ne devait pas apprécier la liaison affichée de Mathilde avec Nieuwerkerque (qui n'est pas cité dans ces souvenirs), semble n'être jamais allée chez elle.

4. Dans ses Mémoires, Pauline ne porte aucun jugement sur ce prince intelligent, mais que son ambition et son opposition à l'impératrice poussèrent souvent à des gestes regrettables, nuisibles à l'empereur comme à lui-même. Ses relations avec Eugénie prirent fin le jour où il vint à Chislehurst lui apporter des propositions insensées qui le firent chasser : il n'assista pas aux obsèques de Napoléon III.

5. Essentiellement Lucien (1803-1878), fils du roi de Naples, troisième prince Murat, sénateur, et son fils Joachim, général (1834-1901).

6. En dehors du vieux roi Jérôme et de ses enfants, « Plon-Plon » et Mathilde, ce sont les descendants, « non-dynastes », de Joseph, de Lucien et de leurs sœurs, souvent pensionnés, qui paraissent parfois à la Cour : prince et princesse Charles Bonaparte, marquise Roccagiovanni, comtesse Primoli, princesse Gabrielli. Mais Pierre Bonaparte, qui se signalera en 1870 par l'assassinat de Victor Noir, était tenu à l'écart.

7. « Lorsque la princesse de Metternich entrait aux Tuileries un soir de bal, très mince, maigre même, assez grande, avec ses épaules très découvertes, son front chargé de diamants, ses longues jupes traînantes, il était impossible d'avoir meilleure grâce, ni plus grand air. Elle avait cette allure aristocratique inimitable que donnent la naissance et le milieu dans lequel on a vécu. C'était bien l'ambassadrice fière de représenter un grand pays » (Mme Carette).

8. L'ancienne galerie des Ambassadeurs avait gardé une partie

de son décor de l'époque de Louis XIV, avec une voûte décorée de la copie en plusieurs morceaux de la galerie des Carrache au palais Farnèse. Sur la paroi face aux fenêtres avaient pris place des cartons peints par Mignard, venus du Mobilier national.

9. « Avec un appareil jusqu'ici inusité, à l'instar du cérémonial qui se pratique à la cour de Vienne » (Mme Baroche).

10. Notamment le préfet du palais en habit lie-de-vin brodé d'or au collet, aux parements et le long des basques, ou les chambellans en habit écarlate brodé d'or sur toutes les coutures, avec la clef symbolique sur la basque gauche.

11. C'est au cours de son premier bal aux Tuileries, le 6 février 1860, que Pauline obtint de l'empereur de faire jouer *Tannhäuser* à l'Opéra.

12. « J'ai passé trente-six heures à Paris au commencement de cette semaine pour assister au bal des Tuileries. Sans blague aucune, c'était splendide. Paris du reste tourne au colossal. Cela devient fou et démesuré… On est menacé d'une nouvelle Babylone » (Flaubert à George Sand, 1867).

13. Épouse de l'ambassadeur d'Angleterre. Si ce dernier eut parfois des discussions avec l'empereur (qui lui fit le 6 mars 1860 une scène publique à la suite des réticences britanniques à l'annexion de la Savoie et de Nice), lady Cowley fut une familière de la Cour. On la voit, sur une photo, figurer avec ses filles sur la terrasse de Compiègne.

14. Épouse de l'ambassadeur de Prusse. D'après Viel-Castel, ce dernier préconisait le partage de l'Italie en deux États, qui aurait conforté l'indépendance des possessions du pape, situées entre les deux.

15. Envoyée à la cour de Napoléon III par Cavour en 1853 afin de rallier Napoléon III à la cause italienne « par les moyens qu'il lui plaira », Virginia Oldioni, comtesse de Castiglione (1835-1899), âgée de vingt ans, séduisit bientôt l'empereur, dont elle devint sans doute la maîtresse en 1856 : « À la dernière fête de Villeneuve-l'Étang, la comtesse de Castiglione s'est longtemps égarée dans une île placée au milieu d'un petit lac avec l'empereur. Elle en est revenue assez chiffonnée et l'impératrice a laissé voir quelque

dépit » (Viel-Castel, 1856). Ceci d'ailleurs sans exercer une influence politique manifeste (« Mme de Castiglione est bête à couper au couteau », disait la princesse Mathilde), malgré d'autres relations supposées. D'ailleurs, Napoléon III ne se décida à agir en Italie que trois ans plus tard. Accusée d'espionnage, elle sera reconduite à la frontière après l'armistice de Villafranca, puis obtiendra en 1862 l'autorisation de revenir (c'est sans doute à cette époque que la vit Pauline), mais son étoile avait beaucoup pâli. On possède, pour cette époque, beaucoup de photos d'elle.

16. On ignore ce qu'avait de particulier le nez de cette célèbre sultane du XVIe siècle, favorite de Soliman II.

17. « Il est impossible de voir une plus séduisante créature, plus parfaitement belle ! Sa conversation est leste et graveleuse, elle ne fait point la prude » (Viel-Castel).

18. « Elle est belle, déclara Napoléon III à Mathilde, mais elle paraît être sans esprit. »

19. Comme au temps de Louis XVI, Napoléon Ier, Louis XVIII, Charles X, Louis-Philippe, Saint-Cloud était une résidence de la Cour. Celle-ci, fuyant les Tuileries « dont l'air pesant et surchauffé rendait le séjour insupportable » (Froehner), s'installait généralement en juin ici, où les souverains recevaient selon un protocole plus léger qu'à Compiègne ou Fontainebleau. Sans apporter au château de modifications architecturales (à l'exception de la démolition de la célèbre orangerie), Napoléon III et Eugénie remanièrent entièrement le décor et l'ameublement des appartements. La reine Victoria, accompagnée du jeune prince de Galles, y avait été reçue en 1855, comme le sera l'empereur François-Joseph en 1867. C'est là que, le 17 juillet 1870, Napoléon III signera la déclaration de guerre à la Prusse. Il en partira le 28 pour prendre le commandement de l'armée. Le château sera incendié le 13 octobre 1870, sans doute par un obus français tiré du mont Valérien, incendie que les Prussiens n'essayèrent pas de combattre.

20. Louise de Caraman-Chimay, comtesse de Mercy-Argenteau (1837-1890), descendante de Mme Tallien. Assez vaine de sa beauté, imposante, amie de Pauline, elle paraissait richissime et l'on chuchotait que c'était grâce au banquier Oppenheim. Elle sera

sans doute la dernière liaison de Napoléon III : installée en 1868 dans l'hôtel du 2 rue de l'Élysée, dont on parlera et que lui avait prêté Persigny, elle utilisait, dit-on, le souterrain reliant la demeure au palais de Élysée pour retrouver l'empereur, dont elle essaiera de servir la politique, même après Sedan. « La reine du bal était la belle comtesse Eugène de Mercy-Argenteau, née Chimay, l'une des beautés les plus complètes et à mon humble avis la femme la plus séduisante de son temps » (Maugny).

21. La ravissante Alsacienne Mélanie Renouard de Bussière (1836-1914) avait épousé en 1857 le comte Edmond de Pourtalès, banquier huguenot suisse. Introduite à la cour impériale, elle devint très vite amie de Pauline, et le restera jusqu'à la mort. Invitée à Compiègne, comme on le verra, recevant dans son bel hôtel de la rue Tronchet, construit par Duban, où elle donnait des fêtes animées de jeux toujours renouvelés, la comtesse était par sa beauté une des illustrations de la cour impériale, tout en restant d'une conduite irréprochable. À la fin du règne, elle tentera vainement d'attirer l'attention de l'empereur sur le danger représenté par la Prusse. Après 1871, elle rendra visite à Eugénie dans son exil et fera de son château de la Robertsau (banlieue de Strasbourg) un centre de résistance passive et de culture française « La beauté et la grâce de la comtesse de Pourtalès avaient illuminé la cour impériale. Certes, c'était une enfant gâtée de la Fortune. Sa beauté a désarmé le temps ; de tous les dons qu'elle a reçus, elle s'est employée à développer le plus délicat, celui de plaire. Elle a plu, elle plaît, elle plaira jusqu'à sa dernière heure » (Arthur Meyer). Son portrait par Winterhalter est toujours dans la famille.

22. Éléonore Florence Laffitte, petite-nièce du célèbre banquier, avait épousé en 1859 le célèbre général. Habituée des lundis de l'impératrice, elle figurera dans *Les Commentaires de César* (voir plus loin). Elle mourra en 1901. « Mme Galliffet qui, en dépit de toute la charcuterie chirurgicale que son corps a subie, a gardé un extraordinaire air de jeunesse » (E. et J. de Goncourt, 1894).

23. Fille de François de Sangro de Genzano, elle avait épousé en 1857 Xavier Léopold Lehon, fils de la comtesse Lehon et député.

24. Épouse d'un officier de la Maison de l'empereur.

25. Leila Flora Macdonald, fille d'un capitaine anglais de l'armée des Indes (où elle était née en 1838) épousa en 1863 le maréchal Canrobert, âgé de soixante-trois ans, et lui donna une fille et deux fils. En 1870, elle restera auprès d'Eugénie jusqu'à la dernière minute. « Diadème de hauts cheveux en couronne, avec son front de la Renaissance, ses épaules de nymphe et sa grâce penchée sur une causeuse » (E. et J. de Goncourt, 1869). Représentée sur la cheminée des Preuses.

26. Anna Marie Léonie Dolfus avait épousé en 1856, en secondes noces (pour lui), le député Philippe, baron de Bourgoing, qui restera fidèle à l'empereur jusqu'à sa mort.

27. Dame du palais de l'impératrice, elle figure dans le célèbre tableau de Winterhalter. Elle avait épousé un des fils d'Aguado, banquier de Ferdinand VII et mécène culturel. L'impératrice la prisait particulièrement, l'ayant connue dans sa jeunesse.

28. C'est en août 1858, lors de la visite de la reine Victoria à Cherbourg, que le maréchal Pélissier, duc de Malakoff, âgé de soixante-quatre ans, avait rencontré l'Espagnole Sophie Valera de la Paniega, amie d'enfance (et non cousine) d'Eugénie. Celle-ci l'avait fait venir à Paris après la Crimée, et voulait marier cette jeune fille orpheline et pauvre. Pélissier se laissa convaincre et le mariage eut lieu en octobre suivant. La nouvelle duchesse, beauté à l'air mélancolique qui avait trente-quatre ans de moins que son mari, lui donna une fille, Louise, qui eut une existence aventureuse. En 1870, la duchesse resta auprès d'Eugénie jusqu'à la dernière minute. Représentée sur la cheminée des Preuses.

29. Épouse du baron Alphonse (1827-1905), grand banquier, régent de la Banque de France. En 1865 eut lieu aux Tuileries le « bal des abeilles » : « Mme Alphonse de Rothschild, qui débutait dans le monde parisien, où on ne la connaissait presque pas, était très remarquée dans son coquet déguisement d'*oiseau de paradis* » (Maugny).

30. Maria Francesca de Sales Palafox y Portocarrero, comtesse de Montijo, dite Paca, sœur aînée de l'impératrice, avait épousé en 1844 Jacopo Luis, quinzième duc d'Albe, un des plus grands seigneurs d'Espagne, et lui avait donné quatre enfants.

31. C'était au bal du 9 février 1863 aux Tuileries.

32. Fils de clerc de notaire, arrivé à Paris en 1846 sans parler français, il s'était établi 7, rue de la Paix en 1857 et avait créé la première maison de couture. Pauline de Metternich le lança, bientôt soutenue par Eugénie, et il finit par compter parmi ses clientes toutes les femmes en vogue de France et d'Europe. On lui attribue tantôt l'invention de la crinoline, tantôt sa suppression. Pauline s'attribue plus loin la découverte du couturier, mais Mme Octave Feuillet assure que c'est elle qui prononça le nom de Worth devant l'impératrice.

33. 12 février 1863.

34. L'ouvrage était paru en 1862 et avait obtenu grand succès. Flaubert sera invité à Compiègne.

35. « Elle arriva vers deux heures du matin, après le départ de l'impératrice, et provoqua un tumulte indescriptible. On l'entourait, on faisait cercle autour d'elle, on se pressait pour la voir de plus près, les femmes perdant la tête et n'ayant plus aucun souci de l'étiquette, montant sur les banquettes afin de la mieux observer » (Maugny).

36. On dit que l'impératrice la fit reconduire hors des salons, mais elle n'était plus là, dit Pauline, et Frédéric Loliée avance que ce fut Mme Rimski-Korsaloff qui subit cette avanie. « Narcisse femelle en admiration devant sa propre beauté, sans souplesse, sans douceur dans le caractère, ambitieuse sans grâce, hautaine sans raisons, elle lassait bien vite l'homme qu'elle voulait tenir et, après un an de compromissions regrettables, la Castiglione rentra dans l'ombre pour ne plus en sortir » (Fleury).

37. « Les bals costumés qu'on lui offrait dans les ministères étaient pour les ministres une cause de véritable terreur ; on craignait toujours qu'à la faveur de la *bahuta* et du masque un assassin ne parvînt jusqu'à lui et ne renouvelât le coup d'Ankarström sur Gustave III. Aussi, les précautions étaient minutieuses et la police ne chômait pas. Nul ne pouvait entrer, masqué, dans les salons, sans avoir préalablement découvert son visage devant le maître de la maison ; celui-ci était placé dans un tambour revêtu de draperies au milieu desquelles deux ouvertures ménagées et dissimulées

permettaient à des inspecteurs de police de regarder les arrivants » (Maxime Du Camp).

38. En janvier 1855, Eugénie avait fait acheter aux Champs-Élysées par sa sœur l'ancien hôtel du marquis de Lauriston et celui, mitoyen, d'Émile de Girardin. Les deux demeures réunies devinrent l'hôtel d'Albe. Paca y mourra le 16 septembre 1860 et Eugénie fera l'année suivante démolir l'hôtel. La rue Lincoln passe à son emplacement.

39. Après le mariage, Napoléon III avait exigé que sa belle-mère, la vieille amie de Mérimée, assez encombrante et peu policée, retournât en Espagne. Elle revenait de temps à autre voir sa fille, et l'empereur la supportait difficilement.

40. 17 avril 1860.

41. « La princesse de Metternich, en fille de l'air, avec des ailes. Quelqu'un assurait qu'elle en a tous les jours, mais qu'elle les cache » (Mme Baroche).

42. Belle-mère de Morny, elle passait pour avoir été la maîtresse du tsar Nicolas Ier, qui aurait été le père de sa fille Sophie, laquelle épousa Morny.

43. L'architecte Lacornée avait sous Louis-Philippe commencé la construction, quai d'Orsay, du nouveau ministère, lequel ne fut terminé qu'en 1859, avec les décors que l'on y voit encore. C'est dans ces salons qu'avaient été inaugurés en 1856 les bals costumés.

44. Walewski fut ministre des Affaires étrangères de 1855 à janvier 1860. Si les Metternich ont été ses invités, ce serait donc juste après leur prise de fonctions. En revanche, Pauline ne signale pas avoir été reçue par lui, à partir de 1860, dans son ministère d'État, c'est-à-dire dans le célèbre appartement aménagé dans l'aile Rivoli du nouveau Louvre et décoré sous la direction de Lefuel et de Fould : c'est ce que l'on appelle aujourd'hui « appartement Napoléon III ». Walewski y donna de fastueuses réceptions où, d'après une autre source, dans un bal costumé, Pauline apparut en torero.

45. Ce filleul de Napoléon (1805-1873) avait été fait par lui comte, puis marquis par Louis XVIII. Il fit une longue carrière de député sous tous les régimes, mais désapprouva publiquement, en 1852, la confiscation des biens des Orléans. Cela ne l'empêcha pas

en 1859 de devenir ministre de l'Algérie, puis de la Marine, où il fit œuvre efficace, et fut le véritable créateur de l'Indochine française. En juin 1869 après la démission de Rouher et de ses ministres, Napoléon III lui confia la direction d'un gouvernement intérimaire, avant de faire appel à Émile Ollivier. Cf. sur ce bal ce qu'en raconte Maxime Du Camp, qui dit ailleurs : « C'était un homme d'esprit, charmant auprès des femmes, causeur intarissable. Ses qualités de bonne compagnie donnaient plus de relief à ses qualités politiques, qui étaient considérables. La projection de sa pensée allait loin et tombait au-delà des prévisions ordinaires. Ce ne fut pas seulement un homme politique, ce fut un homme d'État. Si la direction des affaires était restée entre ses mains, les grandes misères de 1870 nous auraient été épargnées. Sa démission, lorsqu'il se retira pour céder la place au ministère du 2 janvier, fut le premier de nos désastres. » C'est Chasseloup-Laubat qui avait fait donner aux salons du ministère de la Marine, place de la Concorde, le décor que l'on y voit toujours, restauré en 2008.

46. La présidence était déjà installée à l'hôtel de Lassay, que Morny avait fait relier au Palais-Bourbon par une galerie présentant les tableaux de sa collection. Il y donna de fastueuses réceptions.

47. Il est inutile de rappeler ici les étapes de la vie mouvementée de Charles Auguste (1811-1865), duc de Morny depuis 1862, sa place dans l'histoire du régime, la brutalité de sa répression au 2 Décembre, ses spéculations, ses scandales et ses amours. Il ne semble pas que Pauline l'ait beaucoup apprécié. On lui fit des obsèques somptueuses, auxquelles elle assista. « Si Morny avait vécu, jamais il n'eût permis la guerre de 1870 » (Maxime Du Camp). « Doué d'un sens politique qui en aurait fait un homme d'État de premier ordre, si la préoccupation de ses intérêts financiers n'avait pas souvent obscurci ses facultés » (Persigny). « Celui-là tombé, le monument se trouvait démantelé de toute son élégance, fendu de quelque longue et irréparable lézarde. » (Alphonse Daudet)

48. Non content d'avoir, disait-on, la meilleure table de l'Empire, il donnait des fêtes réputées. « Le bal du général Fleury parut être une invasion dans les domaines de la féerie. La métamorphose s'étendait jusqu'aux domestiques, habillés en taffetas

mauve et poudrés, l'orchestre en taffetas rose » (Mme Baroche). « Chez nous, au Louvre (grand écuyer, Fleury était logé au palais), pendant deux ou trois ans, au carnaval, elle [Pauline] était l'âme des soupers et des parties que nous arrangions pour elle après les bals de l'Opéra. Lorsque, au moment du dessert, elle détaillait son répertoire de Nadaud, elle y mettait tant de brio, tant d'esprit, tant de finesse qu'elle soulevait des bravos frénétiques » (Fleury).

49. Eugène Rouher (1814-1884) est une des figures marquantes du régime, dans le domaine de l'économie et de l'agriculture. Vice-président du Conseil d'État, quatorze ans ministre, il contribua beaucoup à l'essor économique de la France, avec un pouvoir qui l'avait fait surnommer « vice-empereur ». Il resta obstinément fidèle à Napoléon III au-delà de sa chute, s'installant à Chislehurst près de Camden Place. Viel-Castel prétend que Mme Lehon s'était consolée avec lui du départ de Morny.

50. Pauline préfère ne pas parler du bal offert en 1866 par l'ambassadeur de Suisse, où tout se déroula dans la confusion. Mais, écrit Stéphanie de Tascher de La Pagerie, « Pauline de Metternich est trop huppée pour qu'on l'oublie, et le prince trop bien en cour, aussi l'Autriche a soupé ». Quant à l'ambassade autrichienne, elle était maintenant, Pauline ayant pu exaucer son désir de déménagement, installée dans le bel hôtel de Rothelin-Charolais, 101, rue de Grenelle, construit par Lassurance dans les premières années du XVIIIe siècle. Richard l'avait loué pour l'ambassade le 20 avril 1861, et les époux ont connu le grand salon à boiseries rocaille que l'on peut toujours voir.

51. C'est l'ancien hôtel de Janvry, construit en 1732, dont le premier étage avait été loué au duc de Bisaccia. Très transformé, l'hôtel (47, rue de Varenne) est maintenant l'ambassade d'Italie. Le bal organisé ici en 1868 par les Bisaccia fut très admiré. « Le bal de la duchesse de Bisaccia ouvrit la marche et fut, sans contredit, hors de pair. L'entrée d'une *Noce de village*, où figurait la fleur des jeunes filles à la mode et des cavaliers de leur entourage, provoqua un enthousiasme inimaginable » (Maugny).

Les Bisaccia étaient les propriétaires de la Vallée-aux-loups, l'ancienne propriété de Chateaubriand, où ils recevaient. « On y dînait sur l'herbe, on y flânait sous les grands arbres du parc, on y causait comme on ne cause plus et on rentrait très tard en ville par un beau clair de lune, voyant la vie en rose et ne songeant pas au lendemain » (Maugny).

52. « Après le bal Bisaccia, les Montgomery organisèrent à leur tour un bal costumé, moins grandiose sans doute, mais tout aussi réussi et peut-être plus amusant » (Maugny).

53. Ce familier des Metternich est une des plus célèbres figures du Paris mondain de l'époque : arbitre des élégances, expert en matière hippique, c'est lui qui avait choisi les quatre chevaux qui tiraient la Daumont dont Pauline était très fière. « Au commencement de l'été 1869, le prince de Galles, le prince de Sagan, le prince d'Hénin et un parent de l'empereur avaient organisé un goûter à Trianon. L'empereur, averti par son parent, envoya ses voitures, son cuisinier et son service. Le prince de Sagan et le prince d'Hénin, qui n'étaient pas présentés à la Cour, apprenant ce qui s'était passé, refusèrent d'aller au rendez-vous et la petite fête fut manquée. On pense si cette déconvenue fit le bonheur de quelques douairières intraitables du faubourg » (Maugny). Les fêtes que donnèrent en décembre 1869 les Sagan dans leur château de Mello furent parmi les dernières du régime.

54. 13 février 1866.

55. Épouse du ministre. « Un mariage qui étonne et fait jaser, c'est celui de M. de Chasseloup-Laubat, lequel frise la soixantaine, avec Mlle Pilié, belle créole de dix-neuf ans » (Mme Baroche). « M. de Chasseloup-Laubat a donné là une bien belle fête, sa femme était ce soir-là plus jolie que jamais : elle portait une façon de costume aérien fait de tulle lamé d'argent » (Stéphanie de Tascher de La Pagerie).

56. Citée par Maugny parmi les familiers de la Cour, elle était l'épouse de Jean-François Bartholini (1796-1881), Genevois qui avait fait fortune dans les chemins de fer et fut à l'origine du Crédit foncier. Mais, pour ce bal Chasseloup-Laubat, Maxime Du Camp avance que le rôle très applaudi de l'Afrique avait été tenu par une Hongroise, la princesse Jablonowska. Les jours suivants, un article serait paru, attaquant avec violence cette princesse, accusée d'être

de basse origine. Confondu, le journaliste aurait avoué qu'il avait été payé pour signer un article rédigé par Pauline. Maxime Du Camp est le seul à rapporter cette histoire.

57. « La cinquième partie du monde, l'Océanie, écrivit le *Morning Post*, resta totalement ignorée, en raison de la simplification par trop primitive de leur vêtement national. »

58. Eglé Ney de La Moskova, petite-fille du maréchal et du banquier Laffitte, avait épousé Persigny le 28 mai 1852, pour le malheur de ce dernier. Très belle, malgré un parler zézayant, mais dépensière, inconséquente, mal élevée, pour tout dire un peu folle, elle était de plus dotée d'un tempérament volcanique. Un de ses contemporains, Henri de Laire, l'a définie comme « gourmande jusqu'à l'intempérance, paresseuse, menteuse effrontée, ne reculant pas devant la calomnie, d'un égoïsme sans limites, à la fois avare et prodigue ». Bien qu'elle fût une habituée des lundis de l'impératrice, Napoléon III ne l'aimait pas, la fuyait et, lors de la disgrâce de Persigny en 1863, il écrivit à ce dernier : « Je dois vous dire aussi que la conduite inconséquente de Mme de Persigny vous fait grand tort. » Nous la verrons se disputer avec Pauline. Non seulement elle trompait son mari (notamment avec le duc de Gramont-Caderousse ; peut-être même avec l'empereur), qui lui pardonnait tout, mais elle le battait : on le vit paraître dans une réception le visage égratigné par les ongles de son épouse.

59. Joseph Claude Maurice, comte de La Redorte, député (1803-1886).

60. Au cours de son ambassade en Russie, Morny, âgé de quarante-six ans, s'éprit de Sophie Troubetskoï, vraisemblablement fille naturelle de Nicolas Ier, laquelle en avait vingt. Le mariage fut célébré le 19 janvier 1857 à Saint-Pétersbourg, ce qui provoqua une crise avec Fanny Lehon, depuis longtemps maîtresse de Morny, et qui se fit grassement payer. La nouvelle comtesse, puis duchesse de Morny, visage blanc et rose avec yeux noirs, était ravissante : son mari l'appelait sa « princesse des neiges ». Pleine d'originalité et de caprices, raffolant de singes et d'oiseaux, elle paraissait à peine dans les bals que donnait Morny. La mort de ce dernier, qui l'avait copieusement trompée, la désespéra. « Lorsque Morny fut

mort, sa femme se coupa les cheveux – d'admirables cheveux d'or – et les jeta dans le cercueil » (Maxime Du Camp). Plus tard, elle épousa le duc de Sesto. De Morny, elle avait eu une fille, « Missy », marquise de Belbeuf, qui fut l'amie de Colette. Le portrait de la duchesse de Morny par Winterhalter est au château de Compiègne.

61. La fille de l'économiste Adolphe Blanqui avait épousé Ernest Feydeau (1821-1873) qui, après des recherches historiques et archéologiques importantes (une *Histoire générale des usages funèbres* en vingt-deux tomes), aborda avec *Fanny* (1858) une carrière de romancier à succès. Ils furent les parents de Georges Feydeau.

62. Ce mot qui désignait à l'origine un établissement pour danses et fêtes avait fini par être appliqué à un bal joyeux et sans cérémonie, sur invitations nombreuses, mais avec masque imposé. « À l'ambassade d'Autriche il y eut une redoute splendide – la plus belle, peut-être, de toutes celles qu'ait données la princesse de Metternich – qui fit grand bruit dans Landernau, tant par son éclat que par la vivacité et l'acrimonie des propos échangés entre deux ou trois dominos, facilement reconnaissables, et une demi-douzaine d'habits noirs très en évidence » (Maugny).

63. Organisée au Champ-de-Mars dans un bâtiment en ellipses concentriques, entouré de pavillons séparés construits pour chaque pays participant en style local, l'Exposition eut un énorme succès, attirant onze millions de visiteurs, dont un grand nombre de têtes couronnées.

64. Jean-Charles Alphand (1817-1891), principal collaborateur d'Haussmann, sut lui succéder sans le renier. Il joua un rôle primordial dans la préparation des Expositions de 1867, 1878 et 1889.

65. Elles étaient à l'époque installées à La Muette. Ce n'est qu'en 1895 qu'elles seront transférées à leur emplacement actuel, porte d'Auteuil.

66. Cible des attaques de Viel-Castel (« un coquin fieffé »), violemment combattu par d'autres, il sera, à la demande d'Émile Ollivier, relevé de ses fonctions en janvier 1870. Il assistera aux obsèques de Napoléon III.

67. Ce fils, né en 1825, du grand premier Johann Strauss, s'était lui aussi adonné à la composition, bien que son père ait tout fait

pour l'en détourner. Il y réussit au point que les œuvres des deux hommes sont souvent confondues. Il vint plusieurs fois, à l'époque, se produire à Paris.

68. Frédéric-Guillaume, futur empereur Frédéric III (1831-1888) et son épouse Victoria († 1901), fille de la reine Victoria.

69. Guillaume Ier de Hohenzollern avait succédé en 1861 à son frère, aliéné, au nom duquel il exerçait déjà la régence. Son premier souci était de renforcer et exercer son armée, qui permettra à Bismarck d'exécuter ses desseins.

70. C'est la célèbre campagne de Sadowa, qui marque un tournant du règne de Napoléon III. S'imaginant toujours l'arbitre de l'Europe, ce qu'il avait été (congrès de Paris, 1856), mais n'était plus, l'empereur, malgré l'insistance d'Eugénie, cette fois bien inspirée, refusa obstinément d'ordonner une démonstration militaire sur le Rhin, qui aurait modifié le cours des événements. Il poursuivait toujours son idée de congrès européen, qu'il nourrira jusqu'à la fin du règne.

VII

Séjours à Compiègne

1. Depuis 1856.

2. Depuis Louis XV, tous les souverains français avaient fait des séjours au château de Compiègne. Mais grâce à Napoléon III et à Eugénie, ce château était devenu un des centres de la vie mondaine. La Cour y passait tous les automnes. Le premier séjour du couple Metternich eut lieu du 6 au 21 novembre 1859, c'est-à-dire avant même la présentation des lettres de créance du nouvel ambassadeur (15 décembre). C'est à ce moment que fut signé le traité de Zurich (n. 3 de la p. 218).

3. Philippe Luez nous apprend que les Metternich étaient depuis 1861 toujours logés dans l'appartement E, au premier étage, près des appartements impériaux. Beaucoup de logements réservés aux invités des « séries » existent encore, et la conservation du château s'efforce de les remettre en état.

4. Elle jouera un rôle dans *Les Commentaires de César* (n. 31 de la p. 247).

5. C'est à partir du début du Second Empire que Dumas fils (1824-1895) se consacra au théâtre, avec *La Dame aux camélias*, qui demeurera son plus grand succès. Pendant tout le règne, il porta sur la scène des problèmes de société (*Le Fils naturel*, 1858) et atteignit une plus grande célébrité que son père. Familier de la Cour, il fut souvent invité à Compiègne. « Ce nègre mal blanchi par trois générations de descendance adultérine » (Viel-Castel).

6. L'auteur du *Roman d'un jeune homme pauvre* (1858), académique, opposé au réalisme, peintre de la société du temps, fut souvent reçu à la cour impériale. À Compiègne, il jouait un rôle d'ordonnateur, maître des cérémonies dirigeant les activités de spectacle. L'impératrice y joua elle-même *Les Portraits de la marquise*, petite pièce de Feuillet, où elle s'estima elle-même mauvaise, contrairement à ce que dit plus loin Pauline. Mme Octave Feuillet a publié d'attachants souvenirs sur la cour impériale.

7. Bien qu'ayant reçu une formation d'archéologue à Athènes, About (1828-1885) se tourna vers le roman, exploitant une veine satirique mettant en scène des personnages pittoresques, parfois dans des cadres dépaysants (*L'Homme à l'oreille cassée,* 1864, *Le Roi des montagnes*, 1857). Auteur dramatique, journaliste, il fut protégé de Napoléon III. « About, le grand homme de lettres du jour. C'est l'ambition et l'outrecuidance en personne » (Viel-Castel). « Edmond About et Sainte-Beuve, entre autres, étaient constamment priés, choyés, flagornés. Les femmes faisaient profession d'en raffoler » (Maugny).

8. Le Second Empire est la grande période de gloire du compositeur (1818-1893), avec des opéras qui devinrent tout de suite populaires et dont on répétait les airs : *Faust* (1859), *Mireille* (1864), *Roméo et Juliette* (1867). Chez les Metternich, Gounod rencontra Liszt le 13 mai 1861. L'année suivante, Richard et Pauline assistèrent à la représentation de *Faust* dans la nouvelle salle du Théâtre lyrique, place du Châtelet, et reçurent le compositeur dans leur loge.

9. Auguste Nélaton (1807-1873) fut invité à soigner certaines

célébrités du temps. Appelé auprès de Garibaldi blessé à Aspromonte, il déclara inutile l'amputation du pied. En 1854, le prince impérial tombé d'un agrès souffrit d'un hématome que Nélaton dut inciser par deux fois, ce que l'enfant supporta avec courage. En 1869, le chirurgien fit partie des médecins qui examinèrent l'empereur, mais s'opposa à l'opération, se souvenant que l'année précédente il avait opéré le maréchal Niel, qui en était mort. Cette intervention sur Napoléon III aurait peut-être sauvé le régime.

10. Antoine Jobert de Lamballe (1791-1867), chirurgien consultant de Napoléon III, avait été chargé en 1856 d'accoucher Eugénie, mais se trouva hors d'état d'intervenir, par suite d'ivresse ou de drogue. Ses actes d'« originalité » le feront interner en 1864.

11. Ernest Meissonier (1815-1891) s'était fait peu à peu connaître par des tableaux de genre, souvent inspirés des maîtres hollandais. Chevalier de la Légion d'honneur en 1846, il s'imposa au Salon de 1855 avec *La Rixe,* qui lui valut la grande médaille d'honneur. Admiré par le prince consort Albert, le tableau fut acheté soixante-quinze mille francs par Napoléon III, qui l'offrit à son hôte. Meissonier devint ainsi le peintre officiel du régime et fut invité à suivre la campagne d'Italie. Il peignit *Napoléon III à Solferino*, ce qui lui donna l'idée d'évoquer l'épopée du premier Napoléon : il vendit *1814* huit cent cinquante mille francs.

12. Jean Léon Gérôme (1824-1904), qui avait débuté au Salon de 1847, alliait l'influence d'Ingres aux souvenirs de ses nombreux voyages en Orient. Chevalier de la Légion d'honneur en 1855, il était à l'époque très en vogue et fut chargé de peindre la *Réception des ambassadeurs siamois à Fontainebleau* (1866). C'est le type de l'artiste officiel, violemment opposé à Puvis de Chavannes et aux impressionnistes, qu'il qualifia de « déshonneur de l'art français ».

13. Charles Lachaud (1818-1882) se fit connaître comme avocat de Mme Lafarge, dont il défendit toute sa vie l'innocence. Spécialisé dans le droit criminel, il fut remarqué par Eugénie, qui l'invita à Compiègne, où il se montra bon convive de belle humeur. Il resta fidèle à Napoléon III pendant son exil.

14. Jeune avocat, Gustave Chaix d'Est-Ange (1800-1896)

s'était fait connaître en 1822 par sa défense des quatre sergents de La Rochelle et avait bientôt conquis la célébrité par de retentissants plaidoyers. Rallié à l'Empire, il fut nommé en 1857 Procureur général et prononça en cette qualité le réquisitoire contre Orsini. Sénateur en 1862, il était familier de la princesse Mathilde.

15. Fille du roi de Bavière et épouse en 1824 de l'archiduc François-Charles, neveu de l'empereur d'Autriche, elle s'était liée d'amitié avec l'Aiglon. Une légende a voulu un moment qu'ils aient été amants et que le duc de Reichstadt soit le véritable père de Maximilien, né quinze jours avant la mort de ce dernier, dont Sophie adoucit les derniers moments. En 1848, lors de l'abdication de l'empereur Ferdinand Ier, François-Charles renonça au trône en faveur de son fils François-Joseph, sur lequel sa mère exerça quelque temps une certaine influence. Elle mourut en 1872.

16. C'est ce que l'on nomme aujourd'hui salon des Huissiers, pièce qui commandait à la fois les appartements de l'empereur et de l'impératrice.

17. Citons un jugement radicalement opposé : « C'était une écuyère. Il y avait autour d'elle comme un nuage de cold cream et de patchouli ; superstitieuse, superficielle, ne se déplaisant pas aux gamineries, toujours préoccupée de l'impression qu'elle produisait, essayant des effets d'épaules et de poitrine, les cheveux teints, le visage fardé, les yeux bordés de noir, les lèvres frottées de rouge, il lui manquait pour être dans son vrai milieu la musique du cirque hippique, le petit galop du cheval martingale, le cerceau que l'on franchit d'un bond et le baiser envoyé aux spectateurs » (Maxime Du Camp).

18. Elle avait gardé, comme aujourd'hui, son décor de casques et de lances, œuvre de Beauvallet (1785), mais Napoléon III l'avait encombrée d'objets hétéroclites. La restauration de 1960-1961 lui a rendu son aspect Louis XVI.

19. Victor Arthur, marquis de l'Aigle, né en 1809, était le fils de Louis Espérance, maréchal de camp, qui avait combattu dans l'armée des Princes. Il était l'exemple de ces légitimistes, peu nombreux, qui acceptaient de frayer avec le pouvoir impérial.

20. Charles Christofle (1805-1863) avait acheté en 1842 le

brevet de Ruolz, permettant la fabrication d'une orfèvrerie en laiton et maillechort argenté. Il commença sa fabrication en 1845, fut un des tout premiers entrepreneurs du monde à utiliser l'électricité comme source d'énergie, et créa de remarquables circuits de vente. Louis Napoléon, dès avant la proclamation de l'Empire, lui commanda un service de cent couverts, avec un gigantesque surtout.

21. Certaines pièces de surtout en ruolz, retirées des ruines des Tuileries, sont au musée des Arts décoratifs.

22. « Adjudant général », c'est-à-dire gouverneur du palais des Tuileries. Sa compétence s'étendait à Compiègne et Versailles.

23. Dès le XVIIIe siècle, on avait essayé de fabriquer des pianos émettant une musique sans concours d'instrumentistes, et au XIXe apparurent sous divers noms des instruments illustrant cette tentative. Le système était à peu près toujours le même, inspiré du principe de la vielle : une roue, actionnée par une manivelle, agissant sur les cordes. Le jugement général était que le son produit n'était guère agréable. « Horrible piano mécanique » (Stéphanie de Tascher de La Pagerie).

24. Ce sont les « tableaux vivants », jeu de scène habituel à Compiègne. D'après Fleury, on vit ainsi la duchesse de Mouchy en Esther, la comtesse de Mercy-Argenteau en Rébecca, la marquise de Las Marismas en Ophélie. Scènes muettes et immobiles, accompagnées par l'orchestre dirigé par Ambroise Thomas.

25. « Elle [Pauline] avait le don rare d'apporter partout où elle paraissait l'animation et la vie. À Compiègne, où elle passait quelques jours chaque année, elle était l'âme de la série d'invités avec lesquels elle se rencontrait, s'intéressant à tout, répandant autour d'elle son esprit et sa gaieté, entraînant jeunes et vieux dans le mouvement de ses idées tour à tour enjouées ou sérieuses, jamais banales » (Mme Carette).

26. Il s'agit de l'ancienne salle à manger de Napoléon Ier, avec des trompe-l'œil de Sauvage et un mobilier d'acajou de Jacob. On y dressait, pour les séries, une scène démontable : c'est là qu'eurent lieu tous les spectacles relatés par la princesse de Metternich.

27. « La princesse de Metternich, qui m'a fait l'honneur de me

prendre comme directeur de son théâtre, me fait mener une vie de chien et je n'ai le temps de rien faire. Je suis sur les dents. Vous ne pouvez vous figurer ce que c'est que des dames du monde qui veulent jouer la comédie, voire des charades » (Prosper Mérimée à Victor Cousin, 13 novembre 1863).

28. Attaché à l'ambassade de Prusse. Il jouera dans *Les Commentaires de César.* « Le prince Henri de Reuss était le grand favori des séjours de Compiègne. D'un esprit fin, d'un physique assez distingué, bégayant un peu, cherchant ses mots, mais de tenue et de manière parfaites, il avait su plaire à l'impératrice » (Fleury).

29. Fils cadet du « meilleur préfet de France », Albert de Lezay-Marnésia (1818-1879), après une carrière tantôt militaire, tantôt administrative au service de la Restauration et de la monarchie de Juillet, avait été sénateur en janvier 1852 à la première promotion. « Parfait modèle de l'homme du monde d'autrefois » (Audiffret), c'est lui qui, aux réceptions, nommait les messieurs à l'empereur. Son épouse figure dans le tableau de Winterhalter.

30. Le soir du 25 novembre 1865.

31. C'est la parution du premier tome de la *Vie de César* écrite par Napoléon III avec l'aide de Mérimée et de Victor Duruy qui donna au marquis de Massa (cf. note suivante) l'idée d'une revue inspirée par diverses questions d'actualité. Représenté à Compiègne les 26 et 27 novembre 1865, ce fut un des spectacles les plus appréciés. Pauline y tint plusieurs rôles, avec sa maestria habituelle.

32. Philippe de Massa, lieutenant aux guides et officier d'ordonnance d'un général, était un familier de la cour de Compiègne, et jouait dans ses divertissements. Massa fut envoyé au Mexique. Deux ans plus tard, il en revenait capitaine et décoré.

33. « On me dit que la princesse de Metternich, quoi qu'on ait dit, est restée toujours un peu princesse, même dans son rôle de cochère de fiacre » (Mérimée à la comtesse de Montijo, 10 décembre 1865).

34. « Vous ne m'avez pas donné de détails sur les mollets de la princesse de Metternich » (Mérimée à Viollet-le-Duc, 17 décembre 1862).

35. « Toute cette scène, très finement écrite, a été dite par la

princesse de Metternich avec un charme, un tact et un entrain vraiment merveilleux et les applaudissements dont l'empereur et l'impératrice donnaient le signal ont été aussi bruyants que nombreux » (Mme Baroche)

36. « On sait que le charme exquis, la beauté de la comtesse qui semblait réunir en elle les dons des trois Grâces, impressionnaient les foules. En effet, partout où elle passait, l'enthousiaste curiosité qui s'attachait à ses pas rappelait les succès de Mme Récamier » (Mme Carette).

37. Né le 16 mars 1856, le prince fut de bonne heure mêlé à la vie publique de ses parents.

38. La distribution a été publiée par Maugny. Outre Pauline, qui tenait trois rôles, on y trouve Mélanie de Pourtalès, Galliffet, le prince de Reuss, le docteur Conneau. Richard de Metternich était chef d'orchestre et Viollet-le-Duc souffleur.

39. « Le succès est énorme, absurde. L'empereur riait comme un bienheureux devant ma "casquette d'or". J'ai été salué par des salves insensées. Ceux qui doivent figurer demain dans la charade de Ponsard faisaient des mines plaisantes de consternation, quelques-uns remettaient leur rôle à Ponsard qui, lui, brave et honnête cœur, se désespérait au point de se trouver mal. C'était une lutte sourde et effroyable entre les acteurs et actrices des deux charades » (Octave Feuillet).

40. Cette dernière n'était pas, comme l'avance Marcel Dunan, l'épouse du maréchal, mais sa belle-fille, son fils Léopold ayant épousé en 1861 la Russe Hélène Haritoff (1844-1918).

41. Ce Talleyrand (1821-1896), diplomate, s'occupa beaucoup de la création de la Roumanie, puis de l'annexion de la Savoie. Sénateur en 1869.

42. « Ces arrière-soirées, d'un caractère essentiellement privé, ne manquaient ni de gaieté ni de saveur. Je crois même me souvenir que quelques-unes d'entre elles furent prodigieusement folâtres » (Maugny).

43. La superbe ruine du château de Louis d'Orléans, démantelé au XVIIe siècle, était pour les invités de Compiègne un but fréquent d'excursion, et Napoléon III, féru d'architecture militaire, songea

vite à la restaurer. Viollet-le-Duc projeta d'abord d'en restituer l'extérieur des parties principales, puis en vint à une restitution totale impliquant la création d'une nouvelle résidence impériale, dont l'intérieur fut en partie réalisé. La guerre de 1870 empêcha l'accomplissement de ce dernier projet.

44. Eugène Viollet-le-Duc (1814-1879) est le seul personnage des Mémoires de Pauline à se trouver fustigé avec une telle violence. Il était en effet l'invité le plus fréquent des « séries », d'ailleurs à un rang légèrement subalterne, ordonnant les décors et faisant office de souffleur, mais ce que nous savons de son caractère s'accorde mal avec un personnage plat et rampant. Quant à son « retournement » après la chute de Napoléon III, et dont Pauline n'est pas le seul témoin (voir Maugny, Fleury, Maxime Du Camp), il doit peut-être être mis sur le compte d'un patriotisme intransigeant, qui l'avait fait se battre avec courage en 1870. Notons encore que sa carrière a commencé bien avant l'arrivée de Napoléon III et que sa fortune, moyenne, ne semble pas avoir excédé les revenus d'une vie de travail extrêmement productive. « La princesse [Mathilde] parle de la position exceptionnelle qu'il avait chez son frère, chez l'empereur, qu'il appelait *Papa* ! Elle avoue avoir eu une très grande admiration pour lui, tout en étant choquée de certaines choses, qu'elle mettait sur le compte de ses malheurs domestiques. Aujourd'hui qu'elle voit clair, qu'elle comprend que l'habile homme a joué la passion auprès d'elle pour l'exploiter, elle rit de sa bêtise et dit gaiement : “Mais ce cocu a toujours tiré des bénéfices des liaisons de sa femme.” » (E. et J. de Goncourt, 1874). Contrairement à ce qu'écrit Pauline, Viollet-le-Duc n'avait pas déserté, mais s'était battu courageusement.

45. « Le 15 novembre 1861, Pauline visite une première fois le chantier, s'amuse à regarder les élégantes escalader les ruines, passer au milieu des échafaudages et des madriers et recevoir force explications techniques » (Philippe Luez).

46. L'empereur avait acheté, sans doute en 1864, au prince Soltikoff une prestigieuse collection d'armes et armures, dont il pensait constituer le fonds d'un « musée gaulois » à Pierrefonds. Finalement, le musée sera installé au château de Saint-Germain et

les armes et armures disposées en 1866 par Viollet-le-Duc dans la Salle des Preuses qu'il créait au premier étage du château de Pierrefonds. Dès les premiers jours de la guerre de 1870, elles furent, sur ordre de l'empereur, transportées aux Invalides et y resteront, quoi qu'en écrive Pauline, le débat sur la propriété personnelle de l'empereur ou non ayant été tranché au profit de l'État.

47. « Ce qu'il y a de dur, c'est le changement de costume et l'exactitude des heures » (Flaubert à sa nièce Caroline, novembre 1864).

48. Le célèbre château de la reine Hortense, où Napoléon III avait passé sa jeunesse, était resté aux mains de l'impératrice Eugénie, qui en fera don en 1906 au canton de Thurgovie.

49. Il ne s'agit pas du Grand Théâtre du château, relié à ce dernier par une passerelle, commencé par Napoléon III en 1864 et jamais terminé, mais du Petit Théâtre, situé à l'extrémité nord-est du palais et construit en 1832 par Louis-Philippe. Toutes les représentations dramatiques de l'époque nécessitant une certaine mise en scène eurent lieu là.

50. Entre 1852 et 1859, il y eut quarante-neuf représentations à Compiègne, pièces classiques (Molière, Musset) ou contemporaines (Sandeau, Féval). En 1869, *La Grammaire* de Labiche fut la dernière représentation du règne.

51. Opéra de Donizetti (1840).

52. « C'est le problème du loup, de la chèvre et du chou », disait-elle.

53. Le baron de Beyens était ministre de Belgique en France, et familier des Metternich.

VIII

Séjours à Fontainebleau

1. « Nous avons la princesse de Metternich, qui est fort vive, à la manière allemande, c'est-à-dire qui se fait un petit genre d'originalité composé de deux parties de lorette et d'une de grande dame » (Prosper Mérimée, 13 juin 1861).

2. Alors que Louis-Philippe avait effectué dans le palais des transformations ou restaurations pas toujours heureuses, Napoléon III, sous le règne duquel il était parfaitement entretenu, n'y apporta qu'une seule modification, le musée chinois.

3. Ce que la princesse nomme le « jardin particulier » étant vraisemblablement notre Jardin de Diane, l'appartement des Metternich devait se situer au-dessus de celui de Napoléon Ier ou de celui de Marie-Antoinette.

4. C'est la célèbre salle de bal, commencée sous François Ier par Gilles Le Breton et achevée sous Henri II par Philibert de l'Orme.

5. En langage d'équitation, figure dans laquelle le cheval se dresse sur ses pattes arrière.

6. Julie Lebœuf, dite Marguerite Bellanger (1840-1886), embrassa très jeune la carrière de la galanterie, où ses formes, sa peau de lait, sa bonne humeur lui apportèrent vite la réussite, devenant entre autres la maîtresse du duc de Gramont-Caderousse. Écuyère consommée, elle put ainsi croiser l'empereur, comme le raconte Pauline, mais ce n'était sans doute pas la première fois qu'il la voyait (1864). Les façons de « Margot la rigoleuse » l'amusaient : il lui offrit un petit hôtel à Passy (1, rue des Vignes), et elle le suivit à Biarritz, à Vichy, à Saint-Cloud. Elle en eut peut-être un fils, mais d'autres disent que l'on fit passer pour son fils un autre enfant naturel de l'empereur. Mais un jour, à Saint-Cloud, Napoléon III eut une syncope et l'impératrice n'hésita pas à se rendre chez Marguerite, dans le quartier de Montretout, pour faire cesser cette liaison. La jeune femme s'inclina, mais pas l'empereur, ce qui provoqua le départ d'Eugénie pour un voyage de plusieurs semaines en Allemagne. À son retour, la vie du couple impérial reprit et Marguerite s'éloigna. Son fils Charles touchera jusqu'à sa mort une rente de l'État.

7. Jean François Constant Mocquard, né en 1791, d'abord brillant avocat, était devenu sous-préfet sous Louis-Philippe et s'attacha ensuite à Louis Napoléon, dont il devint dès 1848 le secrétaire particulier, prenant une part importante au coup d'État du 2 décembre. Il conserva tout le reste de sa vie la confiance de

l'empereur, qui l'appellera au Sénat en 1863. Il mourut l'année suivante.

8. Une carrière militaire brillante conduisit Charles Guillaume Cousin-Montauban – son vrai nom, sans particule – (1796-1878) au commandement, en 1859, de l'expédition militaire envoyée en Chine, où l'empereur refusait de ratifier le traité de T'ien-tsin. Commandant en chef des armées alliées, il écrasa l'armée chinoise, pourtant très supérieure en nombre, au pont de Palikao (21 septembre 1860), entra dans Pékin (12 octobre) et imposa à l'empereur chinois une paix victorieuse (25 octobre). Sénateur en 1862, Cousin fut autorisé à ajouter une particule à son nom, titré comte de Palikao (1862), mais il n'accéda pas au maréchalat et le Corps législatif refusa la dotation de cinquante mille francs que Napoléon III voulait lui attribuer : mais il reçut discrètement une somme de cinq cent quatre-vingt-neuf mille cinq cents francs prélevée sur l'indemnité de guerre imposée aux Chinois.

9. En 1870, commandant de la région militaire de Lyon, il demanda à servir, mais fut écarté par Eugénie, laquelle dut le rappeler le 9 août, où il prit le ministère de la Guerre et la direction du gouvernement. Il y témoigna, malgré son âge, une grande activité et c'est lui qui dressa le plan de l'offensive à diriger de Châlons sur Metz, plan que les modifications apportées par l'empereur et les hésitations de Mac-Mahon firent échouer. « J'ai dans l'idée qu'en cas de guerre il serait de tous le plus écouté, comme de physique il est de tous le plus beau, le seul beau » (Stéphanie de Tascher de La Pagerie).

10. Cette résidence estivale des empereurs de Chine était située au nord-ouest de Pékin, composée d'un ensemble de tours, de pagodes, de parcs et de lacs. Lors de la marche sur Pékin de l'expédition alliée, des négociateurs français ayant été pris et torturés, les Anglais, puis les Français, pillèrent et incendièrent le palais, faisant une razzia de vases, laques, jades, émaux.

11. Aux objets provenant de la campagne de Chine avaient été joints les cadeaux apportés par les ambassadeurs de Siam. Les premiers, donnés par Cousin-Montauban à l'impératrice, lui furent rachetés après 1870, au moment de la liquidation de la liste civile.

12. La musée était installé, comme aujourd'hui, au rez-de-chaussée du gros pavillon.

13. Les Metternich voyaient la célèbre galerie dans l'état où elle se trouvait après les restaurations discutables de Louis-Philippe. Les travaux de remise en état de 1960 ont essayé de lui rendre son aspect originel.

14. C'est l'amitié de l'impératrice Eugénie, qu'il avait connue dans son enfance, qui fit de Mérimée un sénateur et un familier de la cour impériale. Il n'en continua pas moins à exercer ses fonctions d'inspecteur général des Monuments historiques, en renonçant aux appointements y afférents, et refusa la direction des Archives, puis le ministère de l'Instruction publique. Il ne survivra pas à la défaite de 1870 et à la chute du régime.

15. De l'étude sérieuse de Mme Françoise Maison il ressort que rien n'est certain à ce sujet, et que les divers éléments rapportés se contredisent. Tout ce que l'on peut avancer est que Mérimée prit effectivement l'initiative de cette dictée dont il n'était peut-être pas l'auteur, que nous en connaissons à peu près le texte, avec variantes, et que l'événement eut lieu soit à Fontainebleau, comme l'affirme Pauline, seul témoin (mais elle écrit quarante ans plus tard), soit à Compiègne, soit même à Saint-Cloud.

16. On a déjà fait remarquer qu'à l'époque, Alexandre Dumas fils ne faisait pas encore partie de l'Académie française : c'est une des nombreuses contradictions de cette histoire. En tout cas, ce sera, en dix ans d'ambassade, la seule victoire de Richard de Metternich.

17. C'est la salle de spectacle (cinq cent cinquante places) construite par Lefuel en 1855 à l'extrémité ouest de l'aile Louis XV, et qui est actuellement en cours de restauration.

IX

Histoire d'un enlèvement à la cour de Napoléon III

1. L'étang existe toujours au sud du château, et recèle toujours des carpes, dont aucune ne porte un anneau d'argent.

X

Versailles

1. François d'Assise (1822-1902) était fils du duc de Cadix, lui-même frère de Ferdinand VII. Petit, fluet, la voix haut perchée, on le surnommait Paquita à la cour de Madrid. Il avait épousé en 1846 sa cousine germaine la reine Isabelle et avait reçu le titre honorifique de roi mais n'avait jamais joué aucun rôle politique. Renversé par la révolution de 1868, il se réfugia en France et s'installa au château d'Épinay-sur-Seine, au nord de Paris, où il mourut en 1902. Son corps fut ramené en Espagne et enseveli à l'Escorial dans le caveau des reines, alors que son épouse Isabelle II repose dans le caveau des rois. Le château d'Épinay est devenu la mairie de la commune.

2. Isabelle II avait succédé en 1833 à son père Ferdinand VII. Après un règne mouvementé et haché de coups d'État, elle fut chassée par la révolution de 1868 et finit ses jours à Malmaison.

3. Il s'agit de l'opéra royal de Versailles, construit par Gabriel à l'occasion du mariage du futur Louis XVI (1770). Louis-Philippe l'avait repeint en rouge et il servira par la suite de salle de séances pour l'Assemblée nationale.

4. La salle avait perdu ses banquettes primitives, recouvertes de velours d'Utrecht, qui seront restituées en 1952.

5. La galerie des Glaces n'avait pas été négligée au cours du XIXe siècle. Christian Baulez a montré que sous la Restauration, une rénovation générale des peintures avait été entreprise dans

l'hypothèse d'un retour de la Cour à Versailles. Louis-Philippe avait fait exécuter en 1836 trente-quatre banquettes, seize tabourets de style néo-Louis XIV couverts de damas fleurdelisé cramoisi ton sur ton et cinquante-deux girandoles. Le 10 juin 1837, pour l'inauguration du musée, y avait été donné un banquet comportant huit tables de soixante couverts. Et, le 25 août 1855, il y eut en l'honneur de la reine Victoria un bal pour lequel on avait mis en place dans la galerie trois rangées de lustres et des appliques à plaquettes de cristal, fixées sur les pilastres, troués à cet effet. Ce luminaire avait-il été en partie déposé ? Il ne le semble pas, et le besoin de lustres et torchères supplémentaires parait relever du goût de l'impératrice pour un éclairage intensif, propre à mettre en valeur crinolines, bijoux et décolletés.

6. Sous Louis XIV, les cuisines se trouvaient dans le grand commun, à l'extérieur du château.

7. Bassin d'Apollon.

8. Voir par exemple le joli portrait de Pauline par Winterhalter, réalisé en 1850 (coll. part.).

XI
Worth

1. Marchand de soieries et de nouveautés rue de Richelieu, chez lequel entra en 1846 Charles Worth, qui y fit la connaissance d'une employée qu'il épousa et qui l'aida dans son entreprise. Il existe un portrait de Pauline en robe de Worth par Winterhalter (coll. part).

2. Suédois, premier associé de Worth lors de son installation rue de la Paix.

3. Worth possédait au sommet de la colline de Suresnes une grande propriété aujourd'hui occupée par l'hôpital Foch. L'entrée sur rue (15, avenue Franklin-Roosevelt) subsiste, de style néo-Louis XIII (1864).

4. Le débat portant sur la restauration, parfaitement réalisable,

ou la démolition du palais, manifestation de principe d'esprit républicain, dura onze ans. Finalement, la loi portant démolition fut votée en juin 1882, malgré nombre de protestations : certains avançaient que si on abattait les Tuileries parce qu'inhabitées, il n'y avait pas de raison de ne pas démolir les thermes de Cluny, bien plus inhabitables encore et infiniment moins représentatifs de notre histoire. Les ruines, mises aux enchères le 4 décembre 1882, furent adjugées à un entrepreneur pour la somme dérisoire de trente-trois mille cinq cents francs. S'ensuivit une braderie qui dispersa des fragments architecturaux et sculpturaux divers : on trouve dans *Le Monde illustré* de l'époque des photos de cet entrepôt de matériaux. La campagne menée à notre époque par certains pour la reconstruction du palais ne paraît pas soutenable.

5. En souvenir de sa plus célèbre cliente, l'impératrice Eugénie, Worth avait fait remonter ici des fragments des Tuileries, dans un assemblage hétéroclite et irrationnel, constituant des colonnades avec des colonnes faites pour être adossées, transformant des bas-reliefs en architraves, des architraves en colonnes, des gargouilles en statues. Un agrandissement de l'hôpital, après la Seconde Guerre mondiale, condamna cette ruine, dont certains fragments sont demeurés sur place, d'autres recueillis par le musée de Suresnes. Quelques colonnes furent récupérées par l'homme politique André Marie, qui les fit remonter autour du stade de sa ville de Barentin (Seine-Maritime).

6. Le rôle que Léon Gambetta (1838-1882) jouera dans la poursuite de la guerre de 1870 (d'ailleurs contesté par certains contemporains) et l'établissement du régime républicain a fait oublier son action à la fin du Second Empire, d'abord par son succès dans le procès Baudin (1868), où il prononça contre le régime un terrible réquisitoire, puis l'année suivante comme le plus populaire des députés républicains, pratiquant une éloquence ravageuse dont les milieux bonapartistes ne se défendaient que par le sarcasme. Ce n'est que plus tard et surtout au moment de sa mort inopinée qu'il devint l'idole des partis républicains. Des études postérieures l'ont remis à sa vraie place de grand patriote qui ne fut pas un grand homme d'État.

7. Les Rameaux.

8. Construite en 1846-1853 par Gau et Ballu, cette église néo-gothique critiquée par Mérimée (qui parlait de « style gauthique ») devint tout de suite la paroisse élégante du faubourg Saint-Germain. Dans ce cadre, Pauline, sincèrement croyante, animait des entreprises caritatives.

XII

Alexandre Dumas père et Alexandre Dumas fils

1. N'attirant plus les foules, un peu démodé, mais toujours joyeux viveur, amateur de femmes et dépensier, l'auteur des *Trois Mousquetaires* (1802-1870) vécut sous le Second Empire une vie d'opposant jovial que l'on ne prenait pas très au sérieux, malgré son engagement trois ans durant au service de Garibaldi. Familier de la princesse Mathilde, il continuait à produire du meilleur et du pire.

2. De l'actrice Belle Krelsamer Dumas avait eu le 5 mars 1831 une fille, Marie-Alexandrine, qu'il reconnut. Elle épousa en 1856 à Châteauroux Pierre Olinde Petel, mais le mariage avorta et Marie vint vers 1863 vivre avec son père, dont elle s'occupa jusqu'à sa mort.

3. Dumas mourra le 5 décembre.

4. Le général Alexandre Dumas, premier du nom et père de l'auteur des *Trois Mousquetaires*, était en effet le fils naturel reconnu du colon Davy de La Pailleterie, d'une bonne noblesse normande, marquis de courtoisie, et de la Noire Cessette Dumas, qu'il n'avait jamais épousée.

5. Pauline, bon juge, est en avance sur son époque. Même au moment où elle écrivait, longtemps après les faits, le père était toujours considéré avec un certain dédain comme écrivain pour adolescents, et son fils plus apprécié, pour avoir traité de grands problèmes de société.

XIII

Le roi Louis Ier de Bavière

1. La révolution de 1848 en Allemagne avait entraîné l'abdication du roi Louis Ier, plus pour sa vie privée (Lola Montez) que pour des motifs politiques. Son fils Maximilien II lui avait succédé, puis à la mort de celui-ci, son fils, le fameux Louis II. Ce dernier vint également à Compiègne, où il s'enthousiasma pour la restauration de Pierrefonds, mais Pauline n'en parle pas.

2. Il s'agit vraisemblablement du salon de Mars situé au premier étage, commandant à la fois la célèbre galerie des Mignard, les parties de la façade sur cour et celles donnant vers l'orangerie. Ce salon avait à peu près conservé son décor du XVIIe siècle.

3. Pierrette Pingaud (1833-1908), descendante collatérale de la Favart du XVIIIe siècle et qui avait pris le nom de Marie Favart, entrée pour la seconde fois à la Comédie-Française en 1852, y mena durant vingt-cinq ans une carrière éclatante où sa beauté et sa diction lui assurèrent un constant succès, surtout dans la comédie.

4. Louis Arsène Delaunay (1826-1905), fils de marchand de vin, après être passé par le Conservatoire fut, d'abord à l'Odéon, puis à la Comédie-Française, le jeune premier typique. Applaudi à Compiègne, il fut le premier comédien décoré de la Légion d'honneur.

5. Ce morceau, de 1837, n'est pas une pièce, mais un poème qui fut souvent récité à deux, en particulier à la Comédie-Française, après visa du ministère de la Maison de l'empereur et de la Commission d'examen des ouvrages dramatiques.

6. La salle à manger se trouvait au premier étage, donnant sur le bassin du Fer à cheval. Elle avait été lourdement décorée, sous Napoléon III, de six portes d'acajou massif, avec des décors « en pâte » au-dessus de ces dernières, à la corniche et au plafond.

7. Marie Dolorès Rosanna Gilbert (1818-1861), fille d'officier anglais, se tourna vers la scène, sous ce nom, après un premier divorce et obtint beaucoup de succès en Allemagne et en Russie.

À Paris, maîtresse du journaliste Dujarier, elle fut cause d'un duel où ce dernier fut tué. Fuyant le scandale, elle gagna Munich où elle séduisit Louis Ier de Bavière, qui lui donna les titres de baronne de Rosenthal et comtesse de Lansfeld. Elle finit par pratiquement gouverner le royaume, mais la révolution de 1848, provoquée par les étudiants, la fit bannir, tandis que le roi abdiquait. Elle reprit la carrière de comédienne et la suite de ses amours en Espagne et en Amérique, s'établissant finalement à New York où elle passa le reste de sa vie « dans des pratiques édifiantes », dit un de ses biographes. Son souvenir a été ranimé par le dernier film de Max Ophuls (1955).

8. Ce troisième fils (1833-1896) de l'archiduc François-Charles et de son épouse Sophie sera par son troisième mariage le père du célèbre archiduc François-Ferdinand (1863-1914), assassiné à Sarajevo et le grand-père de Charles Ier, dernier empereur d'Autriche.

9. Ce second fils (1815-1867) du roi fut nommé en 1832 roi de Grèce à la conférence de Londres. De caractère peu énergique, il ne sut ni se dérober à l'influence russe, ni gagner la confiance de son peuple, ni profiter de la guerre d'Orient pour agrandir son royaume aux dépens des Turcs. Une révolution le renversa en 1862.

10. Cette galerie existe toujours à Nymphenbourg (pavillon sud), avec ses portraits de Stieler représentant entre autres la mère de Louis II, de jeunes bourgeoises munichoises et Lola Montez.

11. François Ier d'Autriche (1768-1835), l'adversaire de Napoléon, s'est marié quatre fois. Sa dernière épouse, dont il est question ici, Caroline-Auguste de Bavière († 1873), était la fille du roi Maximilien de Bavière.

12. C'était la première fois que François-Joseph venait à Paris. Pauline exprime souvent son attachement pour lui, alors qu'elle est réservée envers l'impératrice Élisabeth.

13. Sophie de Wurtemberg, première femme du roi des Pays-Bas Guillaume III, très aimée de la famille impériale, venait souvent à Fontainebleau ou à Compiègne. Après l'exécution de Maximilien, elle écrira à Napoléon III : « Vous semblez nourrir

d'étranges illusions ; durant cette dernière quinzaine, votre prestige a diminué. C'est la même dynastie qui est menacée. Laisser égorger l'Autriche est plus qu'un crime, c'est une faute. »

14. Louis Bonaparte, frère cadet de Napoléon et père de Napoléon III, avait été roi de Hollande de 1806 à 1810.

15. Ce petit-fils du grand Murat, devenu général et sénateur, se porta en vain candidat en 1861 au trône de Naples. Il accompagna l'impératrice à Suez et, après la chute du régime, s'installa à Chislehurst près de Camden Place.

16. Caroline, sœur de Napoléon, qui souhaitait un trône pour son mari Murat, avait imaginé d'attirer dans son lit Metternich, alors ambassadeur d'Autriche à Paris, ceci sans doute en 1807.

XIV

L'empereur d'Autriche en France

1. Une des plus anciennes gares parisiennes, elle avait été construite en 1847-1849 par Duquesney, avec grande voûte métallique encadrée de pavillons dont le rez-de-chaussée était destiné aux bagages, dont l'importance à l'époque est primordiale. Elle exerça une influence architecturale considérable. C'est la partie gauche de la gare actuelle.

2. La place de Sébastopol était située devant la gare de l'Est (place du 11-Novembre actuelle). Le cortège suivit les boulevards de Strasbourg et de Sébastopol, ouverts en 1858, et la rue de Rivoli, ouverte en 1856 pour sa partie est.

3. À partir du moment (14 décembre 1851) où il avait quitté l'Élysée pour les Tuileries, Louis Napoléon fit restaurer le premier palais par Lacroix et l'affecta comme résidence aux hôtes de la France. On y avait successivement installé Eugénie avant son mariage, la reine Victoria en 1855, le tsar Alexandre II (1867), le sultan Abdül-Aziz.

4. Maximilien de Habsbourg, frère de l'empereur François-Joseph, proclamé empereur du Mexique le 10 juillet 1863, arrivé

à Vera Cruz le 28 mai 1864 et fusillé à Querétaro en juin 1867. Notons que l'initiative française, que l'on a beaucoup reprochée à Napoléon III, fut à l'origine montée de concert avec l'Angleterre et l'Espagne et que, s'il décida de continuer quelque temps l'aventure, c'est peut-être sous l'influence à la fois d'Eugénie et de Morny. Le 8 mars 1864, Maximilien et Charlotte avaient dîné à l'ambassade chez les Metternich. Jamais l'Autriche n'envisagea d'envoyer des troupes à son secours.

5. Benito Juárez (1800-1872), Mexicain de souche indienne, avocat devenu vice-président de la République, s'était proclamé en 1859 chef d'État et avait été réélu en juin 1861. Anticlérical, il avait établi le mariage civil, confisqué les biens des ordres religieux et surtout annulé la dette due au banquier suisse Jecker (qui devait être assassiné sous la Commune). Ce dernier avait su intéresser Morny à sa cause, lui promettant trente pour cent des rentrées. Morny fit naturaliser Jecker et porter ainsi la créance française à cent trente-cinq millions. La France, l'Angleterre et l'Espagne décidèrent une expédition militaire qui débarqua à Vera Cruz. Le gouvernement mexicain, par la convention de Soledad, fit des concessions qu'Anglais et Espagnols jugèrent suffisantes, mais qui ne furent pas acceptées par la France : ce fut le début de l'engrenage.

6. Cette capitale de l'État du même nom est située à mille huit cents mètres d'altitude, à cent cinquante kilomètres de Mexico. Maximilien s'y enferma en mars 1867, la ville fut prise le 15 mai par les forces de Juárez et Maximilien fusillé le 19 juin. La nouvelle parvint en France le 30 juin.

7. Une aquarelle représentant l'arrivée de ce cortège à l'Élysée a été acquise en 1978 sur ma proposition par la présidence de la République.

8. Il y a eu sous le Second Empire à Paris deux frères préfets de police du nom de Piétri, tous deux corses et tous deux témoignant d'une poigne de fer. Celui dont il est question ici est Joseph (1818-1902), nommé en 1866. Il se distingua dans la lutte contre les manifestations, notamment celle des « blouses blanches » et celle provoquée par l'assassinat de Victor Noir, qui provoqua l'emprisonnement de Rochefort à Sainte-Pélagie. Le 4 septembre,

Piétri insista auprès d'Eugénie pour qu'elle prît la fuite, ignorant lui-même que le gouvernement insurrectionnel l'avait destitué et le recherchait. Il gagna Londres et revint à Paris en 1873.

9. Sans doute dans la nouvelle salle à manger, qui venait d'être construite par Lacroix à la suite du salon Murat, avec une ordonnance de colonnes et pilastres. La salle a gardé aux angles ses aigles napoléoniennes.

10. François Certain de Canrobert (1809-1895), saint-cyrien, après une carrière militaire sans éclat, mais régulière, partit pour la Crimée en 1854, où quelques mois plus tard il succéda à Saint-Arnaud au commandement en chef, et remporta la bataille d'Inkerman, mais, par suite de conflit avec Raglan, passa le commandement à Pélissier. Rentré en France, il fut nommé maréchal en mars 1856. Il participa aux batailles de Magenta et Solferino et, en 1870, défendit héroïquement Saint-Privat, avant d'être fait prisonnier à Metz. Il assista aux obsèques de Napoléon III. « Mon pauvre ami le maréchal Canrobert que j'avais connu jusqu'à présent fort bon garçon, très brave officier mais très piètre général et n'ayant, lui qui est laid et commun de tournure, que la vanité de sa beauté, à ce point qu'il croyait facilement toutes les femmes amoureuses de lui, est devenu, l'assure-t-on, fou de vanité, timbré de hauteur, idiot de sottise, fanatique de sa propre importance » (Viel-Castel). « Il est très enthousiaste et gesticule beaucoup en parlant », avait écrit la reine Victoria.

11. Jacques Louis César Randon (1795-1871), sorti du rang, était présent à la bataille de la Moskova (1812). Sa carrière militaire le mena au ministère de la Guerre et au gouvernement général de l'Algérie en 1851, en 1856 au maréchalat, en 1859 de nouveau au ministère de la Guerre. En 1866, il conseilla une démonstration militaire sur la frontière allemande. « Le maréchal Randon perdrait le ministère de la Guerre. L'armée est fort mécontente de lui et lui reproche avec raison sa lésinerie et son imprévoyance dans la campagne du Mexique » (Viel-Castel, 1863). « Peu aimé de l'armée, car il a commis la faute, étant ministre de la Guerre, de le rester trop longtemps » (Stéphanie de Tascher de La Pagerie).

12. Edmond Lebœuf (1809-1888), dernier maréchal nommé

par Napoléon III (mars 1870), polytechnicien, ayant accompli une brillante carrière militaire et s'étant distingué en Crimée, à Magenta et à Solferino, il succéda en août 1869 au maréchal Niel au ministère de la Guerre, où son action est aussi critiquée qu'est louée celle de son prédécesseur. Lors de la déclaration de guerre, il se distingua en affirmant que cette « armée admirable, vaillante, disciplinée, exercée, était cinq fois prête. Même si le conflit devait durer un an, il ne manquerait pas un bouton de guêtre ». En revanche, son rôle durant les hostilités fut exemplaire. Il montra sa bravoure à Rezonville à Saint-Privat et à Metz, se prononça avec force pour une trouée à travers les armées ennemies. À la capitulation, il fut fait prisonnier. Il assista aux obsèques de Napoléon III.

13. Fils de Mayer-Anselme de Rothschild, fondateur de la banque de Francfort, il est le type même du banquier modèle pour Balzac ou Stendhal. On le voit subventionner la création du Paris-Saint-Germain (1837), créer la Compagnie des chemins de fer du Nord, lutter contre les Pereire, créer le Crédit immobilier (1852), appuyer la création de la Société générale. Il mourut en 1868. Il était consul d'Autriche-Hongrie à Paris. Après sa mort, Richard de Metternich, expulsé de la rue de Grenelle, décida d'installer l'ambassade dans l'hôtel des Rothschild rue Laffitte, mais il y avait beaucoup de travaux à faire, d'où l'installation provisoire de l'ambassade rue de l'Élysée, dont nous parlerons. « Il était une des personnalités de Paris. On aimait partout à le voir, car il était aimable, poli pour les hommes, galant pour les femmes ; son aspect n'était point beau, mais non sans originalité : il causait avec un accent tudesque fortement prononcé, mais il avait une bonhomie fine, non dépourvue d'esprit. Les Rothschild ayant donné toutes leurs sympathies aux Orléans, jamais Mme de Rothschild n'avait voulu venir aux Tuileries » (Stéphanie de Tascher de La Pagerie).

14. La plaine de Longchamp, entre le bois de Boulogne et la Seine, était occupée par une ferme qui, avant la Révolution, dépendait de l'abbaye du même nom. Haussmann la racheta en 1853 pour la réunir au Bois et y établir un hippodrome, inauguré en 1857. Les revues militaires y furent organisées jusqu'en 1914.

15. C'est l'Opéra situé rue Le Peletier, construit en 1821 à titre

provisoire. Il avait été en 1858 le théâtre de l'attentat d'Orsini. Sa façade était ornée de colonnes engagées supportant des statues allégoriques. C'est dans cet opéra que le 13 mars 1861, à la demande de Pauline, fut donné *Tannhäuser* de Wagner, qui rencontra un insuccès total : manifestations dans la salle, articles de presse, lazzis dans les salons (« Ça m'embête aux récitatifs et ça me tanne aux airs »). Pauline, dans ses Mémoires, préfère n'en pas parler, mais en a donné ailleurs le récit.

16. Depuis *Oberto de San Bonifacio*, opéra joué à la Scala de Milan en 1839, Giuseppe Verdi (1813-1901) était considéré comme un des meilleurs musiciens dramatiques d'Italie, et sa célébrité devint immense. *Don Carlos*, écrit spécialement pour la scène française, fut donné à l'Opéra en 1867, pendant l'Exposition.

17. Alexandre II (1818-1881) fut connu sous le règne de Napoléon III d'abord comme le « tsar libérateur », ayant affranchi les serfs, puis, à partir de l'insurrection de la Pologne (1863-1864) comme un autocrate reprenant la russification. Malgré sa visite à Paris en 1867, ses sympathies déclarées, lors de la guerre de 1870, allèrent vers la Prusse. Le mouvement libéral qu'il avait fait naître finit par provoquer sa mort.

18. C'est au théâtre des Variétés (n. 20) que le trio Meilhac, Halévy et Offenbach donna le 17 décembre 1864 l'opéra-bouffe *La Belle Hélène*, joué par Hortense Schneider et qui obtint un triomphe. Ce n'était pas pour cette pièce que le tsar avait fait retenir une loge, lors de sa visite en 1867, mais pour *La Grande-Duchesse de Gérolstein*, le grand succès de l'Exposition, dont Pauline ne parle pas, pas plus que d'Offenbach.

19. Hortense Schneider (1833-1920) est la figure emblématique de la vie de plaisir de l'époque, mais sa carrière fut courte (1864-1874), marquée par *La Belle Hélène* (1864), *La Grande-Duchesse de Gérolstein* (1867), *La Perichole* (1868). Elle menait en même temps une vie aventureuse qui l'avait fait nommer « le passage des Princes ». « Je ne l'aime pas avec une couronne sur la tête. La couronne, on ne doit pas plus jouer avec qu'avec la hache » (princesse Mathilde). « Bonne actrice bouffe, chantant à merveille,

mais d'un commun de gestes et d'attitude qui enchante autant les hommes qu'il m'a déplu » (Stéphanie de Tascher de La Pagerie).

20. Le théâtre des Variétés, construit sur les boulevards en 1806-1807 par l'architecte Cellerier, se présentait à Pauline sous son aspect originel. Il existe toujours, mais maintenant enserré entre deux immeubles.

21. Le dîner eut lieu le 28 octobre 1867 dans l'ancien Hôtel de Ville, construit sous la Renaissance et largement agrandi en 1835. Il contenait, en bordure de la rue Lobau, cette salle des fêtes de quarante-huit mètres de long sur treize de large. Le peintre Lehmann y avait représenté *La Lutte de l'homme contre les éléments*, peinture murale de cent quarante mètres carrés. L'édifice brûla en 1871. Haussmann y recevait avec faste : une photo montre la table d'un banquet, dont la partie médiane est surchargée de surtouts, flambeaux et accessoires divers.

22. « Ce fut la fête la plus brillante et cependant la moins réussie. On parlait du bout des lèvres, on mangeait du bout des dents. Tout était froid, glacé, mets et convives, à ce point que plusieurs élégantes, à commencer par Mme Walewska, durent se couvrir les épaules avec leur serviette » (Mme Baroche)

23. Ce comédien (1815-1886) avait connu le succès à partir de 1833. On l'avait vu dans *Kean*, puis il avait passé sept ans à Saint-Pétersbourg mais avait été reconduit à la frontière à cause d'une liaison avec une aristocrate proche de la Cour. Au Gymnase, il jouait encore les jeunes premiers, et se produisit à Compiègne.

24. « Tirés » : terme de chasse qui désigne une partie ou un endroit de la forêt aménagés pour la chasse au fusil ; ces bandes de taillis sont recépées annuellement (NdE).

25. « Mme de Metternich manque tous les faisans et faillit ne pas nous manquer » (Octave Feuillet).

26. Après une déjà longue carrière militaire, surtout en Algérie, Patrice de Mac-Mahon (1808-1893) se distingua en Crimée (Malakoff), puis en Italie, à Magenta et à Solferino. L'empereur le fit maréchal et duc. Après six ans passés comme gouverneur général de l'Algérie, il ne subit, en 1870, que des échecs : son avant-garde fut écrasée à Wissembourg, lui-même battu à Froeschwiller,

encerclé et blessé à Sedan : dans cette guerre, il fit preuve de courage mais non de qualités de tacticien. On a pu dire que Bazaine et lui, sans cesse opposés, étaient égaux dans l'incapacité.

27. Né en 1787, il avait servi à la Grande Armée de 1807 à 1814, avait été en 1849 ministre plénipotentiaire à Saint-Pétersbourg et était sénateur depuis 1856. « La séduction et le charme personnifiés, la coqueluche des salons d'alors » (Maugny).

28. Sans vouloir une fois de plus analyser son caractère et son comportement, ni évoquer son hérédité Wittelsbach, notons qu'Élisabeth ne manifestait pas d'intérêt pour la France. Pauline n'a pas caché ses réticences à son égard. Les deux impératrices étaient réservées l'une envers l'autre, mais, à leur première rencontre en 1864 en Allemagne, elles s'apprécièrent.

29. L'impératrice fut tuée d'un coup de poignard le 10 septembre 1898 par l'anarchiste italien Luccheni au moment où elle s'embarquait sur le lac.

DEUXIÈME PARTIE

I

En France

1. Dans le nouveau Louvre construit par Visconti et Lefuel, au premier étage de l'aile transversale sud, fut aménagée pour l'ouverture des sessions parlementaires, la salle des États, dont nous reste le vestibule avec sa voûte où sont représentés des artistes célèbres autour de Saint Louis, François Ier et Napoléon. Le décor intérieur de la salle des États a été regrettablement supprimé après la Seconde Guerre mondiale.

2. Ce célèbre polémiste (1831-1913), après avoir exprimé dans *Le Figaro* de Villemessant une opposition larvée, lança en 1868, *La Lanterne*, journal à couverture rouge, tiré chaque jeudi à cent mille exemplaires et dont le premier numéro s'ouvrait par la phrase

devenue célèbre : « La France compte trente-six millions de sujets, sans compter les sujets de mécontentement. » Exilé un moment à Bruxelles, chez Victor Hugo, il fut élu en 1869 au Corps législatif et se déchaîna après l'assassinat de Victor Noir par le prince Pierre Bonaparte. Emprisonné en 1870, il fut libéré par le 4 Septembre et nommé membre du gouvernement provisoire. Sa participation à la Commune lui valut quelques années de déportation. Cet opposant révolutionnaire termina ses jours à l'extrême droite, partisan du général Boulanger. Sous le Second Empire, il a incarné l'opposition « d'abord sourde et discrète, après 1859 sinon agressive, au moins tracassière, à la fin de 1869 violente, et en 1870 furibonde » (Pierre de La Gorce).

3. Ce personnage discuté (1825-1913), avocat, puis député, représenta d'abord l'opposition constitutionnelle, mais rapporta la loi sur les coalitions, une des mesures avancées de l'empereur. Son premier entretien avec Napoléon III date de 1865 et c'est le 2 janvier 1870 qu'il constitua le ministère qui accepta d'un « cœur léger » l'entrée en guerre. En face des critiques lancées contre lui avant et après la défaite, on peut placer ce jugement de Bergson : « Le 2 janvier 1870, il inaugurait l'empire libéral. Sept mois plus tard devait venir la catastrophe. Mais pendant ces sept mois la France s'achemina de jour en jour, presque d'heure en heure, vers ce parfait équilibre entre la liberté et l'autorité auquel elle aspirait depuis si longtemps. » Mais il était peu apprécié de la société traditionnelle :

« Parce que dans tout son système
Il fut toujours, après, avant
Si girouette qu'il tournait même
Quand il ne faisait pas de vent »
(cité par Stéphanie Tascher de La Pagerie).

Pendant plus de quarante ans, jusqu'à sa mort, on lui reprochera de ne pas s'être opposé à la guerre.

4. Sur cette haine violente et peu explicable exprimée par certains Parisiens à l'endroit de l'Empire, et que l'entrée en guerre ne fera pas cesser, voir les *Souvenirs d'un demi-siècle* de Maxime Du Camp.

5. Jules Favre s'était écrié : « Il n'y a plus rien à faire ! »

6. Ce nom domine toute l'époque, en France comme en Europe. Longtemps l'empereur s'était montré confiant de ce côté. La Saxe, le Hanovre, la Bavière et le Wurtemberg ayant conclu « l'alliance des quatre rois » (février 1850) et s'étant entendus avec l'Autriche pour rétablir l'ancien ordre des choses, la Diète fédérale s'était reformée à Francfort (10 mai), sous la présidence de l'Autriche, et la Prusse avait dû s'incliner à Olmütz (29 novembre). Tout avait changé avec l'avènement de Guillaume Ier (janvier 1863) et surtout à l'arrivée au pouvoir, en octobre, de Bismarck (dont le nom n'apparaît pas dans les Mémoires de Pauline). Tandis que le roi fortifiait son armée, son chancelier, que Napoléon III et Eugénie n'avaient d'abord pas pris au sérieux, menait tambour battant sa politique de conquête et d'unification de l'Allemagne. Il annexa le Schleswig-Holstein (1864). Il battit l'Autriche à Sadowa (1866), il l'expulsa d'Allemagne, annexant le Hanovre, la Hesse électorale, Francfort-sur-le-Main. Il créa la Confédération d'Allemagne du Nord (1865), fit reculer la France au Luxembourg (mai 1867). Napoléon III n'avait pas voulu intervenir militairement, ni pour les duchés danois, ni au moment de Sadowa, car il se figurait être encore l'arbitre de l'Europe, comme il l'avait été au congrès de Paris (1856), d'où sa réticence à l'égard d'une alliance franco-autrichienne prônée par Richard de Metternich et qui suscitait également les réserves de Vienne. Les pourparlers ne furent engagés qu'au début de 1870 avec l'archiduc Albrecht, cousin de François-Joseph. La nomination, le 15 mai, du duc de Gramont au ministère des Affaires étrangères fut une erreur et la dépêche d'Ems, le 13 juillet, mit le feu aux poudres, survoltant une opinion française déjà surexcitée. Ni Napoléon III, ni Eugénie ne surent empêcher la France de basculer dans la guerre, pour une cause indiscutablement juste, mais indéfendable.

7. Les Hohenzollern-Sigmaringen, dont le château existe toujours, avaient en 1849 abandonné leurs possessions à la Prusse. C'est au fils aîné du dernier prince régnant, Léopold, né en 1835, que Bismarck voulait offrir la couronne d'Espagne. Plus favorisé, son frère Charles, né en 1839, était devenu en 1866 prince de Roumanie, grâce à Napoléon III.

8. Cette rue avait été ouverte en 1860 pour isoler le palais à l'est, sur instructions de Napoléon III, et c'est lui qui avait demandé qu'elle fût bordée d'une ligne de petits hôtels d'inspiration britannique, avec perrons à colonnes et « basements ». Le côté sud fut acquis par Émile Pereire, qui en céda plusieurs lots à Eugénie, laquelle y fit construire des hôtels qu'elle mettait parfois à la disposition de ses familiers. Celui du numéro 2, qui fut orné de boiseries provenant de la démolition du château de Bercy, fut un moment, à la fin de l'Empire, occupé par Persigny, qui y recevait la comtesse de Mercy-Argenteau, laquelle rejoignait l'empereur par le souterrain assurant la liaison avec l'Élysée. L'ambassade d'Autriche s'y installa en mars 1870. L'hôtel est maintenant une dépendance de la présidence.

9. Certains biographes d'Eugénie ont affirmé avec force que la Jonchère ne lui appartenait pas. Pourtant, d'une part Richard et Pauline devaient savoir à qui ils avaient loué, et d'autre part la Jonchère figure bien sur la liste des propriétés vendues par l'impératrice dans sa vieillesse. Les contradicteurs ont sans doute été abusés par la présence ici de plusieurs bâtiments. En effet, cet ancien domaine, dont on connaît les propriétaires depuis le XVIIe siècle, comportait au début du XIXe un petit bâtiment à deux étages qu'acheta en 1801 Eugène de Beauharnais, qui le revendit en 1810 à Napoléon, lequel en fit don au général Bertrand. Il passa ensuite au financier Ouvrard, qui ajouta au nord-ouest un corps de bâtiment, à nouveau agrandi en 1834. En 1835, le pavillon primitif fut séparé du nouveau château et loué à diverses personnalités. C'est sans doute ce bâtiment qu'acheta l'impératrice, et c'est là que s'installe Pauline en mai 1870. Il a été démoli en 1899.

10. Il s'agit de James de Rothschild (n. 13 de la p. 263), qui possédait les numéros 21, 23, 25, rue Laffitte.

11. Le ministère des Beaux-Arts, pour la première fois nommé ainsi.

12. Grâce à la refonte de l'armée opérée par le roi Guillaume, les Prussiens pouvaient aligner trente et une divisions, alors que les Français n'en comptaient que dix-huit.

13. C'est la première fois que nous rencontrons le général

marquis de Galliffet (1830-1909), pourtant familier des Metternich rue de Grenelle et qui avait fait les beaux soirs de Compiègne. Grièvement blessé à Puebla (« ventre d'argent »), lucide après Sadowa, il conduira, à Sedan, la charge héroïque et désespérée de la cavalerie, avant de se distinguer tristement l'année suivante dans la répression cruelle de la Commune.

14. La cession en 1815 de Sarrebruck à la Prusse avait incité le gouvernement français à fortifier, juste au sud, la vieille petite ville de Forbach. Le 6 août 1870, elle tomba aux mains des Prussiens après une lutte sanglante contre les deux corps de l'armée du Rhin, sous le commandement du général Frossard (précepteur du prince impérial), qui ne reçut pas les renforts nécessaires. Il dut se retirer à Metz.

15. Admiratrice de la beauté, de l'élégance, des talents de maîtresse de maison de l'impératrice, Pauline s'est interdit de juger son rôle politique, lequel a donné du grain à moudre, à l'époque à ses partisans ou adversaires, de nos jours à ses historiens. On a longtemps accusé Eugénie d'avoir poussé à la guerre, dans le but de pouvoir, après victoire, rétablir l'Empire autoritaire. « C'est ma guerre », lui a-t-on fait dire. Ses récents historiens, notamment Jean des Cars, ont fait justice de cette affirmation, mais il reste qu'elle a soutenu Gramont dans sa politique agressive et n'a pas su empêcher cette guerre désastreuse.

16. Grâce au docteur Evans, Eugénie put trouver à Chislehurst, au sud de Londres, une maison, Camden Place, qu'elle loua, et où elle emménagea le 24 septembre 1870. Napoléon III l'y rejoignit le 20 mars 1871 et y mourut le 8 janvier 1873.

17. C'est dans ce port célèbre par la victoire de Guillaume le Conquérant qu'Eugénie retrouva son fils, et s'établit quelque temps avec lui. Le 10 septembre, Pauline écrivait à son amie Mélanie de Pourtalès : « L'impératrice, que j'ai vue à Hastings – elle habite une misérable chambre – est admirable de douce résignation. Ce qui la met au désespoir, c'est d'entendre les propos monstrueux qu'on lui prête par rapport à la conduite de l'empereur à Sedan. Il a été exposé à une véritable pluie de balles et il n'a demandé à Dieu qu'une grâce, c'est d'être frappé. » « Ce que l'on doit ajouter à la louange

Mme de Metternich, c'est qu'elle est toujours restée la même, fidèle à ses amitiés et dévouée au malheur » (Fleury).

18. Napoléon III, bien que ne s'illusionnant pas sur ses qualités militaires (il n'avait jamais été que capitaine suisse), tenait, par atavisme, à assurer lui-même le commandement des troupes, comme il l'avait fait en Italie, alors que son état de santé le lui interdisait et il souffrira le martyre durant toute la campagne. Émile Zola, pourtant son adversaire, a décrit ses souffrances et rendu hommage à son courage dans *La Débâcle.* Poussé par Eugénie, il partit, se lançant dans la « terrible faute » dénoncée par Pauline, et c'est elle aussi qui décida du départ du prince impérial, âgé de quatorze ans. Père et fils prirent le train à la « gare du Chaume », en bordure du parc de Saint-Cloud, tête de ligne d'un raccordement réalisé pendant le règne.

19. Pauline dit la vérité, et les témoignages contemporains le confirment : l'opinion, la Chambre, la presse, le gouvernement criaient à la guerre. Le paradoxe est que le moindre partisan était Napoléon III sur lequel on a fait peser toute la responsabilité. Ce que l'on peut lui reprocher (mais l'histoire doit-elle reprocher ?) est de n'avoir pas eu la volonté de s'y opposer. Eugénie non plus.

20. Stanislas Poniatowski (1835-1927), fils du prince de ce nom (sans parenté proche avec le maréchal de Napoléon), sénateur, attaché au ministère des Affaires étrangères, avait épousé Louise Le Hon, fille naturelle de Morny. « Les Poniatowski sont provenus du mariage *in extremis* d'un vieux débauché de prince Poniatowski qui vivait à Rome avec une espèce de fille, veuve d'un de ses domestiques et dont il avait plusieurs enfants. On prétend même qu'au moment du mariage le prince était déjà mort, mais qu'assis dans son lit il répondait par un signe de tête aux questions du prêtre. Un compère faisait mouvoir la tête au moyen d'une ficelle » (Viel-Castel, 1859).

21. L'Espagnole Josepha Pollet, dite Pepa, servante d'Eugénie qui l'avait accompagnée en France, était devenue première femme de chambre de l'impératrice. Elle était bavarde et cupide, déplaisait à Napoléon III, mais se montrait fidèle et dévouée.

22. Attaché à l'ambassade d'Autriche.

23. Comme l'expliquera plus loin Pauline, Richard avait choisi

cette ville pour le cas où son épouse se verrait forcée de fuir en Angleterre.

24. L'hôtel Desandrouin, construit sous Louis XVI, avait abrité plusieurs séjours de Napoléon Ier et pris pour cette raison le nom de Palais impérial (son décor de l'époque a été conservé). Transformé sous le Second Empire en hôtel de voyageurs, il fut par la suite affecté à la sous-préfecture. Classé monument historique en 1984, il abrite maintenant la Maison des sciences humaines de l'Université du littoral.

25. Née Anna Murat (n. 5 de la p. 221), elle avait, le 12 décembre 1863, épousé le duc de Mouchy, député. Familière des lundis de l'impératrice, elle avait, en juin 1870, convaincu Eugénie de faire appeler en consultation pour l'empereur le professeur Germain Sée, mais aucune décision n'avait été prise. Elle s'installa à Chislehurst, près de Camden Place.

26. À la mi-août 1870 se forma à Sedan une armée disparate et manquant d'expérience de la guerre, à la tête de laquelle fut mis Mac-Mahon. Des divergences de vues et d'objectifs intervinrent entre les généraux, l'empereur et, à Paris, le conseil privé, entraînant marches et contremarches. Finalement, l'armée se dirigea vers l'est pour rejoindre Bazaine et réussit à passer la Meuse. La bataille s'engagea le 1er septembre, Mac-Mahon blessé passa le commandement à Ducrot, puis à Wimpffen. Malgré le sacrifice de la cavalerie de Galliffet, l'armée se désagrégea et replia en désordre sur Sedan où, à dix-sept heures, Napoléon III fit hisser le drapeau blanc : la capitulation fut signée le lendemain. Les derniers mots de l'empereur, le 9 janvier 1873, à son ami Conneau, furent : « N'est-ce pas, Henri, que nous n'avons pas été des lâches à Sedan ? »

27. C'est à titre de récompense nationale qu'avait été donné en 1813 au chancelier de Metternich, en même temps que le titre héréditaire de prince, ce fief comportant, à l'ouest de Mayence, un château dominant le Rhin, avec un vignoble qui produisait un cru célèbre. Richard et Pauline y venaient presque chaque été, pendant que le couple impérial séjournait à Vichy ou à Biarritz, et de là allaient souvent rendre visite à leurs amis Pourtalès au château de la Robertsau, près de Strasbourg. Le château de Johannisberg, détruit

par l'aviation britannique pendant la Seconde Guerre mondiale, a été reconstruit en 1946 et reste toujours la résidence de la famille de Metternich. Les caves anciennes subsistent.

28. D'après Philippe Luez, Eugénie, ayant récupéré le livre, en fit cadeau aux Metternich. Il est aujourd'hui conservé au château de Kynsvart.

II

En Angleterre

1. George Laveson-Gower, comte Grenville (1815-1891), d'abord diplomate, était entré en politique en 1836. Libre-échangiste convaincu, il dirigea le Foreign Office en 1851-1852 puis de nouveau à partir de 1870. Son attitude durant la guerre fut peu favorable à la France.

2. Le chevalier Nigra (1828-1916), homme de confiance de Cavour, avait préparé avec Napoléon III l'entrevue de Plombières et rédigé les conventions correspondantes, avant d'être le négociateur du traité de Zurich. Chargé d'affaires, puis ministre de Piémont à Paris, il supporta les rebuffades de l'impératrice, obsédée par la question romaine, et parvint enfin à se la concilier. Il se fit beaucoup d'amis à la cour impériale. La victoire de Mentana contre les garibaldiens mit fin pour Nigra à la politique de coopération avec la France. En 1869, il accompagna jusqu'à Venise Eugénie, partant pour l'Égypte. Il essaya de modérer Gramont dans l'affaire Hohenzollern et d'engager l'Italie aux côtés de la France.

3. Louis Jules Trochu (1815-1896), « qu'on dit intelligent au possible » (Stéphanie de Tascher de La Pagerie), avait combattu en Algérie et en Orient, avait été blessé devant Sébastopol et cité à Magenta et à Solferino. Il s'opposa à la loi Niel, qui aurait rénové l'armée. Il fut nommé gouverneur de Paris le 17 août 1870 et jura qu'il se ferait tuer sur les marches du trône si la dynastie était en danger. Après avoir de nouveau juré fidélité à Eugénie, il accepta, avant même qu'elle eût quitté la France, la présidence du

gouvernement provisoire et fit afficher dans Paris une proclamation fustigeant la dynastie. Commandant en chef des armées de la Défense de Paris le 6 novembre, il fut mis en disponibilité le 20 février 1871. Victor Hugo l'a fustigé d'un mot célèbre : « participe passé du verbe trop choir ».

4. Sœur du général Bourbaki, lectrice de l'impératrice. Pauline n'insiste peut-être pas assez sur le dévouement de cette femme, qui resta au service d'Eugénie durant l'exil.

5. Il avait dirigé le débarquement à Vera Cruz et était devenu en 1868 chef de l'escadre de la Méditerranée. « L'amiral Jurien de La Gravière dirigeait la construction d'une trirème éperonnée qui resta immobile, à Asnières, parce que nul rameur ne parvint à la faire démarrer » (Maxime Du Camp)

6. Eugénie emprunta la galerie de Diane (par laquelle elle était entrée au palais le jour de son mariage), traversa les nouveaux appartements inachevés du pavillon de Flore reconstruit, puis la galerie du Bord de l'eau, le Salon carré, la galerie d'Apollon, la salle des Sept Cheminées, la salle Henri II d'où elle aperçut la chute du drapeau au sommet du pavillon de l'Horloge, la galerie Campana, et descendit l'escalier des Antiquités égyptiennes jusqu'à la porte de la Colonnade.

7. On s'interroge depuis ce temps sur la conduite de Richard de Metternich en cette affaire. Comment a-t-il pu laisser Eugénie partir en la seule compagnie de Mme Lebreton ? L'a-t-il abandonnée volontairement ? Mme Carette déclare, contrairement à Pauline, que lui et Nigra étaient partis chercher une voiture et que pendant ce temps Mme Lebreton a hélé un fiacre, mais comment celle-ci a-t-elle pu agir ainsi sans chercher à joindre les deux diplomates ? Et quelle fut l'attitude d'Eugénie ? Faut-il croire que Richard a saisi au vol cette occasion de rompre complètement avec la dynastie (projets d'alliance à effacer ?) ? Cela ne correspond pas à son caractère aussi peu tortueux que possible, et d'ailleurs Pauline et lui rendront plus tard visite à l'exilée. Cette conduite sera souvent reprochée à Richard. Peut-être faut-il la mettre simplement au compte de l'affolement provoqué par une situation révolutionnaire à laquelle il n'était nullement préparé. Pauline, en tout cas, avoue sans ambages

que les deux diplomates (Nigra affirmera simplement que c'est lui qui fit taire le gamin) sont restés au bord du trottoir.

8. Ce dentiste américain, spécialiste de l'obturation des caries, qui soigna plusieurs têtes couronnées, installé 15, rue de la Paix, s'était fait construire à l'angle des avenues de l'Impératrice (Foch) et de Malakoff, un hôtel (démoli en 1907) où il reçut Eugénie. Il avait pour maîtresse l'ancienne théâtreuse Mery Laurent, qu'il entretenait luxueusement et qui sera un des modèles de la Nana de Zola.

9. Par une sinistre rencontre, qui dut être douloureuse à Napoléon III, ce château de la ville de Kassel avait été une des résidences de Jérôme Bonaparte, roi de Westphalie, et portait à son époque le nom de Napoleonshöhe. L'empereur, entouré de grands égards, y resta prisonnier du 3 septembre 1870 au 19 mars 1871 et y reçut la visite d'Eugénie. Le château est maintenant le siège d'un musée du Papier peint.

10. Achille Bazaine (1811-1888) est un des personnages les plus controversés de cette période. Sorti du rang, remarquable officier colonial, il était général de division à quarante-quatre ans. Courageux, ayant le sens du commandement, il s'illustra au Mexique, mais y joua au proconsul, s'installant luxueusement, épousant une Mexicaine de quinze ans et intriguant contre Maximilien. La guerre de 1870 révéla son incapacité. Mal jugé, voire vilipendé après la défaite, il a été, depuis lors, lavé de toute accusation de traîtrise par les historiens, mais jugé inférieur à sa tâche. Condamné par un conseil de guerre présidé par le duc d'Aumale, enfermé à l'île Sainte-Marguerite, il s'en évada et mourut en Espagne presque dans la misère. « Le maréchal Bazaine rentre [du Mexique] sans tambour ni trompette, c'est le cas de le dire. On lui attribue la plus grosse part de l'insuccès de l'expédition. On l'accuse d'avoir toujours combattu en dessous l'empereur Maximilien, de ne s'être jamais entendu avec lui, d'avoir suivi là-bas une politique personnelle et d'avoir caressé pour lui les rêves les plus ambitieux » (Stéphanie de Tascher de La Pagerie).

11. Augustin Filon (1841-1916) fut en 1867, grâce à Victor Duruy, nommé précepteur du prince impérial auquel il fit

rattraper son retard scolaire. Après le départ du jeune homme pour l'armée, il devint secrétaire de l'impératrice, puis reprit ses fonctions au retour du prince. Il restera de nombreuses années au service d'Eugénie.

12. Édouard Régnier est un aventurier mythomane, habile et qui fit quelque temps illusion. Ayant traîné en bien des lieux et exercé les métiers les plus divers, il avait été mêlé à la révolution de 1848, puis s'était fixé en Angleterre. Son habileté à forcer les portes l'a fait soupçonner d'être agent double. Il se rendit au château de Ferrières, où Bismarck recevait Jules Favre, en se prétendant mandaté par l'impératrice. Le chancelier le traita mieux que l'envoyé républicain et, peut-être se jouant de lui, l'envoya à Bazaine dans l'hypothèse d'une paix conclue avec l'impératrice. D'où la mission de Bourbaki que raconte Pauline. Finalement, Eugénie, se refusant à toute initiative, le reçut longuement, puis le congédia, avant d'aller à Wilhelmshöhe se concerter avec l'empereur.

13. Épouse du duc de Cambridge, parent de la reine Victoria, avec lequel le couple Metternich avait été en rapport au début de la guerre de Crimée.

14. « L'espérance de la Grande Albion repose sur un petit homme blond rondelet, de physique aimable, qui a l'air gai, naturel et jovial. Il aime à vivre et à bien vivre » (Stéphanie de Tascher de La Pagerie).

15. Victor Auguste, baron Duperré (1825-1900), fils du célèbre amiral, avait lui aussi embrassé la carrière maritime, qu'il accomplit de façon régulière et sans éclat.

16. Charles Denis Bourbaki (1816-1897), d'origine grecque, est un des plus brillants généraux de cette période. On le voit se conduire vaillamment à Borny (14 août), Rezonville (16 août), Sainte-Barbe (31 août), avant d'être enfermé à Metz avec Bazaine. C'est alors que Persigny, membre du Conseil de régence, se mit de sa propre autorité en rapport avec Bismarck, qui formula ses conditions de paix, Strasbourg et deux milliards : l'accord aurait été conclu par l'impératrice, revenue à Paris grâce à l'armée de Metz, qui aurait dissous le gouvernement provisoire. Acceptant ce plan, Bazaine aurait envoyé Bourbaki à Londres pour entraîner Eugénie,

qui refusa. Cette démarche fut une des causes qui firent condamner Bazaine. Bourbaki partit alors se mettre à la disposition du gouvernement provisoire, qui lui donna le commandement de l'armée de l'Est, avec laquelle il vainquit fugitivement à Villersexel. « Une âme chevaleresque dans une tête sans expression, dans le corps court et trapu d'un lignard » (E. et J. de Goncourt).

17. Après la mort de Louis-Philippe (1850), le duc d'Aumale s'était installé à Twickenham, au sud-ouest de Londres.

18. Apponyi, diplomate autrichien d'origine hongroise, en poste à Paris en 1849, avait montré à l'Élysée sa bonne éducation et son sens du protocole.

III

En Autriche

1. Quartier est de Vienne, où se trouve le célèbre château du Belvédère. Pauline parle de villa, mais là se trouvait le palais des Metternich, maintenant ambassade d'Italie (27, Rennweg).

2. Charles de Freycinet (1828-1923), polytechnicien, spécialiste des chemins de fer, ingénieur en chef de l'Armement depuis 1865, vint en septembre 1870 offrir ses services à Gambetta, qui les accepta : ce fut le début d'une très longue carrière politique.

3. Marie de Brignole Sale (1812-1888) avait épousé Rafaele de Ferrari, duc de Galliera par la grâce du pape, à la tête d'une énorme fortune développée dans l'exploitation des chemins de fer français et italiens. Elle avait acquis après son mariage l'hôtel Matignon, où elle réunit des collections artistiques destinées à un musée portant son nom. À la mort du comte de Chambord, elle le mit à la disposition du comte de Paris qui y donna, à l'occasion du mariage de sa fille Amélie, une fête qui fut à l'origine de l'exil de la famille royale. Comme le dit Pauline, la duchesse de Galliera légua l'hôtel à l'Autriche pour y établir son ambassade, qui y résida jusqu'en 1914. C'est en 1935 qu'il fut affecté à la présidence du Conseil.

4. Roger du Nord, député, avait été arrêté le 2 décembre, puis relâché.

5. Exilé de Vienne en 1848, l'ancien chancelier Metternich s'était d'abord réfugié en Angleterre, puis en Belgique. C'est là que Thiers, qui préparait son *Histoire du Consulat et de l'Empire*, vint le trouver en 1850 pour faire appel à ses souvenirs. Les deux hommes eurent plusieurs entretiens.

6. Plus connue sous le nom de bataille de Frœschwiller (6 août 1870).

7. Le palais Carnolès existe toujours, entre Menton et Roquebrune-Cap-Martin.

8. Ce restaurant situé 281, rue Saint-Honoré était très connu sous le Second Empire. Pendant le siège de Paris, il avait tenté de soutenir sa réputation en servant du consommé d'éléphant, de la tête d'âne farcie, du chat bardé de rats.

9. Pas plus que les Tuileries ou les châteaux de Saint-Cloud et d'Issy (seul l'hôtel de Salm fut restauré, grâce à une souscription par les légionnaires), l'Hôtel de Ville ne fut restauré. Il fut démoli de fond en comble et sa reconstruction mise au concours, dont le programme stipulait l'« exacte » reproduction de la façade centrale de l'ancien édifice, œuvre du Boccador. Ce qui fut fait de façon approximative.

10. Il est bien caractéristique de la personnalité de Pauline de Metternich que ses dernières lignes soient consacrées à une manifestation festive, exprimant en même temps sa constante francophilie.

Bibliographie

ANCEAU, Éric, *Napoléon III*, Paris 2008.

ARIZZOLI-CLEMENTEL, Pierre, *La Galerie des Glaces*, Paris 2007.

AUBRY, Octave, *Le Second Empire*, Paris 1938.

AUSTIN-MONTENAY, Florence, *Saint-Cloud, une vie de château*, Genève 2005.

AUTIN, Jean, *L'Impératrice Eugénie ou l'empire d'une femme*, Paris 1900.

BAROCHE, Mme Jules, *Second Empire, Notes et souvenirs*, Paris 1921.

BERTAUT, Jules, *L'Impératrice Eugénie et son temps*, Paris 1956.

BLED, Jean-Paul, *François-Joseph*, Paris 1987.

CABAUD, Michel, *Paris et les Parisiens dans le Second Empire*, Paris 1982.

CARETTE née BOUVET, Mme, *Souvenirs intimes de la Cour des Tuileries*, Paris 1988.

CARS, Jean DES, *Eugénie, la dernière impératrice*, Paris 2000.

Catalogue de l'Exposition *Viollet-le-Duc*, Paris 1980.

Catalogue de l'Exposition *La rue de Grenelle*, Paris 1983.

CLÉMENT, Pascal, *Persigny, l'homme qui a inventé Napoléon III*, Paris 2006.

DECAUX, Alain, *La Castiglione*, Paris 1964.
DU CAMP, Maxime, *Souvenirs d'un demi-siècle*, Paris 1949.
EVANS, Dr Thomas, *Mémoires*, Paris 1910.
FEUILLET, Mme Octave, *Souvenirs et correspondance*, Paris 1896.
FILON, *Souvenirs sur l'impératrice Eugénie*, Paris 1920.
FLEURY, général, *Souvenirs*, Paris 1897.
FRANÇOIS, Élisabeth, *Biarritz l'océane*, Biarritz 2007.
GESZTESI, Jules, *Pauline de Metternich ambassadrice aux Tuileries*, Paris 1947.
GILBERT, Marianne, *Le Bois de Boulogne*, Paris 1950.
GIRARD, Louis, *Napoléon III*, Paris 1986.
GONCOURT, Edmond et Jules DE, *Journal*, Paris 1989.
GROSSMANN, Robert, *Comtesse de Pourtalès*, Strasbourg 1995.
HAYMANN, Emmanuel, *Pauline de Metternich*, Paris 1991.
LENOTRE, G., *Les Tuileries*, Paris 1933.
LOLIÉE, Frédéric, *La Vie d'une impératrice*, Paris 1926.
—, *Les Grandes Dames de Compiègne*, Paris 1927.
LUEZ, Philippe, *Pauline de Metternich*, Paris 2004.
MAISON, Françoise, *La Dictée de Mérimée*, Anglet 2003.
MAUGNY, comte DE, *Souvenirs du second Empire*, Paris 1989.
MAUROIS, André, *Les Trois Dumas*, Paris 1957.
MÉRIMÉE Prosper, *Correspondance*, éd. Parturier, Paris 1941.
MILZA Pierre, *Napoléon III*, Paris 2004.
MIQUEL, Pierre, *Le Second Empire*, Paris 1991.
POISSON, Georges, *Évocation du Grand Paris*, Paris 1957-1960.
—, *Histoire de l'Élysée*, Paris 1997.
SAINTE-FARE-CARNOT, Pierre-Nicolas, *Le Château des Tuileries*, Paris 1988.

SEGUIN, Philippe, *Louis-Napoléon le Grand*, Paris 1990.

SILVESTRE DE SACY, Jacques et SIGURET Philippe, *Le Faubourg Saint-Germain*, Paris 1987.

SMITH, William, *Napoléon III*, Paris 1982.

—, *Eugénie, impératrice et femme*, Paris 1989.

TASCHER DE LA PAGERIE, Stéphanie, *Mon séjour aux Tuileries*, Paris 1893.

TREICH, Léon, *Les Alcôves de Napoléon III*, Paris 1948.

TULARD, Jean, sous la direction de, *Dictionnaire du Second Empire*, Paris 1995.

VALYNSEELE, Jacques, *Les Maréchaux du Premier Empire*, Paris 1957.

—, *Les Maréchaux de Napoléon III*, Paris 1980.

VIEL-CASTEL, Horace DE, *Mémoires sur le règne de Napoléon III*, Paris 1979.

[illegible] Napoléon [illegible]
[illegible] l'Empire [illegible]
[illegible] Paris [illegible]
[illegible]
[illegible] Paris [illegible]
[illegible]

[illegible] de Napoléon [illegible]
[illegible]
[illegible]

[illegible] Paris [illegible]
[illegible]
[illegible] 1779 [illegible]

Index

Composition réalisée par IGS-CP

Achevé d'imprimer en août 2010, en France sur Presse Offset par
Maury-Imprimeur - 45330 Malesherbes
N° d'imprimeur : 157873
Dépôt légal 1re publication : septembre 2010
LIBRAIRIE GÉNÉRALE FRANÇAISE - 31, rue de Fleurus - 75278 Paris Cedex 06

30/8885/3